건강상식

연변동서방문화연구회 편찬

현대병과 스포츠의학

이 책은 중국 동포작가의 작품으로, 작품 본래의 맛을 살리기 위해
작가가 사용한 표현을 그대로 실었음을 미리 밝힙니다.

건 강 상 식

연변동서방문화연구회 편찬

현대병과 스포츠의학

리재호 방수국 한희문 허광훈
최철근 장창진 리춘희 著

한국학술정보(주)

체육은 현대문명의 중요한 내용이며 체육과학은 모든 과학의 들창가이다. 체육과학은 한 개 나라의 경제력과 국력을 표징하며 전자학이 제일 먼저 체육훈련에 들어갔다. 하여 일찍 미국 올림픽선수의 80%는 대학생선수였다. 체육운동은 또 신체를 단련하고 체질을 증진시키는 중요한 수단이다. 신체소질을 제고하고 건강한 몸으로 사업하자면 반드시 체육에 대한 인식을 높이고 체육상식을 알아야 한다. 우리글로 된 체육상식 방면의 책이 결핍한 정황에 비추어 이 책을 출판하여 신체 단련하는데 일정한 도움을 주려 한다.

이 책에는 주요하게 체육의료상식 즉 현대병을 스포츠의학으로 예방, 치료하고 생리적 관계로부터 과학적인 신체단련에 이르기까지를 상세하고도 이해하기 쉽게 설명하였는데 신체소질을 제고하려는 사람들과 광범한 체육애호가들의 친근한 벗으로 되기를 바라마지 않는다.

필자의 능력제한으로 미숙한 점들이 많으리라 생각되면서 독자들로부터 많은 의견을 제기하여주기를 바란다.

편자로부터

2006년 5월 12일

차 례

체육운동과 생명

우리가 아침 일찍 일어나 밖에 나가보면 많은 사람들이 태극권, 정구, 배드민턴, 달리기, 디스코 등 활동을 하고 있어 온 세상이 들끓고 있는 감을 느끼게 된다. 이것은 프랑스의 사상가 볼테르가 일찍 제기한 '생명은 운동에 있다'는 격언이 오늘에 와서의 체현이다. 일찍 학자들이 토끼와 밤 꾀꼬리를 새끼 때부터 조롱 안에 넣어 기르다가 자란 후 밖에 내놓은 실험을 하였다. 겉보기에는 발육이 정상적인 것 같지만 밖에 내놓으니 딴판이었다. 광활한 천지에 나온 토끼는 몇 번 뛰지 않아 심장파열로 하여 죽고 밤 꾀꼬리도 대자연속에서 신명나게 몇 번 지저귀다가 인차 죽고 말았다. 이것은 만약 동물이 운동이 결핍하면 내장기관의 발육이 불완전하여 일단 비교적 격렬한 활동을 하게 되면 심장 벽과 주동맥 벽이 높아가는 혈압을 당해낼 수 없기 때문에 상술한 비극을 초래하게 된다는 것을 설명한다. 들짐승과 집짐승의 수명의 차이를 관찰하면 역시 유익한 계발을 받게 된다. 산토끼는 평균 15년을 살수 있으나 집토끼는 4~5년밖에 살지 못한다. 스코틀랜드 양몰이 개는 27년을 살수 있지만 집개는 13년밖에 살지 못한다. 멧돼지도 집돼지보다 수명이 한배나 더 길다. 들짐승의 수명이 보다 긴 것은 그것들이 먹을 것을 얻고 자위하고 적을 피하기 위하여 부득불 경상적으로 활동하고 뛰는 상태에 처하게 되는데 그 원인이 있다. 바로 경상적으로 활동하고 뛰는 이런 생활방식이 들짐승의 생명력을 더욱 왕성해지게 하는 것이다. 이로부터 운동과 생명은 관계가 밀접하다는 것을 볼 수 있다.

운동을 적게 하면 인류에게 어떤 영향으로 가져다주게 되는가? 스웨덴의 생리학자 쏠딩은 피시험자를 옹근 20일 동안이나 침대에 눕혀놓고 활동을 정지시켰는데 피시험자는 활동을 하지 않았기 때문에 신체의 각 기관 기능이 뚜렷하게 내려갔다. 심장혈액 배출량은 침대에 눕기 전에 17.5리터이던 것이 침대에 누운 후에는 12.3리터로 내려갔고 심장박동양은 90밀리리터로부터 62밀리리터로 내려갔으며 심장용량은 740밀리리터로부터 690밀리리터로 내려갔고 지방도 1킬로그램으로 내려갔던 것이다. 추운 지대에서 생활하고 있는 에스키모인은 엄한 속에서 생활하고 야수와 박투하는 가운데서 건장한 신체를 연마하였다. 하지만 그들이 아들의 수렵재간이 자기를 초월하게 되자 물러서서 더는 수렵에 참가하지 않은데서 건강상태는 활동이 적어진 것으로 하여 급격히 나빠졌다. 경기에서 물러난 적잖은 우수한 선수들도 훈련을 정지한 후의 건강상태가 급격히 나빠졌다. 이로부터 운동을 적게 하면 생명의 푸른 나무는 시들게 되며 운동을 정상적으로 해야만 생명에 활기를 가져다주어 사람들을 정력이 왕성하고 건강장수하게 한다는 것을 알 수 있다. 몇십 년 전에 스웨덴의 한 국왕은 자신의 90돌 생일에 이렇게 말하였다. "내가 이렇게 오래 살수 있었고 신체가 줄곧 아주 건강할 수 있는 것은 잔디풀 정구의 공로가 아닐 수 없다." 그는 90성상의 생활의 길에서 정구를 67년이나 쳤던 것이다. 핀란드의 저명한 의사 카워니의 연구보고는 경상적으로 스키를 타는 사람은 스키를 타지 않은 사람보다 평균수명이 약 7년이 더 길다고 하였다. 일찍 16세기에 일부 명의들은 '게으름뱅이는 장수하지 못한다.'고 단언하였다. 이 모든 것은 생명에 대한 운동의 중요한 의의를 설명해주는 것이다.

인체는 억만 개를 헤아리는 세포로 구성되었다. 세포는 인체구조의 기본단위이며 인체의 각종 생리적 기능을 실현하는 물질적 기초이다. 세포는 끊임없이 신진대사를 하며 세포의 생명현상인 생장, 발육, 번식,

노쇠, 사망 등을 표현한다. 인체는 상피조직, 결체조직, 근육조직, 신경 조직 등 4대 조직으로 구성되었으며 또 이 몇 가지 부동한 조직이 조합되어 특정된 구조와 기능이 있는, 독립적 기관인 심장, 폐장, 위장, 간장 등으로 구성되었다. 인체는 또한 생리적 기능을 완수하는 허다한 기관이 연합하여 운동기 계통, 순환기 계통, 호흡기 계통, 소화기 계통, 비뇨기 계통, 생식기 계통, 신경 계통, 감각 계통, 내분비 계통 등 9개 계통을 형성하며 바로 이런 9개 계통의 협조와 배합만이 인체의 정상적 기능을 실현할 수 있다. 이런 정상적 기능의 실현에서 체육운동은 인체의 기능을 높여주고 생명을 연장해준다.

인간의 생명은 모체에서 배태된 태아시기로부터 노쇠에 이르기까지 태아기, 영아기(만 1살 이내), 유아전기(1~3살), 유아시기(3~6, 7살), 아동기(6, 7~11, 12살), 청춘발육기(11, 12~16, 17살), 청춘기, 성년기와 노쇠기 등 시기를 거친다. 청춘기는 아동으로부터 성년으로 발육되는 과도시기로서 이 시기에 생장발육 수준이 높은가 낮은가 하는 것은 성년이 된 후의 건강상태에 심원한 영향을 준다. 생장과 발육은 인체의 생장과정에서 호상 연계되는 두 개 방면이다. 생장은 세포의 번식 및 세포질의 증가를 가리키는데 키의 증장, 체중의 증가 등에서 표현된다. 발육은 비교적 복잡한바 형태의 개변 및 유기체의 일련의 생리적 기능의 완벽을 포괄한다.

인체의 생장발육은 직선상승인 것이 아니라 파도식으로서 생장이 빠를 때도 있고 늦을 때도 있다. 태아로부터 성숙시기에 이르기까지는 생장이 비교적 빠른 두 개의 단계가 있다. 이것을 생장발육의 두 차례의 고봉이라고 하는데 첫 번째의 고봉은 태아시기로부터 출생 후의 첫 해에 이르는 사이이고 두 번째의 고봉은 청춘기이다.

청춘기에 들어선 후 각 기관계통은 생장이 빨라진다. 키는 평시에 해마다 4~6센티미터씩 자라던 것이 해마다 8~10센티미터씩 자란다. 체중은 평시에 해마다 1.5~1.2킬로그램씩 늘어나던 것이 해마다 5~6

킬로그램씩 늘어난다. 심장과 같은 내장기관도 매우 빨리 자라는데 예하면 심장의 무게는 출생시기의 10~12배에 달하며 심장의 용적도 뚜렷하게 증대된다.

청춘시기에 생리상에서 신체의 형태, 기능, 성기관 등에서 아주 큰 변화가 생기며 심리상에서도 점차적으로 성숙된다. 인간의 성장발육은 선천적 유전요소와 후천적 환경요소의 영향을 받게 된다. 후천적 요소 가운데서 또한 생활환경, 영양, 정신심리요소, 의료위생조건, 기후, 계절 및 노동, 체육단련 등이 포함되어있다. 이런 많은 요소들 가운데서 과학적인 체육단련과 합리적인 영양은 청춘기에 있어서 특히 중요한 의의를 가지게 된다.

청년시절의 단련은 일생에 대하여 심원한 영향을 주게 된다. 과학기술이 발전하지 못한 고대에 있어서 사람들은 선단을 만들고 신선초를 찾고 천지신명이 복을 내려줄 것을 기도하면서 늙은이가 젊어지고 장생불로할 것을 바랐지만 결과는 장생불로의 영약을 끝내 찾지 못하였다. 왜냐하면 자연생물계의 생로병사는 항거할 수 없는 것이기 때문이다. 그러나 과학기술이 발달한 현시대에서 인체의 생리활동의 법칙을 장악하고 노쇠과정의 발생과 발전을 늦춘다면 생명을 한시기(주요하게 중년시기) 내에 장년시기의 청춘의 생기를 유지하게 할 수 있는 것이다. 청소년시기로부터 신체단련의 습관을 길러 간단없이 단련을 견지하는 것은 노쇠과정을 늦추고 청춘을 연장하는 적극적인 조치로 된다.

학자들의 연구에서 발견된데 따르면 인체는 25세부터 체내 외 대사활력이 10년을 사이 두고 7~8%씩 급격히 내려가는데 이 쇠퇴과정이 빠름과 늦음은 영양, 질병, 유전, 환경, 정서, 단련 등 요소의 영향을 받게 된다. 과학자들의 실험에 의하면 젊었을 때 단련에 주의를 돌린 중, 노년은 젊었을 때 단련에 주의를 돌리지 않은 중, 노년보다 산소호흡능력이 크게 우월하다는 것을 발견하였다. 체중이 50킬로그램 되는 사람이 단련하지 않은 사람보다 산소호흡량이 1,150밀리리터가 더 많앴다. 산소호흡능력의 제고는 체내의 대사과정에 대하여 관계가 아주 크다. 외국의 한 학자는 양호한 산소호흡능력도 역시 암을 예방하는 요소라고 하였다.

청소년시절부터 단련에 주의를 돌리면 대뇌의 생장발육과 뇌의 기능의 제고에 유리할 수 있다. 미국의 일부 연구일군들은 새끼 쥐를 실험하여보았는데 활동이 많은 새끼 쥐가 활동이 적은 새끼 쥐보다 대뇌신경세포가 더 크게 자랐을 뿐만 아니라 세포의 갈래가 많고 발육이 더욱 좋아진 것을 발견하였다. 또 운동선수와 보통사람들의 신경세포 기능을 조사, 대비하여 보았는데 운동선수들의 신경세포가 노쇠 되는 현상이 뚜렷하지 않다는 것을 발견하였다. 이로부터 알 수 있는바 단련은 뇌기능의 쇠퇴를 미루고 연장시키며 사고력과 기억력을 증진하고 민첩해지는데 유조한 것이다. 학술상에서 조예가 깊고 저술이 많은 일부 이름난 학자들은 '생명은 운동에 있다'는 이치를 알고 있었다. 저명한 생리학자 빠블로브는 80고령에도 여전히 정력이 왕성하게 과학연구에 종사하면서 과학전문저서를 써내었는데 그의 일과표에는 단련은 없어서는 안 되는 한 가지 내용이었다. 그는 자전거타기, 배젓기, 수영과 보건유회를 즐겨하였다. 그는 단련이 그에게 한 가지 특수한 뇌 보호즙을 주입해준다는 것과 '근육의 시원함'을 느꼈다. 세계에 이름난 큐리 부인은 일생동안 운동을 즐겼는데 결혼 날에 자전거를 타고 유람하면서 밀월을 보냈고 환갑이 넘었는데도 여전히 바다에 가서 헤엄을 쳤다. 그의 딸은 어머니가 그의 첫 체육교원이었다고 회상하여 말하였다. 레브 톨스토이의 사무실 옆에는 보건실이 하나 있었는데 그는 사업여가에 그곳에 가서 신체를 단련하였다.

생명은 운동에 있다. 운동은 생명의 활기를 북돋우어주어 생명의 불꽃을 더욱 활활 타오르게 한다.

체육운동과 건강

건강은 세상에서 가장 힘 있는 존재인 사람이 자연과 사회를 변혁하는, 자주적이며 창조적인 활동을 하게 하는 필수적 조건이다. 사람들이 아무리 훌륭한 과학기술을 소유하고 있다 하더라도 그들이 건강하지 못하고 늘 앓거나 제대로 일을 하지 못한다면 그런 과학기술은 나라에 아무런 도움도 주지 못할 것이며 소용이 없는 것으로 되고 말 것이다.

건강은 근로자들을 창조적 노동에 적극 참가시키는 튼튼한 담보이며 행복한 생활을 누리는데 중요한 조건으로 된다. 사회주의 건설사업을 더욱 다그치며 더욱 보람차고 행복한 생활을 보장하기 위하여서는 근로자들의 체력을 튼튼히 단련시켜 건강을 증진시켜야 한다.

체육활동은 건강증진과 체력단련의 가장 힘 있는 수단이다. 근육활동을 위주로 하는 몸의 운동 특히 체육운동은 뼈를 튼튼히 하고 근육을 발달시키며 키를 크게 할 뿐만 아니라 몸을 조화적이면서도 균형적으로 발달시킨다. 또한 모든 기관, 계통들의 기능을 높여주며 힘, 민첩성, 인내성, 교치성, 유연성 등을 발달시킨다. 또한 체육활동은 불리한 환경의 변화에 잘 견디어내며 병에 대한 저항력을 높여줄 뿐만 아니라 적당한 체육활동은 여러 가지 병의 예방과 함께 치료사업에 널리 이용되고 있다.

새 중국이 창건된 이래 당 중앙에서는 '체육운동을 발전시켜 인민의 체질을 증진시키자!'라는 호소를 내렸으며 체육을 대중화, 전민화 할

데 대한 일련의 방침을 세웠다. 그리하여 근로자들 속에서 체육활동이 생활화되어 모두가 건강한 몸으로 사회주의건설사업에 적극 이바지하고 있으며 과거에 '동아의 병부'라고 치욕 받던 시기는 영원히 지나가 버리고 세계의 체육 강국에로 매진하고 있다.

체육운동과 호흡

체육활동이 호흡에 미치는 영향은 매우 크다. 물질대사 과정은 가스 교환이 진행되는 조건에서만 정상적으로 진행될 수 있다. 유기체와 바깥과의 사이에서 진행되는 가스대사 과정을 호흡이라고 한다. 그러므로 호흡은 생명체의 특징적인 생리적 현상이다. 세포에서 바깥공기와 피 사이에 진행되는 가스교환을 폐호흡 또는 바깥호흡이라고 하며 피와 세포 및 조직사이에 진행되는 가스교환을 조직호흡 또는 안호흡이라고 한다. 보통조건에서 숨을 한번 쉴 때 약 500밀리리터의 공기를 마시는데 이 호흡용량을 숨바탕량 또는 호흡량이라고 한다. 어른들은 1분 동안 16~21번(평균 18번) 숨을 쉬게 되므로 1분 동안에 약 8리터의 공기를 마시게 된다.

체육활동을 할 때 근육조직에서는 물질대사 기능이 크게 강화되므로 산소에 대한 수요가 높아지며 탄산가스와 물질대사 중간산물이 많이 생겨나므로 호흡이 세져서 폐활량이 많아진다. 체육운동을 할 때 폐활량은 60~100리터/분이나 많아지며 몹시 센 육체운동을 할 때에는 최대 폐활량이 140리터/분 이상에 이를 수 있다. 이럴 때 호흡은 30~40회/분으로 많아진다.

운동부담을 받을 때에는 호흡량도 늘어난다. 체계적인 체육훈련을 한 선수들은 호흡기능이 훨씬 발전한다. 훈련과정을 통하여 가슴통의 부피는 커지며 호흡 차수가 적어지는 반면에 호흡 차수는 10~12회/분이며 개별적인 선수들 중에는 6~8회/분인 경우도 있다. 잘 훈련되지 못한 선수들에게 있어서는 육체운동을 할 때 호흡량이 훨씬 늘어나지 않고 호흡차수가 몹시 잦아지며 폐활량이 그리 많아지지 않는 것을 볼 수 있다. 호흡기능이 단련되지 못한 보통사람들은 육체운동을 할 때 폐활량이 50~70리터/분정도 많아지며 그 최대 한계는 100리터/분정도 이다. 최대 폐활량은 육체적 능력이 발전함에 따라 커진다. 폐활량은 호흡근이 발달되고 가슴통의 움직임성이 커짐에 따라 많아진다. 육체 운동을 시작하면 호흡기능이 반사적으로 강화되면서 폐활량이 점차적 으로 증대되는데 운동을 시작하여 3~4분 지나면 폐활량은 최대에 이 르게 된다. 이때에는 운동과정에서 생겨나는 탄산가스가 호흡중추를 몹시 흥분시키므로 호흡기능이 제일 왕성해진다.

폐활량의 크기는 산소 수요량과 밀접한 관계가 있다. 산소 수요량이 클 때에는 그에 따라 폐활량이 많아짐으로써 산소 섭취량도 많아진다. 그리하여 비교적 세기가 낮은 운동을 할 때에는 산소 수요량과 산소 섭 취량 사이에 균형이 이루어짐으로써 정상상태가 유지된다. 그러나 산소 섭취량이 최대 한계까지 늘어나도 산소 수요량에 대한 부족이 생기게 된다. 그러므로 세기가 높은 운동을 할 때에는 산소부족이 생긴다. 세기 가 낮은 운동을 할 때에는 운동이 끝나면 폐활량도 인차 적어지지만 세 기가 높은 운동을 할 때에는 운동이 끝난 다음에도 산소부족을 이겨내 기 위하여 얼마동안 폐활량이 적어지지 않는다. 숨을 들이쉴 때 폐가 늘 어나므로 가름막에 있는 말초신경이 기계적 자극을 받아 흥분을 호흡중 추에 전달하면 들숨에 참가했던 근육의 수축을 멈추게 함으로써 날숨을 쉬게 된다. 날숨을 쉴 때에는 폐가 느즈러지므로 폐나 가름막의 말초신 경이 기계적 자극을 호흡중추에 전달하며 호흡중추는 반사적으로 호흡 근을 줄어들게 함으로써 들숨을 쉰다. 피 안에 탄산가스가 쌓이면 호흡 중추를 흥분시켜 호흡을 세지게 한다. 피 안의 산소부족은 호흡중추를 직접 흥분시키지 않으나 산이 쌓이고 이에 따라 PH치가 변화됨으로써 호흡중추를 흥분시킨다. 호흡근은 마음대로 줄어들게 할 수 있으므로 어느 정도 호흡을 의식적으로 조절할 수도 있다.

체육활동을 할 때 호흡의 조절 가운데서 주요한 역할을 노는 것은 신경 몸액적 조절이다. 육체운동이 세지면 피 안의 탄산가스의 농도가 훨씬 높아지는데 이것은 호흡중추를 몹시 흥분시킨다. 피 안의 탄산가스는 운동을 시작하자마자 많이 쌓이는 것이 아니라 얼마동안 근육활동이 진행된 다음에 현저한 량에 이르게 되므로 호흡은 점차적으로 세진다. 격렬한 육체운동을 할 때에는 피안에 젖산도 많이 쌓이게 되는데 이것은 피의 PH치를 변화시킴으로써 호흡중추를 흥분시킨다. 그러므로 젖산이 많이 생겨나는 세기가 높은 운동에서 호흡이 대단히 세차지는 것을 보게 된다. 육체운동을 할 때에는 또한 적극적으로 활동하는 근육과 힘줄의 감각받이나 뼈마디들에 있는 감각받이에서 생기는 흥분에 의하여서도 호흡이 빨라지는 것을 보게 된다. 체육운동을 할 때 호흡이 빨라지는 것은 이와 같이 복잡한 기전들이 호흡의 조절과정에 참가하기 때문이다.

체 육 운 동 과 심 장

심장은 혈액순환계통의 중심에 놓여있는 기관으로서 율동적인 수축에 의하여 혈관 안에 피를 뿜어준다. 그러므로 심장이 제대로 뛰어야 모든 기관들이 정상적으로 활동할 수 있으며 자기의 기능을 원만히 수행할 수 있다.

심장이 자기의 기능을 제대로 수행하자면 경상적인 체육활동을 통하여 단련되어야 한다. 체육은 심장을 단련하는 가장 효과적인 수단이다. 그러므로 체육을 체계적으로 하여 심장을 단련하여야 건강을 증진시킬 수 있다. 체육운동을 할 때에는 심장에 주는 부담이 커지므로 운동을 반복적으로 하는 과정을 통하여서만 심장이 단련되며 그 기능이 발달된다. 그러므로 체육활동은 심장을 단련하는데 좋은 영향을 준다. 체계적으로 체육운동을 한 선수들 속에서는 뼈대 살이 커지는 현상이 나타나는 것과 같이 심실살의 활동성 확대도 근육활동에 의한 생물학적인 적응현상이라고 말할 수 있다. 이와 같이 육체운동에 의하여 심실살이 커진 심장을 운동심장 또는 선수심장이라 한다.

운동심장은 1899년에 처음 스키선수에게서 알아내게 되었는데 검진을 하는 과정에 심장이 커진 것을 보아내었다. 운동심장에서 심실살이 커지는 것은 주로 좌심실 벽에서 뚜렷한데 조직학적으로 심장살 섬유가 굵어지고 길어지지만 그 수는 많아지지 않는다. 심장살 섬유가 길어질 때 근선 사이 간격에 변화가 없는 것으로 보아 심장살 섬유가 길어지는 것은 근형질이 많아지는 결과라고 설명할 수 있다. 그러나 병적으로 커진 심장은 근육섬유가 커진 것이 아니라 근육섬유가 많아지고 근선 사이의 간격이 넓어진 것이므로 운동심장과 다르다. 뢴트겐으로 보면 운동심장은 안정되었을 때 심장그림자가 크고 수축될 때 심장그림자가 현저히 작아지는 것을 볼 수 있다. 안정되었을 때 심장그림자가 커지는 것은 심실벽이 커지고 심장살이 늘어나는 능력이 커진 결과이며 수축될 때에 심장그림자가 작아지는 것은 심장의 줄어드는 힘이 세져서 심장에 남은 피가 적어지므로 늘어나는 용적이 작아지기 때문이다. 이런 현상은 단련된 심장일수록 뚜렷하게 나타난다. 그러나 병적으로 커진 심장은 심장이 수축될 때 심장살 섬유의 줄어드는 힘이 약하고 심장에 남는 피의 량이 작아지는 것이 아니라 오히려 커진다. 일반적으로 마라손, 자전거, 조정경기 선수들의 심장이 뚜렷하게 커지며 짧은 거리 달리기와 같은 속도운동선수들의 심장은 그다지 커지지 않는다. 그러나 역기를 비롯한 힘 운동선수는 심장이 좌우측으로 커지는 경우가 많다. 힘 운동에서 심장이 뚜렷하게 커지는 것은 힘 운동을 할 때 가슴안의 압력이 커지며 심장 특히 우심실에 커다란 저항을 주는 것과 많이 관계된다. 이때에는 우심실에서 커지는 현상보다도 늘어나는 현상이 위주로 된다. 운동심장에서는 심실이 커지는 현상과 늘어나는 현상이 우심실이나 좌심실에서 다 나타난다. 심실이 늘어나는 현상에는 섬유성인 것이 있는데 운동심장에서 볼 수 있는 것은 섬유성이다.

심장의 섬유성이 늘어나기 현상은 심장에로 흘러드는 피 량이 많고 심방에 대한 저항이 크게 높아질 때 나타난다. 이런 경우에는 심실내강이 길이로 늘어난다. 이와 같이 심실내강이 커지는 것은 운동심장의 그림자를 크게 하는데 중요한 작용을 놀게 된다. 그러나 근육성 늘어나기 현상은 병적으로 커진 심장에서 볼 수 있다. 이런 심장은 심실내강이 사방으로 넓어져 심장이 몹시 늘어난다. 선천적으로 심방 사이벽이 아물지 못한 심장에서 우심실이 몹시 늘어나는 것을 뚜렷하게 볼 수 있다. 운동심장에서는 우심실이 커지거나 늘어나는 경우가 있다. 이런 현상은 수영, 체조 특히 역기, 레슬링과 같이 숨을 억제하면서 가슴 안의 압력이 대단히 높아지는 운동종목의 선수들에게서 흔히 찾아볼 수 있다.

체육운동을 통하여 단련된 운동심장은 심실의 수축력이 세지며 배출량이 많으므로 부교감신경의 긴장이 세져서 심장의 맥박수는 반대로 적어진다. 심장맥박수가 적어지는 것은 심장배출량이 많아지는 것과 밀접한 관계가 있다. 운동심장은 부담을 받을 때 배출량이 많아지면서 맥박수를 높이기 때문에 분시배출량이 훨씬 늘어나 운동에 적응하게 된다. 분시배출량은 심장의 배출량의 크기와 맥박수에 의하여 규정된다. 단련된 심장의 배출량은 보통심장에 비하여 크지만 맥박수는 적기 때문에 안정상태의 분시배출량에서는 별로 차이가 없다. 그러나 육체운동으로 심장에 주는 부담이 커질 때에는 분시배출량이 많아진다. 단련된 심장은 또한 한번의 수축에 단련되지 못한 심장에 비하여 에너지양을 50%나 적게 소비하면서 더 커다란 의의를 가지는 것은 중추신경계통으로부터 받는 영향이다. 경기와 관련된 조건자극의 영향에 의하여 운동선수들의 심장들의 심장활동이 반사적으로 달라진다.

체육운동과 혈액순환

심장의 수축활동에 의하여 피는 혈관을 따라 온몸을 돈다. 혈관계통은 동맥, 정맥, 모세혈관으로 이루어진 닫긴 계통이다. 근육섬유와 탄력섬유가 많기 때문에 늘었다 줄었다 하는 성질이 센 대동맥은 점차 갈라져서 나중에는 소동맥으로 된다. 소동맥에는 탄력섬유가 적고 근육섬유가 많은데 소동맥은 모세혈관과 연결된다. 소동맥들에서 피 흐름에 대한 저항은 대동맥이나 중간동맥에서보다 훨씬 크며 모세혈관에서는 그보다도 더 크다. 모세혈관에 소정맥이 연결되고 소정맥들이 모여서 대정맥을 이룬다. 정맥의 벽은 얇으며 결합조직이 많고 근육섬유는 적다. 대정맥에는 반달모양의 판막이 있고 팔다리 정맥에도 판막이 있는 것이 특징이다. 정맥에 있는 판막은 피의 역 흐름을 막는다.

피를 순환하게 하는 힘은 심장의 수축과 동맥의 압력이다. 체육운동을 할 때 혈액순환이 빨라지는 것은 무엇보다도 심장의 수축력이 세지기 때문이다. 심장의 수축활동에 의하여 혈관 안에 압력이 생기는데 혈관 벽에 대한 피 흐름의 압력을 혈압이라고 한다. 심장에서 뿜어내는 피의 량이 많으면 혈압이 높아지며 혈압이 높을 때 혈액순환이 빨라진다. 혈관의 압력은 심장이 수축할 때 제일 높아진다. 심장이 율동적으로 수축되면서 피를 뿜어낼 때 혈관에서 피의 흐름이 연속성을 띠는 것은 심장이 수축될 때 확대됐던 혈관이 다시 수축되면서 혈관 안에 압력이 생기게 하기 때문이다. 그러므로 심장이 확대될 때 혈압이 제일 낮아진다. 건강한 사람의 최고혈압은 110~120mmHg이며 최저혈압은 70~80mmHg이다. 체육선수들의 혈압은 보통 사람들에 비하면 낮다. 즉 최고혈압은 100~110mmHg, 최저혈압은 60~70mmHg이다. 최고혈압과 최저혈압의 차이를 맥압이라고 하는데 맥압은 30~35mmHg 정도이다. 심장에서 피를 내뿜는 량이 많을수록 맥압이 큰데 체육선수들에게서 맥압은 40~45mmHg 정도이다. 좌심실에서 시작되는 대동맥에서는 수축될 때의 혈압이 120~140mmHg이다. 이 압력으로는 동맥의 피가 마지막까지 거침없이 흘러나갈 수 있다. 모세혈관에서 혈압은 20~40mmHg인데 여기에서 피의 흐름도 심장의 수축에 의하여 진행된다. 그러나 정맥에서의 혈액순환은 사정이 다르다. 큰 정맥에서의 혈압은 겨우 0~15mmHg밖에 되지 않으므로 정맥에서 피의 흐름은 심장의 압력에 의한 쾌속 순환작용, 근육의 수축에 의한 압박작용 등 보충적인 요인들이 작용하지 않고서는 원만히 진행될 수 없다. 여기서도 근육이 수축될 때 정맥 벽을 누르는 작용(펌프작용)이 정맥순환에서 커다란 역할을 논다.

체육활동을 할 때 심장의 분사양이 많아지고 순환하는 피의 양도 많아지지만 정맥순환이 잘 진행되는 것은 근육의 수축되는 활동에 의한 펌프작용이 정맥 안에서의 피의 흐름을 적극 도와주기 때문이다. 근육활동이 세지면 모였던 피가 동원됨으로써 순환하는 피의 양이 1리터 이상 더 많아진다. 또한 이때에는 모세혈관들이 열리면서 피의 재분배가 일어나 피의 70~80%가 근육에로 흐른다. 이런 조건에서 운동을 갑자기 멈추면 정맥혈관에 대한 근육의 펌프작용이 멎는데 결과 다리에 많이 쏠렸던 피가 제때에 흘러들지 못하여 눈앞이 어두워지고 어지럼증이 일어나며 심할 때에는 정신을 잃는 경우까지 나타난다. 이런 현상은 심장에 들어오는 피의 양이 적어지므로 혈압이 낮아지고 머리에 빈혈이 생기기 때문에 나타난다. 이런 현상을 방지하기 위하여서는 운동을 갑자기 멈추지 말고 근육의 긴장을 풀어주는 운동과 심호흡을 하여야 한다.

피의 흐름속도는 심장이 피를 뿜어내는 압력과 혈관에서 피 흐름에 대한 저항의 크기에 관계된다. 대동맥에서 피의 흐름속도가 제일 빠른데 500~600밀리미터/초이고 소동맥에 갈수록 점점 떠져 중간정도의 동맥에서 150~200밀리미터/초이며 소동맥에서는 5밀리미터/초이다. 피의 흐름속도는 모세혈관에서 제일 떠지는데 보통 0.5밀리미터/초이다. 정맥에서도 심장방향으로 가면서 핏줄이 굵어질수록 피의 흐름속도가 빨라진다. 이때 중간정도의 정맥에서 60~140밀리미터/초이고 제일 큰 공정맥에서 200밀리미터/초이다. 대순환(온몸피돌기)에서 피의 흐름속도는 소순환(폐피돌기)에 비하여 빠르다. 피가 온몸을 한번 순환하는 데는 보통 20~25초 걸리는데 여기에서 절반이상이 소순환에서 소비된다. 체육활동을 할 때에는 심장의 수축 힘이 세지고 늘어나며 혈액순환에 대한 저항이 적어지므로 피의 흐름속도는 25밀리미터/초나 된다. 그리하여 피가 대순환을 하는 시간은 약 10초정도 된다. 이와 같이 피의 흐름속도가 빨라지면 그만큼 가스대사과정이 활발히 진행되게 된다. 체육활동을 할 때 뼈대살의 감각받이로부터의 흥분에 의하여 처음부터 혈액순환 기능이 높아지지만 특히 의의가 있는 것은 조건반사 기전이다. 체육경기 또는 훈련과 관련된 일련의 조건자극들의 영향에 의하여 운동하기 전 심장혈관계통의 기능이 반사적으로 세지게 됨으로써 격렬한 운동에 적응시킨다. 운동을 진행하는 과정에 생겨나는 분해산물들이 화학 감각받이를 자극하여 반사적으로 활동을 세게 하며 모세혈관을 늘리어 심장의 분사량을 증대시킨다. 그리하여 혈액순환에 대한 저항을 줄게 하여 심장혈관계통을 근육활동에 더욱 잘 적응시킨다.

체육운동과 소화기

    음식을 먹으면 영양물질가운데서 분자량이 작은 물, 무기염류, 비타민 등은 그대로 흡수되지만 단백질, 기름, 탄수화물과 같이 분자량이 큰 물질들은 그대로 흡수될 수 없으므로 소화기관 안에서 작고 부드럽게 쪼개어지고 소화액과 잘 섞여지고 효소들의 영향에 의하여 단순한 물질들로 분해 되어야 흡수된다. 이빨은 음식을 잘 씹어 부드럽게 만들며 침을 비롯한 소화액에 있는 효소들은 단백질을 아미노산으로, 기름을 기름산과 글리세린으로, 탄수화물을 당단류로 분해한다. 침에는 농마(탄수화물)를 분해하는 효소인 아밀라제가 있으며 이것은 알칼리 또는 중성매질에서 농마를 말토즈까지 분해한다. 침에는 또한 적은 량의 단백질분해효소와 기름분해효소가 있으며 균을 용해하는 물질도 있다.

    위에서 나오는 위액에는 단백질을 알부모즈와 페프톤으로 분해하는 효소 페프신이 있으며 젖 모양으로 된 중성기름을 분해하는 효소 리파제가 있는데 이것들은 산성매질에서 작용한다. 위액은 음식냄새를 맡거나 음식에 대한 생각을 할 때에도 나오지만 본격적으로 나오는 것은 음식을 먹기 시작하여 6~8분 후부터이며 15~30분 후부터는 음식물이 위안에 들어가 분해 되거나 또한 음식물에 있는 조미료 등에 의하여 위액의 샘나기가 더 강화된다. 위액에서는 단백질이 소화되며 일부 기름이 소화된다. 가는 밸에는 췌장에서 나오는 췌장액과 가는 밸의 샘들에서 나오는 장액, 간장에서 나오는 열물에 의하여 소화과정이 진행된다. 췌장액에는 단백질을 분해하는 효소 에텝신과 트립신이 있으며 에텝신은 알부모즈와 페프톤을 아미노산으로 분해한다. 췌장액에 있는 아밀라제는 농마를 이당류로, 말타제는 이당류를 단당류로 분해한다. 이것들은 중성매질에서 그 작용력이 제일 크다. 췌장액에 있는 리파제 는 열물에 의하여 젖 모양으로 된 기름을 분해한다. 가는 밸의 장액에 는 단백질 분해효소, 펩티다제, 탄수화물의 분해효소 이벤르타제, 말타 제, 기름의 분해효소 리타제 등이 있다. 위를 거친 음식물은 가는 밸에 오랫동안 머물러있으면서 소화효소들의 영향을 받아 소화과정이 기본 적으로 끝난다.

음식물에 있는 영양물질은 수용액으로 되어 소화관의 점막에 있는 표피세포를 통하여 흡수된다. 물과 일부 탄수화물의 소화물은 위에서 흡수되며 대부분은 가는 밸의 잔털에서, 아미노산과 단당류는 피에, 기름산과 글리세린은 림프에 흡수된다. 영양물질은 소장에서 기본적으로 흡수되고 나머지 물질은 대장에서 처리되어 대변으로 배설된다. 소화 과정은 복잡한 신경반사적 및 체액적 기전에 의하여 조절된다. 음식물 에 있는 영양소가 소화 흡수되는 정도를 소화흡수율에 의하여 평가한 다. 즉

$$\text{소화흡수율} = \frac{\text{먹은 영양소량} - \text{대변으로 나가는 영양소량}}{\text{먹은 영양소량}} \times 100$$

소화흡수율은 소화관의 기능상태, 음식물의 영양소 함량과 그의 비율, 음식물의 조리 및 가공방법, 영양규제 등에 관계된다. 소화관의 기능이 좋으면 음식물을 잘 소화시키며 영양물질도 잘 흡수된다.

정상적으로 체육운동을 하면 입맛이 좋아지고 음식물을 잘 소화한 다. 또한 식물성 음식물에 비하여 동물성 음식물의 소화흡수율이 좋다. 음식물을 가공, 요리할 때 동물성 음식물과 식물성 음식물을 섞으면 소화흡수율이 좋으며 식물성 음식물도 물고기나 고기를 넣어 가공하면

소화흡수율이 훨씬 더 높아진다. 음식을 가공, 요리할 때 색깔과 모양을 먹음직하게 하면 사람들의 입맛을 돋울 뿐만 아니라 소화흡수율도 퍽 좋아진다. 소화흡수율을 높이기 위해서는 음식물의 양을 알맞춤하게 하며 식사시간을 5~6시간정도의 간격을 두고 지정된 시간에 꼭꼭 식사하는 것이 중요하다. 식사를 하는 환경과 조건도 사람들의 기분상태에 많이 관계되는데 깨끗하고 유쾌한 분위기속에서 식사를 하도록 하는 것이 또한 중요하다.

이상에서 설명하다시피 인체는 생명활동 가운데서 부단히 신진대사를 하며 외계로부터 영양물질을 받아들여 체내에서 일련의 복잡한 변화를 거친 후 인체의 생명활동의 수요에 공급하는데 소화와 흡수는 이 일련의 변화에서의 첫 고리이다. 사람들이 체육활동을 생활화하고 몸을 단련하면 소화기관을 튼튼히 하고 에너지의 소모는 안정할 때보다 크게 증가된다. 예하면 1분 동안에 100미터의 속도로 빨리 걸을 때 매 분 동안의 에너지의 소모는 앉아서 사업하거나 학습할 때의 3배이고 1분 동안에 130미터의 속도로 천천히 달리기를 할 때의 에너지의 소모는 평시의 5~6배이며 한 게임의 농구를 쳤을 때의 에너지의 소모는 평시보다 20배거나 그보다 더 많이 증가될 수 있다. 에너지의 소모가 증가되면 필연코 소화흡수가 다그쳐 진행되도록 촉진한다. 그리하여 단련한 후에는 식욕이 당기게 되는 것이다. 둘째, 체육단련을 할 때 복근과 횡격막근의 운동이 위장에 '안마작용'을 놀게 된다. 동시에 단련할 때의 유쾌한 정서와 단련이 끝난 뒤 부교감신경가운데서의 미주신경 작업능력의 강화는 소화흡수기능에 양호한 영향을 준다. 셋째, 신체단련은 또한 일부의 위장질병을 예방하는데 있어서 적극적인 수단으로 된다.

체육운동과 신경

신경계통은 중추신경과 말초신경 두 개 부분으로 구성되어있다. 중추신경계통은 주로 뇌와 척수로 구성되었고 대뇌는 인체의 사령부이다. 인체의 모든 활동은 신경계통의 조절 밑에서 진행된다.

경상적으로 체육단련을 하면 대뇌피질의 흥분성이 강화되고 제지성이 강화되며 흥분성과 제지성이 더욱 집중되고 신경과정의 민감성이 제고되며 체내외의 자극에 대한 반응이 보다 신속하고도 정확하여진다. 체육단련을 할 때 인체의 근육활동과 각 내장기관의 활동은 안정할 때보다 더욱 복잡하고 번중(繁重)하기 때문에 지휘부의 지휘사업도 더욱 번망해지게 된다. 측정에 따르면 탁구공이 날아가는 속도는 시속으로 30킬로미터에 달할 수 있고 축구공은 시속으로 86킬로미터에 달할 수 있다. 이와 같이 고속으로 오는 공과 운동장에서의 복잡한 변화에 대하여 제때에 조화적 반응을 일으키는 것은 인체의 지휘부인 신경계통에 대한 훌륭한 단련으로 된다. 동작이 비교적 온화한 태극권이라 할지라도 동작이 연속 이어져야 하고 호흡이 고르고 연하며 깊고 길어야 하기 때문에 지휘기관이 고도로 집중되어 지휘할 것을 요구한다. 경상적으로 단련하면 대뇌 신경세포의 사업능력을 높이는데 유조하며 반응이 영활하고 신속하며 정확하고 조화적이 되게 하여 신체단련을 오랫동안 하여도 신체가 쉽사리 피로해지지 않는다. 단지 대뇌피질 신경세포의 반응의 영활성만을 놓고 보더라도 인체가 외계의 자극신호

(예하면 빛을 보았거나 소리를 들었을 때)를 감수해서부터 대뇌피질에 전달된 후 반응을 일으키는 시간(반응 잠복기라고 함)이 보통사람은 약 0.3~0.5초 걸리고 경상적으로 단련하는 선수는 약 0.12~0.15초 걸리며 우수한 선수는 0.1초 혹은 그보다 더 짧은 시간밖에 걸리지 않는다. 이는 반응단련이 신경계통 기능을 증강시키는데 노는 역할의 한 개 방면이다.

과학적인 체육단련을 하면 인체의 각 기관의 신경계통 조절작용이 개선되어 여러 기관과 계통이 더욱 민활하고 조화롭게 활동하며 신경계통이 고도의 기능을 발휘할 수 있게 한다. 신경계통의 기능이 제고되면 운동능률과 사업능률 및 외계환경에 대한 적응능력을 높일 수 있다. 체육운동을 할 때 운동중추가 고도로 흥분되기 때문에 그 주위에는 강력한 제지성이 생겨 기타의 신경세포들이 잘 휴식할 수 있다. 그러므로 정신노동자에게 있어서는 체육단련이 극히 중요하다. 이밖에 운동이 신경계통에 대하여 좋은 역할을 놀기 때문에 의학에서는 병을 치료하는 수단으로, 특히 신경계통에 생긴 병치료의 수단으로 체육을 널리 이용하고 있다.

체육운동은 또한 인체의 정보부분인 감각기관에 대하여서도 양호한 작용을 논다. 사람들이 공을 칠 때 경기장의 복잡한 변화에 대하여 제때에 판단을 내리고 반응을 일으키며 체조연습에서 공중돌기를 하여도 신체가 여전히 평형을 이루며 등지고 높이뛰기를 할 때 근육이 고도로 조화되는 것은 모두 인체의 '정보부분'인 감각기관의 공로이다.

체육운동을 할 때 경기장에서의 정황변화가 많고 복잡하므로 시각기관이 제때에 경기장의 변화를 감각하고 대뇌에 보고할 것이 요구된다. 때문에 체육운동은 시각기관을 단련하는데도 아주 유조하며 사람들의 시야를 넓혀준다. 생리학자의 실험이 알려주다시피 구기선수의 시야는 보통 사람들보다 넓으며 훈련한 후의 시야도 훈련 전보다 넓어지게 된다. 동시에 경상적으로 단련하는 사람은 거리를 판단한 입체적 시각이 매우 정확하다. 예하면 정구, 탁구, 야구 등 선수들의 입체적 시각이 매우 정확하다. 운동 역시 전정기관기능을 증강시키는 효과적 수단이다. 전정기관기능이 차한 사람은 얼마간 돌거나 뛰면 어지러워하고 아찔해한다. 그들은 차를 타거나 배를 탈 때에 늘 어지러워하고 구토한다. 체육운동을 할 때 신체의 위치적 변화가 평상시보다 더 복잡하므로 체육운동은 역시 전정기관에 대한 아주 좋은 단련으로 된다. 실험실의 회전의자에서 관찰한데 의하면 정상적으로 단련하는 선수들은 보통사람들보다 회전 후의 안정성이 더 좋다. 그밖에 체육운동은 근육본체감각, 청각, 촉각 등에 대하여 모두 양호한 촉진작용을 논다. 감각기관과 신경계통이 유기적으로 배합되어 체력증진에 일으키는 작용이 매우 크다.

체육운동과 감기

감기는 주로 계절이 바뀌는 때, 땀을 많이 흘린 다음 갑자기 찬바람을 맞게 되면 쉽게 걸릴 수 있다. 이것은 몸을 바깥환경의 변화에 적응시키지 못하는 것과 직접 관련된다. 그러므로 감기에 걸리지 않으려면 아침체조, 사이체조, 냉수마찰 등을 통하여 몸을 튼튼히 단련하여야 한다. 여기에서 무엇보다 중요한 것은 어떤 운동이든지 경상적으로 꾸준히 하는 것이다. 간단한 아침산보라 하더라도 경상적으로 진행하면 몸 단련에 크게 도움을 줄 수 있다.

아침산보는 맑은 공기 속에서 심호흡을 하면서 약 10~15분 정도로 팔과 어깨 주무르기, 목 굽혔다 펴기, 허리 놀리기 등 가벼운 운동을 배합하여 하는 것이 좋다. 그리고 아침체조와 사이체조는 몸매를 곧바로 잡아줄 뿐만 아니라 온몸에 피가 잘 돌게 하며 정신육체적인 피로를 빨리 회복시켜줌으로써 몸의 저항력을 높여준다.

달리기운동은 감기를 막고 몸을 튼튼히 하는데 있어서 아주 중요하다. 달리기를 일상적으로 하면 팔다리가 튼튼해질 뿐만 아니라 폐, 심장, 혈관 등의 기능이 좋아지며 몸의 저항력을 높여준다. 냉수마찰을 끊지 말고 일년 내내 계속하면 살가죽을 부드럽게 하고 혈관을 튼튼하게 하여 혈액순환이 잘될 뿐만 아니라 추위를 이겨내는 힘을 키우게 되므로 감기를 비롯한 여러 가지 질병들을 미리 막아낼 수 있다. 감기를 미리 막으려면 이밖에도 자기 몸에 맞는 여러 가지 운동을 경상적으로 하여 몸을 보다 튼튼히 단련하며 일상생활에서 개인위생과 환경위생을 잘 지켜야 한다.

건강한 신체는 질병을 예방 치료하는 것과 밀접히 관련된다. 인체의 각 기관 기능이 쇠약해지면 흔히 감기 이외에도 일부 질병들이 생기게 된다. 예하면 복벽근육이 너무 느슨하고 무력하면 내장하수, 소화불량, 변비 등 병이 쉽게 생기게 되고 호흡기능이 쇠약하면 폐기종 등 질병이 쉽게 생기게 되며 체내의 물질에너지대사 과정이 실조되면 혈액지방이 지나치게 높아지여 관심병, 고혈압 등 병이 생기게 된다. 경상적으로 체육활동에 참가하는 것은 바로 이런 질병들을 예방하는 적극적인 수단의 하나이다. 운동을 하면 근육이 단련되고 유력해지며 호흡순환 기관이 개선되고 폐조직의 탄성이 좋아지며 체내의 물질에너지대사를 촉진할 수 있으므로 질병이 쉽사리 생기지 않는다. 생리의학의 조사에 의하면 선수들의 고혈압 발병률을 같은 연령의 보통사람과 서로 비겨보면 약 1 대 4로 된다. 동시에 적극적으로 운동에 참가하는 사람은 체질이 증강되기 때문에 일반적으로 감기와 신경쇠약 등 질병에 헐이 걸리지 않는다.

만성질병에 걸린 사람이 의사의 지도 하에 합리적인 신체단련을 거치게 되면 질병을 치료하는데 보조적 작용이 있어 건강회복에 유조하다. 이것은 첫째, 신체단련은 병리변화기관의 기능을 개선하고 증강할 수 있기 때문이다. 이를테면 폐기종환자는 흔히 폐기능이 차한 것으로 하여 폐조직의 탄성이 점차 쇠약해지게 되므로 폐포가 경상적으로 과도한 확장상태에 처하게 된다. 때문에 폐안에 나머지 공기가 쌓여있게 되어 숨을 충분히 들이쉴 수 없게 될 뿐만 아니라 숨을 내쉬기도 아주 어렵게 된다. 그러나 병 정황에 따라 적당한 의료체육활동 이를테면 전문적인 호흡체조, 라디오체조, 태극권, 산보 등을 하게 되면 폐 기능을 개선하고 폐조직의 탄성을 증강하는데 유조하다. 둘째, 체육단련은 각 기관의 기능을 전면적으로 증강할 수 있어 전일체를 증강하는 방법으로 국부기관 병리변화가 호전되고 회복되도록 촉진하기 때문이다. 어떤 질병 이를테면 소화불량, 변비와 일부 만성위장염 같은 것은 흔히 체육활동과 운동이 부족 되어 기인된다. 적당한 체육단련 예하면 태극권, 체조, 산보, 천천히 달리기 등을 하게 되면 소화흡수기능에 대한 신경계통의 조절을 개선할 수 있고 또한 체내의 에너지 물질소모를 증가시키고 전신의 혈액순환을 개선할 수 있어 소화흡수 기능이 증강되는데 아주 유익하다. 셋째, 신체단련은 사람들의 정서를 유쾌하게 하고 신경계통 기능을 조절하고 개선할 수 있어 건강을 회복하는데 유조하기 때문이다.

체육운동과 심리건강

  사람은 생리상에서 건강해야 할 뿐만 아니라 정신도 건강해야 한다. 건강한 신체와 질병을 항거하고 환경의 변화에 적응하는 양호한 능력이 있어야 할뿐 아니라 분발하여 향상하고 짓궂게 분투목표를 추구하는 의지력과 양호하고 안정된 정서, 낙관적이고 활달한 흉금 등 건강한 심리적 품성이 있어야 한다.

  근대의 생리학연구가 알려주다시피 건강한 정신상태는 심정을 유쾌하고 낙관적이며 활달하게 하여 병을 고치고 수명을 늘이며 건강을 증진하는데 있어서 좋은 약으로 되지만 우울하고 소침한 소극적 정서는 건강을 해친다. 일부 나라의 통계에 의하면 소화도 질병 환자 가운데서 정서가 좋지 못하여 병을 초래한 환자가 3분의 1을 차지하였다.

  사람을 유쾌하고 낙관적이 되게 하는 여러 가지 수단가운데서 체육운동에 참가하는 것이 가장 중요한 수단이다. 운동은 온몸의 각 기관이 단련되고 증강되게 할뿐만 아니라 또한 마음속의 번뇌를 없애버리게 할 수 있어 사람들을 유쾌하고 낙관적이 되게 함으로써 건강을 증진시킨다. 외국의 한 정신병리전문가는 달리기를 경상적으로 하는 사람이 일정한 시간을 달린 후에는 음악을 감상하는 것과 같은 유쾌하고 흥분되는 감각이 생기게 된다고 지적하였다. 동시에 운동할 때에 인체의 교감신경이 흥분되고 아드레날린 분비가 증가되는데 이 역시 사람들이 더욱 유쾌한 감을 느끼게 되는 요소이다. 때문에 운동은 정신우울증을

치료하는 좋은 약으로 되고 건강한 사람들을 놓고 말하면 역시 사람의
심정을 기쁘게 하는, 심신건강에 유익한 적극적인 수단으로 된다.

운동은 또한 적극적으로 향상하는 정신, 낙관적이고 활달한 정서, 곤
란을 극복하는 의지력 및 견인불발의 성격을 배양하는데 유리하며 건
강한 심리적 품성의 형성과 발전에 유리하다.

심리건강이 사람들에게 주는 영향이 이처럼 크기에 세계위생조직에
서는 일찍 '건강'에 대한 10가지 내용이 망라된 정의를 내렸는데 그 가
운데 심리건강에 대한 내용이 첫 자리를 차지하고 있다.

① 아주 왕성한 정력이 있고 일상생활과 사업의 압력을 침착하게 응
부할 수 있어 지나친 긴장성을 느끼지 않는다.

② 처사가 낙관적이고 태도가 적극적이며 책임 짊어지기 좋아하고
일에서 크고 작은 것을 가리지 않는다.

③ 휴식을 잘하며 잠을 잘 잔다.

④ 응변역이 강하며 환경의 각종 변화에 적응될 수 있다.

⑤ 일반적인 감기와 전염병을 막아낼 수 있다.

⑥ 체중이 알맞춤하고 신체가 고르며 똑바로 설 때 머리, 어깨, 팔의
위치가 조화적이다.

⑦ 눈이 밝고 반응이 예민하며 안검에 염증이 쉽사리 오지 않는다.

⑧ 이빨이 깨끗하고 촘촘하고 아픈 감이 없으며 잇몸의 색깔이 정상
적이고 출혈현상이 없다.

⑨ 머리카락이 윤기 나며 머리비듬이 없다.

⑩ 근육, 피부가 탄성이 많으며 길을 걸을 때 거뜬한 감이 난다.

우리는 인체의 건강이라는 것이 건장한 신체를 가리킬 뿐만 아니라
또한 왕성한 정력, 낙관적으로 향상하는 정서, 환경에 대한 적응력과
질병에 대한 저항력, 건강한 심리적 품성 등을 가리킨다는 도리와 체
육운동이 신심에 주는 영향 면을 깊이 이해하였다면 게으름 없이 체육
활동에 적극 참가해야 할 것이다.

체육운동과 건강미

젊은이들은 자기에게 건강미를 갖춘 몸매가 있어 몸집이 건실하고 균형이 잡히며 근육이 탄탄하고 아름다우며 동작이 영활하고 조화적이며 행동거지가 단정하고 우아하고 몸매가 호리호리하면서도 약해보이지 않고 풍만하면서도 헛살로 돼 보이지 않기를 바란다. 아리따운 몸매가 형성되는 가장 좋은 시기는 청춘기이다. 이때는 바로 인체가 생장 발육하여 점차 성숙되어가는 시기로서 과학적인 체육단련은 몸매가 건강미에로 발전하도록 촉진할 수 있다. 물론 몸매는 유전요소의 중요한 영향을 받기는 하지만 후천적인 단련 또한 몸매의 발전에 영향을 주는 가장 적극적인 요소이다.

몸매가 이상적이 못되는 사람은 오직 과학적이고 합리적이며 목적있는 단련을 견지하기만 하면 일정한 개변을 가져올 수 있다. 예하면 키가 크고 호리호리한 사람은 단련을 거쳐 근육을 단단하게 하면 약해보이는 형상을 개변하게 되고 뚱뚱한 사람은 단련을 거쳐 근육을 균형이 잡히게 하고 피하지방을 감소하면 사람들에게 풍만하고도 건장한 감을 주게 된다.

건강하고도 아리따운 몸매를 구성하는 하나의 내용은 바로 앉거나 서거나 걸을 때의 틀린 자세를 바로잡는 것이다. 이것은 몸매에 관계될 뿐만 아니라 또한 인체 각 기관의 정상적인 생장발육에도 관련된다. 틀린 자세란 앉았을 때 척주가 한쪽으로 비뚤어지거나 등이 휘며 서있을 때 어깨가 기울고 척주가 구부러지며 걸을 때 머리가 수그러지고 가슴이 꺼지며 등이 나오는 등이다. 만약 이런 자세를 바로잡는데 주의를 돌리지 않아 습관이 돼버린다면 사람들에게 아름답지 못한 감을 주게 되고 건강미형상을 크게 손상시킨다. 뿐만 아니라 가슴이 꺼지고 머리가 수그러지고 등이 나오는 자세는 내장기관의 정상적인 생장발육에 영향을 주어 신체건강에 해롭게 된다. 때문에 건강하고 아리따운 몸매를 단련하는 제일보는 자기의 앉음새, 선 자세, 걷는 자세가 바르도록 주의를 돌리는 것이다. 바른 자세는 앉았을 때 몸이 곧바르고 두 어깨가 평평하며 글을 써도 몸이 한쪽으로 기울어지지 않는 것이고 서있을 때 가슴이 나오고 배가 들어가고 몸이 꼿꼿하며 허리가 탈리거나 어깨가 기울어지지 않는 것이며 걸을 때 중심이 바르고 가슴이 나오고 배가 들어가고 허리자세가 바르며 발을 내디디는 보폭이 알맞춤하고 두 팔이 자연스럽게 흔들리는 것이다. 바른 자세는 사람들에게 단정하고도 우미한 감을 줄 수 있다. 동시에 이미 척주가 약간 비뚤었거나 가슴이 꺼지고 등이 나온 등 바르지 못한 자세가 형성되었다 할지라도 제때에 교정체조를 하거나 온몸 각 부위의 근육단련에 힘써 척주를 펴고 가슴통을 넓힌다면 바르지 못한 자세도 일정하게 고치고 개진할 수 있다.

청춘기 생장발육과정에서 가장 쉽사리 형성되는 것은 여위고 키 큰 몸매이다. 이런 몸매는 사람들에게 허약한 감을 주는바 건강한 미감이 결핍할 뿐만 아니라 신체건강에도 불리하다. 이런 사람은 보통 근육이 연약하고 무기력하며 체력과 견딜힘이 차하기 때문에 활동하기만 해도 쉽게 피로를 느낀다. 여위고 키 큰 사람은 내장하수에 쉽사리 걸릴 뿐만 아니라 척주의 정상적 자세를 유지하는 근육이 무기력하여 정상적인 사람보다 척주가 비뚤기 쉽다. 그리고 어떤 사람은 키가 지나치게 크고 근육의 힘이 차하므로 가슴이 꺼지고 등이 구분 바르지 못한 자세가 쉽게 생기며 또한 내장기관의 정상적인 생장발육에 영향이 끼칠

가능성도 있으며 여러 가지 질병에 걸리기 쉽다.

그러나 이런 몸매를 개변할 수 없는 것은 아니다. 청소년 시기는 바로 생장발육의 왕성기이며 건장한 몸매를 연마하는 좋은 시절이다. 오직 과학적으로 자기의 생활을 조직하기에 주의를 돌리기만 하면 크고 약한 몸매가 점차적으로 튼튼해질 수 있다. 과학적인 체육단련, 합리한 음식영양, 충분한 휴식과 수면, 유쾌하고 낙관적인 정서 등은 자신을 건강하게 연마하는 주요한 요소이다.

가슴, 어깨 근육의 발달은 건강하고 아리따운 몸매의 중요한 구성부분이다. 특히 남성청년들의 쩍 벌어진 어깨는 사람들에게 건장하다는 감을 주게 될 뿐만 아니라 내장기관의 정상적인 생장발육에 유조하여 건강에 이롭다. 어깨 가슴근육을 발달시키는 연습에는 세 가지 유형이 있다. 첫 번째 유형은 맨손 연습이다. 주로 본인의 체중을 빌어 역량부하로 삼는데 예하면 팔꿈치를 세우고 엎드리기는 대흉근, 삼각근 등을 효과적으로 발달시킬 수 있다. 현수를 하면 대흉근, 활배근 등이 증강되는데 이롭다. 두 번째 유형은 간단한 기자재를 빌어 근육에 부하를 증가하는 연습이다. 늘 쓰이는 것으로는 아령, 당김 줄이 있다. 아령은 무게가 적당한 것을 선택할 수 있다. 두 손에 아령을 들고 두 팔 펴며 앞으로 쳐들기, 옆으로 수평 되게 쳐들기는 삼각근을 효과적으로 단련시킬 수 있다. 반듯이 누워 '나래치기운동'을 하면 대흉근을 증강시킬 수 있고 몸을 앞으로 굽히고 '버젓기운동'을 하면 활배근을 발달시킬 수 있다. 곧게 서서 두 손에 아령을 들고 반복적으로 어깨 쳐들기 운동을 하면 송모근 등을 단련시킬 수 있다. 당김줄 연습에서 두 팔을 앞으로 곧게 펴고 가슴 앞에서 벌리기는 대흉근과 삼각근을 단련시킬 수 있다. 또한 두 팔을 위로 곧게 폈다가 양쪽으로 가슴 앞 혹은 머리 뒤까지 벌리며 내리기를 하여도 된다. 몸을 앞으로 굽히고 두 팔을 내리 드리웠다가 양쪽으로 벌리기는 삼각근과 활배근을 증강시킬 수 있다. 한 팔을 고정하고 다른 한 팔로 위로 당겨 펴기는 송모근과 삼각근 등을 단련시키는데 효과가 있다. 세 번째 유형은 어깨, 가슴 근육에 크게 영향을 주는 운동종목의 단련에 참가하는 것이다. 예하면 수영, 젓기 배, 기계체조, 던지기 운동 그리고 농구, 배구, 송구, 수구 등 연습 역시 어깨, 가슴 근육의 발달에 유조하다.

하지의 근육을 단련하려면 구간이나 다른 무거운 물체를 메고 혹은 등에 업고 무릎을 몽땅 굽혔다 서기, 절반 굽혔다 서기를 하면 좋다.

근년에 전 세계에 유행되고 있는 건강미열조 속에서 맨손건강미체조 거나 가벼운 기자재(곤봉, 공, 댕기, 고리)를 써가며 하는 건강미체조 는 크게 환영을 받는데 특히 여성청년들에게 더욱 알맞는다. 건강미체 조는 온몸 각 부위의 근육을 활동시킬 수 있을 뿐만 아니라 또한 단정 하고 우미한 몸매를 가지게 할 수 있다.

체육운동과 성장

우리는 일상생활에서 키가 매우 작은 사람을 흔히 보게 된다. 이럴 때면 누구나 다 마음 한구석에 서운함 감을 품게 된다.

생리적으로 보면 태어나서부터 몇 해 사이에는 키가 아주 빠른 속도로 자라다가 유치원 때부터 소학교 1, 2학년까지 사이에는 그 속도가 더디어진다. 통계자료에서 보면 8살 때의 남자와 여자의 키는 일반적으로 125센티미터 좌우이고 또 이 시기에 키가 자라는 속도는 남자와 여자가 별반 차이가 없다. 그러다가 여자는 10살부터 14살까지의 사이에 남자보다 더 빠른 속도로 자란다. 12살 때의 여자의 평균키는 151.3센티미터이고 남자의 평균키는 150.6센티미터이다. 15살 후부터는 남자가 여자보다 훨씬 빠른 속도로 자란다. 15살 때의 남자의 평균키는 166.28센티미터이고 여자의 평균키는 155.46센티미터이다. 그러다가 여자는 17살 후부터 더 자라지 않고 남자는 20살 후부터 더 자라지 않는다. 물론 자라는 사람도 있기는 하지만 그것은 개별적 현상이다.

키가 컸으면 하는 것은 우리 모두의 한결같은 염원이다. 이런 염원은 같은 또래의 동무들보다 키가 훨씬 작은 학생들에게 더 간절하다. 그런데 지금 보면 이런 학생들 가운데서 부모 쌍방이 다 작거나 어느 일방이 작은 가정에서 태어난 일부 학생들은 남들처럼 키가 클 것을 바라다가 나중에는 자포자기까지 한다. 그들은 부모들이 다 작은데 내라고 클 수 있겠는가고 하면서 낙심하며 지어는 부모까지도 원망한다.

이런 가정에서는 부모 역시 키는 유전성을 띠고 있으니 사람의 힘으로는 어찌는 수가 없다고 하면서 한탄하고 있다.

키가 자라고 안 자라는데 유전성이 있는 것은 사실이다. 하지만 유전성이 절대적인 것이 아니라는 것을 알아야 한다. 과학이 발달하고 물질문화생활이 나날이 향상되고 있는 오늘 부모의 키가 작은 집에서 태어난 어린이들이 여느 어린이보다 훨씬 더 크게 자라난 사실들을 얼마든지 볼 수 있다. 구소련의 루스단 아터마이더브는 15살을 먹을 때까지 같은 또래들보다 키가 더디게 자라서 수태 속을 태웠다고 한다. 2년 동안에 남들은 몇 센티미터나 자랐는데 그는 1센티미터도 자라지 못했다. 하여 그는 키가 작은 부모를 원망하면서 할 수 없는 일이라고 생각하였다. 그러다가 과학잡지에서 신체단련을 잘하고 키 크는데 수요 되는 영양소를 잘 섭취하면 키가 잘 자란다는 것을 알게 되었다. 그때로부터 그는 신체단련과 영양섭취에 각별히 주의를 돌렸다. 결과 15살부터 17살까지의 3년 사이에 23센티미터나 자랐다. 이전에 일본사람들은 키가 작은 민족으로 알려졌다. 하지만 지금은 키가 매우 빠른 속도로 자라고 있다. 70년대의 통계를 보면 10년 동안에 남자는 이전보다 7.4센티미터 더 자랐고 여자는 평균 1.8센티미터 더 자랐다. 남경체육학원에서 1983년도에 남경시 중학교 학생의 45년래의 체질정황을 조사하였는데 그 분석표에 따르면 1981년도의 평균키가 1936년도의 평균키보다 11.25센티미터 이상이나 더 컸다. 이런 놀라운 수치는 키가 크고 안 크는 것이 절대적으로 유전성에만 있는 것이 아니라는 것을 설명해주고 있다. 기실 말해서 헐벗고 굶주린 생활에 얽매여있고 과학이 발달하지 못했던 지난날에 유전성을 절대적인 것으로 보고 그 속박에서 벗어나지 못한 것은 자연스러운 일이다. 하지만 과학이 비약적으로 발전하고 있고 물질생활이 나날이 향상하고 있는 오늘 유전성의 속박에서 벗어나 생활을 과학적으로 조직하기만 하면 키가 얼마든지 훤칠하게 자랄 수 있게 할 수 있다.

첫째, 여러 가지 체육활동을 경상적으로 해야 한다. 키가 크는 과정은 연골성 화골이 부단히 증가하고 화골되면서 뼈가 길어지는 과정이다. 특히 소년아동들은 12~18살 시기에 연골성 화골이 아주 빨리 성장한다. 그러므로 이 시기에 경상적으로 체육활동을 하면 생장발육을 촉진하도록 골격을 자극하고 뼈의 성장에 수요 되는 칼슘, 린 등 영양소를 잘 공급받도록 혈액순환을 촉진하기 때문에 뼈가 빨리 늘어나면서 키가 빨리 자란다. 뿐만 아니라 질병에 걸리지 않도록 체내의 저항력을 증강시키기 때문에 신체의 정상적인 성장발육을 담보할 수 있다.

① 골격을 자극하여 몸을 늘이는 운동을 한다. 철봉에 매달려 몸을 드리우기, 다리를 철봉대에 걸고 몸을 거꾸로 드리우기를 하루에 몇 번씩 한다. 시간이 감에 따라 손이나 발에다 5~10킬로그램 가량 되는 물건을 가하는 것으로 운동량을 차츰 높여야 한다.

② 높이 뛰면서 손으로 달아맨 물건을 다치기를 한다. 5~6초 사이에 한번씩 뛰는데 매일 5분가량 견지한다.

③ 다른 동무의 도움을 받아 몸을 늘이기를 한다. 반듯이 눕고 두 팔을 머리 위로 편다. 그리고 한 사람이 두 팔목을 잡고 다른 한 사람은 두 발목을 잡아서 서로 당겼다 놓았다 하는데 하루에 3분 좌우씩 한다.

④ 여름철에는 수영을 한 주일에 2~3차씩 한다.

여기에다 아침 일찍 일어나 달리기와 라디오체조를 하거나 학교에서 늘 노는 공치기, 제기차기, 줄넘기 그리고 등산 등 운동을 결합시키면 더 좋은 효과를 볼 수 있다.

소년아동 시기는 연골조직이 많고 무기염이 적으며 뼈 조직이 성기기 때문에 역기와 같은 몸을 내리누르는 운동을 될 수록 피면해야 한다.

둘째, 적당한 체육활동에 참가함과 동시에 여러 가지 영양소를 섭취해야 한다. 당분, 단백질, 비타민, 광물질, 수분 등은 신체의 성장발육에 매우 필요한 영양소이다. 때문에 이런 영양소가 많이 들어있는 잡곡, 푸른 남새, 과일, 달걀, 육류, 물고기, 두부 등 음식물을 고루 많이 먹어야 한다. 일부 학생들은 좁쌀이거나 옥수수쌀과 같은 잡곡과 밀가루음식을 먹기 싫어하고 반찬도 구미에 맞는 것만 골라서 먹는데 이것은 신체발육에 매우 불리하며 또한 이러저러한 질병에 걸리기 쉽다. 그러니 편식을 절대 하지 말아야 한다. 그 외에 될 수록 리진과 같은 키 크는 약이거나 비타민A가 많이 들어있는 어간유, 소젖(혹은 염소젖)을 사먹는 것이 좋다.

셋째, 수면을 잘 보장해야 한다. 잠을 잘 자려면 또한 체육활동에 적극 참가해야 됨을 구태여 더 설명할 필요가 없다. 과학자들이 발견한데 의하면 사람이 잠을 잘 때에 체내에서 단백질을 합성시키며 뼈를 늘이는 생장격소가 뇌하수체에서 많이 분비된다고 한다. 그러므로 일찍 자고 일찍 일어나는 습관을 양성해야 하며 매일 수면을 충족히 보장해야 한다. 잘 때에는 될수록 오른쪽으로 누워 자리를 약간 구부리거나 반듯이 눕는 것이 좋다. 왼쪽으로 누워 자거나 엎디어 자지 말아야 한다. 특히 반듯이 누워 가슴에 손을 얹고 자지 말아야 한다. 이렇게 자면 여러 가지 꿈이 많아져 잠을 제대로 자지 못한다.

술과 담배는 이러저러한 질병을 초래하여 신체발육을 저해하기 때문에 엄금해야 한다.

이상과 같이 키를 크게 하는 몇 가지 원칙을 설명하였는데 그중에 체육활동에 적극 참가하는 것이 제일 중요하다. 체육활동에 적극 참가하면 키 크는데 매우 유리할 뿐만 아니라 식욕을 증가하고 수면을 보장하는데도 매우 유리한 것으로서 신체건강, 신체발육에 없어서는 안될 중요한 활동이다.

겨울철 체육단련

많은 사람들이 평시에는 적극적으로 단련하다가도 겨울이 되면 단련하기 싫어한다. 그 원인은 추위를 두려워하는데도 있지만 주로는 겨울철단련의 의의를 모르는데 있다.

우리는 얇은 운동복 한 벌만 입고 살을 에이는 듯한 찬바람 속에서 장거리달리기를 하는 사람을 흔히 볼 수 있다. 어떤 사람은 지어 엄동설한에 얼음을 끄고 헤엄을 쳐도 아무런 탈도 없다. 그러나 어떤 사람은 두꺼운 옷을 입고 온종일 따뜻한 방안에 있어도 자주 감기에 걸린다. 이것은 무엇 때문인가? 그것은 추위에 대한 사람들의 적응능력이 다르기 때문이다. 즉 전자는 추위에 견디는 능력이 강하고 후자는 추위에 견디는 능력이 약하기 때문이다 .

추위에 견디어내는 능력은 경상적으로 찬 환경에서 단련하는데서 온다. 겨울에 따뜻한 방안에 있다가 바깥에 나가 찬 공기와 접촉하면 떨릴 때가 있다. 이것이 바로 추위에 대한 근육의 방위현상이다. 이때 신경계통의 조절로 하여 피부 속의 입모근이 수축되면서 피부가 팽팽해지고 그 면적이 줄어들어 발산되는 열량을 감소시킨다. 피하 모세혈관도 신속히 수축되어 열을 적게 발산시키면서 정상적인 체온을 보존한다. 체내의 각 기관들도 총동원하여 신진대사를 강화하여 보다 많은 열량을 산생시킨다. 이런 변화들은 모두 추위에 견디기 위한 인체의 본능적 반응이다. 겨울에 경상적으로 바깥에서 단련하면 추위에 대한 인체의 저항력이 갈수록 강화되기 때문에 신체가 차츰 찬 환경에 적응되어 감기, 기관지염 등 질병을 막아낼 수 있다.

겨울에 실외에서 체육단련을 하면 중추신경계통의 조절능력을 증진시킬 수 있다. 인체가 찬 자극을 받으면 중추신경계통은 즉시 추위에 저항하도록 각 계통을 동원시킨다. 과학적 연구와 측정에 의하면 겨울철단련을 견지하는 사람은 찬 자극을 받은 다음에 피부온도가 5분도 되지 않아 정상으로 회복되지만 보통사람은 10분가량 걸려서야 회복된다고 한다. 이것은 추위에 견디는 능력이 단련에서 온다는 것을 충분히 실증한다. 앞에서 이야기한, 얇은 옷을 입고 실을 에이는 듯한 찬바람 속에서 장거리달리기를 하는 것이나 엄동설한에 얼음을 끄고 헤엄을 치는 것은 바로 겨울철 체육단련을 견지한 결과이다.

소년아동들이 겨울철에 늘 바깥에서 단련하면 몸이 정상적으로 발육되고 건강하게 성장될 수 있다. 겨울철은 밤이 길고 낮이 짧은데다가 햇빛도 약하다. 그러므로 바깥에서 단련하면 햇빛을 쬘 수 있다. 햇빛에 있는 자외선은 살균할 수 있을 뿐만 아니라 인체피하의 데옥시콜레스테린을 비타민D로 되게 할 수 있다. 비타민D는 체내의 린과 칼슘 성분을 증가시키고 골격의 발육을 촉진하며 근육과 신경계통의 활동을 강화할 수 있기 때문에 빈혈증을 치료하고 예방하는데 대해서도 일정한 역할을 논다.

겨울철에 늘 바깥에서 단련하면 또 정신을 분발시키고 정력을 왕성하게 하기 때문에 사업능률을 높일 수 있다. 학생들이 교실에서 학습하는데 겨울에는 문과 창문을 꼭 닫아놓기 때문에 실내공기가 좋지 못하다. 북방에서는 또 난롯불을 피우기 때문에 공기가 더욱 어지러워진다. 이런 환경에 오래 있으면 머리가 어지러워지고 사업능률이 낮아진다. 학생들이 수업을 마치고 특히 두 번째 수업을 마치고 운동장에 나가 체조를 하면서 신선한 공기를 마시면 아주 시원한 느낌을 가지게 된다. 뿐만 아니라 대뇌에 대한 산소와 영양물의 보충공급도 개선할 수 있다. 특히 체육단련에 참가하면 일부 뇌세포와 다른 일부 뇌세포가 서로 바꾸어 휴식하고 활동하기 때문에 대뇌의 활동능률을 높일 수 있다.

어떤 사람들은 겨울만 되면 업간체조조차 하기 싫어하는데 이것은 아주 좋지 못하다. 이렇게 하면 건강에 영향이 미칠 뿐만 아니라 학습과 사업에도 아주 불리하다.

겨울에 체육단련에 참가하는 것은 체질을 증진시키는데 있어서 아주 필요할 뿐만 아니라 또한 의지와 성격도 연마할 수 있다. 중국에는 '겨울에는 엄동설한에 단련하고 여름에는 삼복더위에 단련하라'는 속담이 있는데 무더운 환경과 차디찬 환경 속에서 추위와 더위에 견디어내는 단련을 하여야 한다. 간고한 환경 속에서 자기의 굳센 의지와 완강한 성격을 키워야 한다. 학생들은 교실에서 나와 대자연 속에 뛰어들어 단련하여야 한다.

자연의 힘에 의한 몸 단련법

사람들의 일상생활에서 없어서는 안 될 공기, 물, 햇빛을 이용하여 몸을 단련하는 방법을 말한다. 사람들은 적극적인 활동으로 자연과 사회를 끊임없이 개조하면서 생활하는 과정에 부단히 외부영향을 받게 된다. 외부영향 특히 자연환경은 사람들의 건강에 적극적인 영향을 미치고 있다. 공기, 물, 햇빛은 사람들의 생활에서 없어서는 안 될 기본인자이며 그를 사람들의 건강증진에 적극 이용할 때 자연환경의 변화에 잘 적응할 수 있을 뿐만 아니라 추위와 더위 등 불리한 날씨에도 견디어낼 수 있으며 감기를 비롯한 여러 가지 병을 미리 막을 수도 있다.

1) 공기에 의한 몸 단련

공기에 의한 몸 단련은 공기의 온도, 습도, 흐름 등 물질적 성질들이 서로 다르게 작용할 때 일정한 몸의 열을 유지할 수 있는 능력을 키워주는 것을 말한다.

공기의 물질적 성질은 끊임없이 바뀌어지므로 그것이 종합적으로 몸에 주는 영향은 여러 가지이지만 그 작용이 거듭될 때 그에 대한 조건반사가 형성되어 유기체는 그 변화에 능동적으로 적응할 수 있게 됨으로써 저항력이 높아진다. 공기를 몸 단련에 적극 이용하고 있는 이유가 바로 여기에 있다. 공기를 몸 단련에 적극 이용하고 있는 가장 일반적인 방법은 공기욕이다. 공기욕은 밖에서 옷을 벗고 공기의 물질적 성질의 영향을 살가죽에 직접 받는 방법으로 진행한다. 처음에는 20~ 22℃되는 곳에서 시작하여 15~20분정도 하다가 시간을 점차 늘이어 2~3시간이상 할 수도 있다. 몸이 단련되어감에 따라 가을, 겨울에도 계속한다. 가을과 겨울에는 10℃되는 바깥에서 햇빛을 받으며 할 수도 있고 집안에서 창문을 열고 할 수도 있다. 공기욕은 추위를 느끼며 살가죽에 닭의 살이 돋을 때까지 할 수 있다.

공기욕은 체육활동과 결합시켜 진행하는 것이 더 효과적이다. 여름에는 그늘 밑에서 하는 것이 좋다. 바람이 잘 통하고 먼지가 없는 나무수풀 속에서 하거나 바다나 호수가 가까이에서 하는 것은 더욱 좋다. 공기욕을 하다가 오한이 생기거나 소름이 돋을 때에는 옷을 입어야 한다.

2) 햇볕에 의한 몸 단련

햇빛은 자연인자 중에서 생물학적 의의가 큰 요소의 하나이다. 햇빛에는 가시선과 함께 적외선과 같은 것이 있어 몸에 일정한 영향을 주지만 특히 자외선은 몸 단련에서 큰 작용을 한다. 햇빛속의 자외선은 늦은 봄과 여름에 많은데 낮 12시부터 14시 사이가 제일 많다. 290~ 320밀리미크론의 파장을 가진 자외선은 균을 죽이는 힘이 세고 살가죽에 스며들어 색소침작을 가져올 뿐만 아니라 비타민D를 형성한다.

햇볕에 의한 몸 단련법 가운데서 널리 알려지고 있는 것은 햇빛쪼이기다. 햇빛쪼이기를 처음 시작할 때에는 20~30℃되는 곳에서 약 10~ 15분정도 하는 것이 좋다. 점차 단련되어감에 따라 시간을 늘여나가면서(30~40분 이상) 하루에도 여러 번 할 수 있다. 햇빛쪼이기는 등과 팔다리로부터 시작하여 옆구리, 가슴, 배의 순서로 하여야 한다. 흰 수건이나 모자를 쓰고 머리에 비치는 직사광선의 영향을 막으며 색안경으로는 눈을 보호하면서 진행하는 것이 좋다. 처음부터 무리하게 오래하여 살가죽이 데는 일이 없게 하며 일사병에 걸리지 않도록 해야 한다. 햇빛쪼이기를 하면 기분이 좋아지고 혈액순환이 잘되어 잠이 잘 올 뿐만 아니라 병에 대한 저항력도 강해진다. 특히 어린이들에게는 구루병을 미리 막아준다.

햇빛쪼이기를 하는 과정에 열이 나거나 머리가 아프고 어지럼증이 나면 그만두고 그늘진 곳에서 안정해야 한다. 특히 식사 후 인차 하는 것은 소화기관에 장애를 줄 수 있다. 신경과민증이 있거나 활동성결책이 있는 사람들은 하지 말아야 하며 고혈압증이 심한 사람들도 주의해야 한다.

3) 물에 의한 몸 단련

물에 의한 몸 단련은 그 효과가 큰 것이 특징이다. 물은 열을 전도하는 성질이 공기에 비하여 20배나 세므로 물 안에 들어가거나 몸에 물을 끼얹으면 몸에서 많은 열을 빼앗기게 된다. 이때 반사적으로 살가죽의 핏줄이 줄어들어 열 방산을 억제한다. 이것이 거듭되면 추위와 관련된 조건자극의 영향에 의하여 핏줄이 반사적으로 줄어들어 열을 적게 방산하게 함으로써 몸이 차지는 현상을 막을 수 있다. 이것이 감기, 편도선염을 비롯한 질병에 대한 저항력을 높여준다. 또한 심장혈관계통의 기능과 호흡계통의 기능을 높여주며 물질대사에도 좋은 영향을 준다. 물을 이용하여 몸을 단련하는 방법에는 냉수마찰, 관수욕, 물 맞기 등 여러 가지가 있다. 냉수마찰은 물의 온도자극과 함께 살가죽에 통한 기계적 자극이 동반되기 때문에 몸에 매우 좋은 영향을 준다. 관수욕이나 물 맞기는 높은 곳에서 떨어지는 물을 맞는 방법으로 진행하게 됨으로써 물자체의 작용과 함께 그 압력의 작용이 또한 몸에 긍정적인 영향을 준다.

기공과 건강

병에 걸리지 않고 건강하며 장수하도록 몸을 양생하는 양생법을 기공이라 한다. 우리나라 고대인민들이 장기간 생활하고 노동하는 가운데서 질병 및 노쇠과정과 투쟁하는 실천가운데서 점차 인식하고 창조해낸 자아심신단련의 방법과 이론이다. 기공은 주로 자체의 조절, 호흡단련, 심신이완, 의지의 집중과 운용, 율동적 동작 등 단련을 통하여 인체의 각 기관, 계통의 기능을 조절하고 강화하여 체내의 잠재력을 유도하고 계발하며 질병을 예방하고 치료하며 건강하고 장수하게 하는 작용을 논다. 예를 들면 일정한 몸자세를 취하여 정신을 안정시키고 호흡을 고르게 하여 질병을 예방하고 치료하며 건강을 보장하고 수명을 연장하는 것이며 또한 호흡과 정신을 서로 결합시켜 병을 치료하고 몸을 튼튼히 하는 것 등이다.

우리는 만성병환자들이 기공단련을 통하여 어떤 사람은 병세가 온당하고 어떤 사람은 병세가 개변되었거나 완전히 나아지며 어떤 사람은 노동력을 회복한 것을 볼 수 있는데 이것이 기공이 병을 치료할 수 있다는 것을 말해준다. 그리고 어떤 사람은 몸이 허약하거나 연로하여 힘이 부족하지만 기공단련을 한 후에 몸이 좋아지고 건강하며 만년을 유쾌히 보내는 것을 볼 수 있다. 기공단련은 인체의 기혈을 활약시키고 장부를 조절하여 원기를 증강시키며 정신을 안정시키고 경락을 소통시키며 근골을 튼튼히 하는 작용이 있다.

기공이 병을 예방하고 치료할 수 있는 근본적인 원인은 체력을 증강시키고 원기를 도와주며 병에 저항하는 능력을 높이는데 있다. 우리나라 의학에 의하면 '기는 혈의 통수이다. 기가 운행되고 기혈이 막히면 병이 생기고 기혈이 통하면 백병이 저절로 낫는다.'라고 하였다. 여기에서 말하는 기에는 우주지간의 천지지기와 인체 중의 선천지기(원기) 및 후천지기(수곡지기)가 포함되어있다. 기는 경락계통을 따라서 전신에 운행하는바 안으로는 장부에 통하고 밖으로는 사지관절에 이르러 근육 장부를 온양하고 근골피모를 윤택하게 하여 외사에 대처하게 한다. 기는 인체의 생명활동의 근본적 동력이다. 기공은 바로 이런 '기'를 단련하는 것이다. 암을 치료할 때의 수술, 방사선치료, 화학치료가 필요하다면 기공도 매우 큰 작용을 노는 것이다. 일부 암병 환자들이 기공을 통하여 종양이 적어지거나 지어 없어지는 것은 암세포가 죽어버린 것이 아니라 유기체의 저항력을 증강시켜 건강이 회복된 것이다.

기공은 정신상의 긴장상태를 해제한다. 정신상에서 항상 유쾌하고 낙관적인 사람은 병에 덜 걸리거나 걸렸다 해도 잘 낫지만 정신상에서 긴장하거나 우울한 사람은 병에 쉽게 걸릴 수 있다. 기공을 하면 의식적으로 객관상에서 봉착되는 각종 잡념을 없애고 정신, 육체상에서 안정하며 정신이 '느슨한 상태'에 처해있게 된다. 사람이 느슨한 상태에 처해있으면 교감신경의 활동이 약해지며 혈관의 긴장성이 풀리어지며 혈압이 내려가고 호흡이 늦어지며 혈액내의 헤모글로빈이 증가된다. 이와 같이 기공단련에서 여러 가지 불량한 정서의 영향을 없애버리고 또 외계자극에 대한 반응을 감소시키면 인체는 심리상, 생리상, 생화학상에서 가장 좋은 형태에 처하게 되며 대뇌피질이 유기체의 휴식, 회복, 조절에 유리한 조건을 마련해주는데서 신체의 건강을 강화시킬 수 있다.

기공은 경락을 소통시키고 원기를 기르며 기혈을 조화시킨다. 경락이란 전신의 기혈이 운행되며 장부, 사지, 신체의 상하내외를 연락하며 체내의 각 부분을 조절하는 통로이다. 인체는 전신에 분포되어 있는 경락을 통하여 5장 6부, 4지 백해, 5관 9규, 근육 근맥 등 조직기관을 한데 연결시켜 유기체를 통일된 정체로 형성시킨다. 기공 시에 손과 발이거나 전신의 어느 부위에 시큼하고 저리며 부어나고 더워나는 등 감을 느끼거나 또한 어느 부위에 더운흐름이 경락노선을 따라 이동되는 감을 느낀다. 기공은 바로 경락을 통하기 때문에 동통이 제거되고 진기가 전신에 잘 운행되는데서 건강을 증진시킬 수 있다.

기공단련은 대뇌피질을 억제상태에 있게 하는 보호 작용을 논다. 우리나라 의학은 다음과 같이 인정한다. 사람의 정서활동인 기쁨, 노여움, 근심, 생각, 슬픔, 두려움, 놀라움 등 7정(七情)은 일반적으로 생리적 활동범위에 속하여 병을 일으키지 않지만 오랫동안 정신자극을 받거나 갑자기 심한 정신적 타격을 받으면 생리적 활동이 문란해지면서 정상적 범위를 초과하여 음양, 기혈, 장부의 기능이 상실되어 병을 일으킨다. 불량하고 소극적인 정서상태는 전신이 무력하고 심률이 빨라지며 식물성 신경이 문란해지는데서 병이 생길 수 있다.

기공 시에는 정신을 일정한 곳에 집중시키고 호흡을 조절하며 대뇌피질을 고요한 상태에 이르게 하고 내장기관을 움직이는 상태에 처해 있게 한다. 고요한 상태에 있는 대뇌피질은 억제상태에서 충분한 휴식을 보장받게 된다. 그러므로 기공은 만성질병을 치료할 뿐만 아니라 7정의 손상에서 일어난 질병도 예방하고 치료할 수 있다.

기공은 기초대사를 낮추고 에너지의 저축력을 높인다. 기초대사란 안정상태에서 심장이 박동하고 숨을 쉬며 각 기관이 활동하여 생명을 유지하기 위해서 소모되는 에너지를 말한다. 대사률이란 사람의 에너지의 대사정도를 가리킨다. 사람은 안정상태에서 심장, 호흡, 소화 등 내장활동이 가장 낮으며 체력과 대뇌의 활동도 낮다. 대사과정은 신경계통에 의하여 조절된다. 기공단련은 정신을 안정시키고 온몸을 느슨하게 하며 호흡을 온화하게 하기 때문에 사람들이 에너지를 저축하는데 유리하게 되며 대뇌의 기능을 높인다.

기공은 소화와 흡수를 촉진시킨다. 기공 시에는 횡격막의 운동이 증가되고 배의 근육의 신축운동이 확대되는데서 복강 내에 있는 위, 소장, 대장 등 소화기관들의 운동이 증가하게 된다. 기공 시에는 타액과 위액 분비가 모두 현저히 증가된다. 하여 횡격막의 상하이동에 의한 기계적 자극과 소화분비선에 혈액순환이 잘되고 신진대사가 항진되며 산소가 많이 공급되기 때문에 소화액분비가 많아져 소화흡수를 촉진시킨다. 또한 배의 근육과 횡격막의 운동에 의하여 위, 간장, 취장 등이 직접 자극을 받아 소화선의 분비를 조절하여 음식물의 소화와 흡수를 촉진시키고 대장과 소장의 연동을 빠르게 하며 분비를 완화시킨다. 때문에 기공을 하면 소화기관의 운동기능이 증가되고 소화액분비도 증가되는데서 만성위염, 위궤양, 12지장궤양, 위하수, 만성대장염, 습관성변비 등 질병을 치료할 수 있다.

기공은 사람이 갖고 있는 잠재력을 충분히 발휘시킨다. 평상시에 신체단련이 적은 사람은 좀 일하거나 활동하면 숨이 차고 인차 피로를 느끼지만 항상 체육단련에 참가하든가 기공을 하는 사람은 이런 현상이 없다. 그리고 몸이 허약해하고 항상 맥이 없어하던 사람이 기공을 시작하면 며칠이 안 되어 정신이 포만하고 정력이 왕성해지고 기운이 나는데 이것이 기공단련을 거쳐 인체가 갖고 있는 잠재력이 발휘되기 시작한데 있다. 한 가지 예만 들어 말해보자. 대뇌신경세포는 140여억 개나 되지만 항상 활동하는 것은 10여억 개밖에 안되며 약 80~90%의 신경세포는 아직도 그의 작용을 잘 발휘하지 못하고 있다. 사람의 1평방밀리미터의 횡단면적에는 약 2,000갈래의 모세혈관이 있지만 안정상태에서는 그 가운데서의 5갈래 좌우밖에 혈액이 통하지 않는다. 그러나 운동시에는 200갈래의 모세혈관에 혈액이 통한다. 전신의 신경세포와 모세혈관에 혈액이 통한다. 전신의 신경세포와 모세혈관이 모두 작용을 한다면 인체의 생명에 대하여 필연코 거대한 작용을 놀게 될 것이다. 그리고 기공을 하면 신진대사과정을 항진시켜 사람의 신체를 튼튼하게 한다.

기공단련방법은 안전기공과 활동기공 두 가지로 나누지만 기공단련의 종류와 구체방법은 다종다양하다. 기공에는 참장기공, 진기운행법, 학상장기공, 태극기공, 18절 대안기공, 보행기공, 안마와 두드리기기공, 선밀기공 등 여러 가지가 있는데 그 가운데서 참장기공만 선택하여 그 방법을 설명하려 한다.

참장기공(站樁功)(서서하는 기공)은 고대 대성권(大成拳)의 서서 단련하는 법에서 왔는데 두 가지로 나눈다. 하나는 양생장(養生樁)이고 다른 하나는 기격장(技擊樁)이다. 아래에 주로 양생장에 대하여 설명한다. 이 기공은 서서 단련하기 때문에 장소와 설비를 수요하지 않고 어느 때거나 어떤 장소에서도 단련할 수 있다. 신경쇠약, 신경관능증, 관심병 등 질병과 몸이 허약하고 사지가 시려나는 증상을 치료할 수 있다.

1) 자세

참장기공 자세는 아주 많지만 그것을 귀납하면 주로 자연자세, 안는 자세, 누르는 자세, 혼합자세 등 4가지가 있다.

① 자연 자세: 두발을 어깨너비만큼 곧게 벌리고 머리와 목을 곧게 펴고 가슴을 약간 앞으로 내밀며 무릎을 약간 구부린다. 그리고 아랫배에 왼손의 손바닥을 대고 그 위에 오른손의 손바닥을 대고 두 눈으로 앞을 똑바로 보거나 좀 아래를 본다.

② 안는 자세: 공을 안는 자세와 나무를 안는 자세가 있다.

– 공을 안는 자세: 팔을 반원형으로 하고 손바닥과 손가락을 각기 상대되게 하고 두 손으로 공을 안는 듯한 자세를 취한다. 이때 두 손의 거리는 눈에서 30센티미터 좌우로 한다. 눈으로는 앞을 똑바로 보거나 좀 아래를 본다.

– 나무를 안는 자세: 두 손바닥을 각기 안으로 하고 두 손으로 나무를 안는 것처럼 자세를 취한다. 이때 두 손의 거리는 가슴에서 60센티미터 좌우로 한다. 눈으로 앞을 똑바로 보거나 아래를 본다.

무릎을 구부리는 정도는 자신의 신체정황에 따라 결정할 수 있다.

- 누르는 자세: 두 위팔을 몸의 양쪽에 자연히 대고 손을 땅과 평행되게 올리들되 손바닥이 아래로 향하게 하고 누르는 자세를 취한다. 그리고 손가락을 자연히 편다. 눈으로는 앞을 똑바로 보거나 좀 아래를 본다. 무릎을 구부리는 정도는 자신의 신체정황에 따라 결정할 수 있다.

- 혼합 자세: 위에서 말한 3가지를 결합하여 마음대로 취하는 자세이다.

2) 시간

일반적으로 매개 절을 1분으로부터 10분까지 점차 증가할 수 있다. 총 단련시간은 10분으로부터 1시간좌우로 점차 증가할 수 있다.

3) 호흡

① 자연 호흡법: 자연호흡을 하는데 이런 호흡은 시작할 때 한다.

② 복식 호흡법: 즉 숨을 들이쉴 때 배를 불구거나 쪼그리고 숨을 내 쉴 때 배를 쪼그리거나 불군다. 이렇게 반복적으로 한다. 호흡은 천천히 가늘고 고르며 길게 해야 한다.

③ 단전－용처 관기법: 즉 숨을 들이쉴 때 의념으로 몸의 내외의 기를 배의 단전에 더욱더 이끌어 넣는다. 숨을 내쉴 때 단전의 기를 발바닥의 용천혈에 까지 이끌어 넣는다. 그런 다음 다시 숨을 들이쉴 때 발바닥의 기를 배의 단전에 이끌어 넣는다. 이렇게 호흡에 따라 아래위의 기가 서로 통하게 한다. 호흡할 때에는 힘을 주지 말고 유연하고 자연스러워야 한다.

4) 의념

① 양성 의념법: 의수단전하지 않고 유쾌한 일, 광활한 전야, 아름다

운 꽃 등 전경을 생각하면서 단련할 수 있다. 이것은 초학자와 많은 사람들이 하고 있는 방법이다. 이때에는 절대 공포와 불유쾌한 일들을 생각하지 말아야 한다.

② 의수 혈위법: 의념을 단전에 집중시키거나 용천혈에 집중시키는 방법이다.

③ 관기법: 단전-용천관기법을 쓸 수 있다.

5) 끝마치기

① 두 다리를 곧게 펴는 동시에 손바닥을 위로 향하게 하고 숨을 들이쉰다. 손바닥을 목 앞에 올렸을 때 손바닥을 아래로 향하게 하고 내리누르는 동시에 숨을 내쉰다. 이렇게 연속 3번하고 끝마친다.

② 두 다리를 점차 곧게 펴는 동시에 손바닥을 위로 향하게 하고 두 손을 올리들되 손바닥이 상대되게 한다. 손바닥이 목 앞에 왔을 때 손바닥을 번져 머리 위에 가져오면서 계속 올리들어 머리꼭대기에 가져오되 손바닥이 위로 향하게 하는 동시에 숨을 내쉰다. 그런 다음 두 손바닥을 비벼 덥게 하고 머리빗기와 얼굴 문지르기를 각기 20차 하면 더욱 효과가 좋다.

6) 주의사항

① 어떤 자세를 취하든지 정확해야 하고 긴장하지 말며 목을 뻣뻣하게 하지 말고 어깨를 쳐들지 말며 가슴을 너무 내밀지 말고 상반신을 앞으로 굽히거나 뒤로 굽히지 말아야 한다. 발가락 끝을 초과해서 무릎을 구부리지 말아야 한다. 취한 자세가 단련에 좋지 않거나 정확하지 않으면 제때에 바로잡거나 조절해야 한다.

② 단련할 때 시종 느슨해야 하며 약간 웃는 얼굴을 취해야 하고 잡생각을 하지 말아야 한다.

③ 초학자거나 병이 심한 사람은 먼저 자연호흡과 양성의념법을 채

용하거나 자기 몸에 적합한 자세를 취해야 한다.

④ 기공 시에 마음대로 움직이거나 기타 동작을 하지 말고 시종 일정한 자세를 취해야 한다.

⑤ 기공 중에 어떤 부위가 더워나거나 시큼하고 저려나거나 혹은 근육이 뛰는 등 현상이 나타나면 긴장해하거나 두려워하지 말고 그냥 두고 더 추구하지 말아야 한다.

⑥ 기공 시에 두 어깨가 차가워나고 지어 반신이 더워나고 발이 더워나는데 이것은 기혈이 고르지 못한데서 생겨나는 현상이므로 계속 단련하면 없어진다. 만약 전신이 차가워나거나 지어 한순간 떨리면 단련을 그만두고 더운물로 손을 씻거나 얼굴을 문지르고 다음날 다시 단련해야 한다.

⑦ 바람이 몹시 불 때에는 단련하지 말아야 한다. 너무 피로했을 때에는 누워하거나 잠시 단련하지 말아야 한다.

⑧ 기공 시에 열이 나고 땀이 나는 것은 좋은 현상인데 감기에 걸리지 않도록 하기 위하여 인차 바람을 맞거나 찬물로 씻지 말아야 한다.

⑨ 끝마칠 때에는 반드시 순서에 따라 진행해야 한다.

기공의 종류는 매우 많은데 자기 병에 따라 선택해야 한다. 예를 들면 소화성궤양병은 진기운행법, 고혈압병은 태극기공, 만성기관지염 폐기종은 태극기종18절, 신경쇠약은 진기운행법, 배와 관절은 학상장기공, 암증은 학상장 혹은 대안기공 등을 각각 선택해야 한다.

낚시질과 건강

　낚시질이란 낚시도구를 이용하여 물속의 고기를 낚는 일을 말한다. 낚시질이 시작된 것은 인류가 지구상에 삶을 향유하면서부터 시작된 인류생활의 한 수단으로 되어왔었다. 물론 고대 사람들은 낚시질을 그 무슨 흥취거나 신심건강에 이로운 문체활동으로 간주한 것이 아니라 먹을 것을 얻기 위해 고기잡이를 하는 방법에 지나지 않았다.

　고대 인류는 고기잡이 활동 중에서 물고기가 물위에 떨어진 곤충이거나 죽은 작은 물고기, 새우, 풀잎, 풀씨와 낟알 등을 탐스럽게 먹는다는 것을 관찰을 통해 점차 알게 되었다. 물고기의 이런 생활습성에서 계발을 받은 고대 사람들은 고기를 낚아내는 방법을 생각해 내였는데 처음에는 두 끝이 뾰족한 작은 돌이거나 짐승의 뼈, 혹은 단단한 나무를 두 끝을 깎아서 중간에 줄을 매여 미끼를 달고 고기가 삼켜 아가리에 걸렸을 때 갑자기 채내어 고기를 낚곤 하였다. 후에 사람들은 부단한 실천과 경험을 총결한 기초 상에서 가시나무와 날짐승의 발톱에서 진일보 계발을 받아 두 끝을 단단히 매서 쓰는 원시적인 낚시를 발명하였는데 비록 사용하기 불편하고 견디지 않았지만 최초 인류지혜의 결정이다.

　기원 3000년 전에 인류는 청동기시대에 들어섰다. 이때의 낚시는 낚시머리와 낚시등, 낚시코, 민지 등이 뚜렷이 구별되어 지금 우리들이 쓰고 있는 낚시와 기본상 유사한 형태를 보여주게 되었다.

자고로부터 낚시꾼 수효는 매우 많았지만 그들의 낚시질 목적은 같지 않았다. 어떤 사람은 낚시질을 통해 고기만을 낚으려는 것이 아니라 대자연의 넓은 품속에 안겨 거기에서 낚시질의 즐거움을 한껏 맛보고 유쾌히 하루를 보내자는 사람도 있었고 귀찮아서 세상 사람들을 피하여 낚시질을 하는 것으로써 갑갑한 마음을 풀곤 하였다. 강태공의 곧은 낚시란 우리가 역사적으로 다 아는 사실이다. 강태공은 2000년 전에 산동성에서 출생하였는데 별호는 태공(太公)이고 본명은 여상이라 하였다. 본래 선비출신인 강태공은 책읽기를 좋아했고 나라와 민족을 사랑하는 마음이 지극하여 도탄에 빠진 백성들을 어떻게 하면 구할 것인가 하는 애국애민의 뜨거운 심정에서 때로는 강 언덕이나 잔잔한 호숫가를 찾아가 어지러운 난세를 잊으려고 낚시를 물에 담그고는 천하의 격류를 사색하고 탐구하기에 여념이 없었다 한다. 그러기에 낚시질에는 마음이 없고 천하대사만 생각하다보니 낚시질로 고기를 잡아본 적이 없었다는 이야기가 지금까지도 전해지고 있다.

빈곤한 백성들은 땅이 없고 집도 없었으므로 배를 집으로 삼아 내내 낚시질과 고기잡이로 의식주를 해결하지 않으면 안 되었다. 하여 고기잡이를 전문 직업으로 삼는 어민들도 있었다. 이런 어민들은 항상 가난에 쪼들리다보니 낚시도구와 고기잡이 기구란 보잘 것 없었다.

이렇게 낚시질은 낚시질을 즐기는 사람과 낚시질을 전문적 직업으로 하는 사람들로 나뉘어서 오랜 세월을 거쳐 오늘에까지 이르게 되었다. 오늘날 우리는 과학기술이 급속히 발전하는 시대에 살고 있다. 따라서 낚시도구도 무척 발전하여 낚시질 애호가들을 무척 즐겁게 하여주고 있다.

낚시질은 바다, 호수, 강하천, 늪, 저수지, 물웅덩이 등 어디서나 할 수 있다. 또한 낚시질은 구조가 간단하고 자재가 적게 들며 다루기도 편리하므로 남녀노소가 다 할 수 있는 실외활동이다. 특히 오늘 우리나라 인민들의 생활이 진일보 안정되고 물질문화생활이 현저히 개선됨에 따라 낚시질은 사람들이 즐겨하는 문화휴식의 하나로 널리 이용되고 있다.

낚시질은 야외에서 하므로 들놀이와 갈라놓을 수 없다. 주말이거나 휴가일이 닥쳐오면 낚시꾼들은 행장을 꾸려가지고 도보 혹은 자전거를 타고 집과 멀리 떨어진 강하천, 호수, 저수지, 늪가를 찾아가서 낚시질을 하는데 이 자체가 낚시질 전의 훌륭한 몸 단련이 된다.

낚시질은 언제나 맑게 흐르는 개울가, 나무들이 늘어진 강변, 그리고 잔잔한 물 파도를 이룬 호숫가 등을 찾아 마음껏 신선한 공기를 마시며 하게 된다. 이런 아름답고 조용한 환경 속에서 낚시찌의 움직임을 응시하노라면 잡념들이 가뭇없이 사라지고 아늑한 경지에로 이끌리어 대뇌피질의 신경활동이 조절되며 피로도 제거된다. 뿐만 아니라 이따금 고기를 잡아내거나 어떤 때에는 팔뚝만한 물고기가 물려서 요동치며 낚싯줄을 이리저리 끌고 다니다가 끝내 끌리어 올라오는 순간이란 그야말로 유쾌하고 기묘한 즐거움이 스며있는 것이다.

낚시질은 고상한 문오(文娛)활동일 뿐만 아니라 또 신체건강에 이로운 체육활동이기도 하다. 낚시질에는 일정한 체력을 소모하게 된다. 낚시터의 특수한 지리환경조건하에서 낚시꾼들은 자기도 모르는 사이에 머나먼 강가를 오르내리거나 하루에도 몇십 번이나 섰다 앉았다 하면서 때로는 낚시를 멀리 던져 넣고 또 낚아채면서 고기를 낚는데 전신에 주는 운동량은 적지 않다. 이는 고기를 낚으려는 취미에서 진행되는 반복적인 활동인 것만큼 전신의 각 계통에 주는 영향이 매우 크다.

'조용'한 환경은 낚시질에 필요할 뿐만 아니라 사람의 건강에도 유익하다. 조용한 환경은 사람의 심장활동과 혈관계통에도 양호한 작용을 가져다준다. 일반적으로 조용한 환경 속에서의 사람의 심장박동은 정상적이며 혈압도 가장 안정한 정도에 이르게 된다. 그러므로 낚시질은 초기 고혈압환자 뿐만 아니라 신경쇠약, 만성폐렴, 기관지염, 심장병, 위병 등 치료에 도움을 주며 식욕을 증진하고 건강상태를 크게 개선해준다.

정신적 수양으로서의 낚시질은 질병을 치료하고 건강을 증진해줄 뿐만 아니라 사람의 성격도 단련해낼 수 있다. 낚시질은 정(靜), 동(動)이 결합된 활동인 것만큼 끈기 있게 기다리는 성격을 배양하며 조급성과 덤비는 성격을 극복시켜준다. 이런 성격양성은 모두 사람들에게 정서를 통제하는 능력을 길러주며 내심하고 영민하고 세심하고 침착하면서도 과단성 있는 응변능력을 양성해주며 신경계통의 협조능력을 제고해준다.

지금에 와서 낚시질은 우리나라에서 뿐만 아니라 세계 여러 나라들에서도 가장 인기를 끄는 문오 체육활동으로 날따라 더 널리 이용되고 있다. 스웨덴, 일본, 영국, 미국, 캐나다, 프랑스, 이탈리아, 유고슬라비아 등 나라들에서 낚시질애호가들의 수효가 전례 없이 늘어나고 있으며 미국의 낚시질애호가는 4천만에 달하여 평균 5사람 가운데의 한사람이 낚시질애호가이며 스웨덴과 일본은 전국 인구 중의 35%이상이 낚시질활동에 참가하고 있다.

낚시활동이 전 세계에 보급됨에 따라 국제체육운동 종목으로 발전하여 각종 낚시경기가 나타나게 되었다. 낚시질이 국제체육운동 종목으로 나타난 것은 근 30년의 역사밖에 되지 않는다. 1952년에 '국제낚시질운동연합회'가 창립되고 이에 따르는 낚시질 경기종목과 경기법을 규정하였다. 우리나라에서는 1980년 12월에 처음으로 무석시에서 '낚시질협회'가 창립되었다. 그 뒤를 이어 우리나라의 많은 성, 지구, 그리고 공장, 광산, 기업소, 학교, 기관들에서도 '낚시질협회'가 우후죽순마냥 성립되었다. 대중적인 낚시질활동의 발랄한 발전의 수요에 적응하기 위하여 1983년 9월 8일에 '전국낚시질협회'가 정식으로 창립되었는데 새로운 경기종목과 경기법이 있게 되고 여러 번에 걸쳐 전국성적인 낚시질경기대회를 진행한 적이 있다.

운동 부상사고의 예방방법

청소년들이 경상적으로 체육단련에 참가하면 신체의 성장발육을 촉진하고 체질을 증진시킬 수 있다. 그러나 과학적 단련방법대로 하지 않고 안전에 주의하지 않고 운동위생에 명심하지 않는다면 운동 가운데서 상하기 쉽다. 우리는 운동 부상문제에 중시를 돌려 '예방을 위주로 하는' 방침을 관철하여 효과적인 대책으로 운동 부상사고를 미연에 방지하는 한편 부상사고가 생기면 지나치게 걱정하거나 지어 겁을 먹고 단련을 그만두거나 하지 말고 사고를 정확히 대하여야 한다. 운동부상사고를 예방할 수 있을 뿐만 아니라 또한 운동 부상사고가 생겼다 해도 간이처리방법이 있는 것이다.

아래에 운동 부상사고의 몇 가지 예방방법을 이야기하려 한다.

1) 마비사상을 극복하고 안전에 주의를 돌려야 한다.

체육단련에서 부상사고는 흔히 사상상에서 대수롭지 않게 여기고 필요한 예방대책을 취하지 않기 때문에 생긴다. 체육단련에서 외상을 입는 것은 불가피하다고 여기는 사람도 있는데 이것은 완전히 그릇된 생각이다. 우리가 이 문제를 참답게 대하고 안전교육을 강화하여 과학적 단련방법에 좋아 적극적으로 예방대책을 취하기만 한다면 운동 가운데서 상처를 적게 입거나 입지 않을 수 있다. 그러므로 운동 부상사고를 미리 예방함에 있어서 무엇보다도 먼저 사상적으로 중요시하여 안전교육을 강화하는 데로부터 착수하여야 한다. 사람마다 단련 규율을 준수하고 안전에 주의를 돌리는 한편 적당한 안전대책을 취하는 이것은 운동 부상사고를 미리 예방하는 중요한 고리이다.

2) 체육단련의 조직사업을 잘하고 필요한 안전대책을 취해야 한다.

체육단련의 조직사업을 홀시하여 한 운동장에서 구기, 달리기, 던지기 등을 질서 없이 한데 뒤섞어 한다면 의외의 운동 부상사고가 발생하기 쉽다. 그러므로 사고를 미리 예방하려면 체육단련의 조직사업에 십분 중시를 돌려야 한다. 예하면 학교에서 통일적으로 계획하고 고루 돌보며 전면적으로 배치함으로써 운동장이 배좁게 운동시간을 너무 집중시키지 말고 계획적으로 각 학급의 단련시간을 갈라놓아야 한다.

3) 격렬한 운동이거나 경기를 하기 전에는 준비운동을 잘해야 한다.

준비운동을 하면 몸이 덥혀져 운동기관과 내장 밑 신경계통의 준비가 원만히 되는 만큼 근육 혹은 인대가 늘어나거나 파열되지 않고 또는 부상을 입지 않을 수 있다.

4) 자신의 정황에 근거하여 운동내용을 선택하고 운동량을 적당히 조절하도록 해야 한다.

단련종목의 어려운 정도와 운동량은 자신의 체육기초와 건강상태, 연령에 적합하여야 하기 때문에 힘에 겨운 어려운 동작을 억지로 하지 말도록 해야 한다. 지나친 피로를 초래하거나 다른 부상사고를 내지 않게 하기 위하여 운동량을 너무 많이 하지 말아야 한다. 몸이 지쳤거나 체력이 좋지 못할 때일 수록 부상을 입기 쉽기 때문에 어렵고 위험한 동작을 하지 말고 되도록 제때에 휴식해야 한다. 그리고 학교에서는 학생들에게 동작요령을 잘 습득시키고 잘 보호하고 보조해주어야 한다.

이밖에 운동위생에도 주의를 돌려야 한다. 예하면 식전, 식후에 격렬한 운동을 하거나 운동 후에 물 또는 얼음을 잠근 청량음료를 많이 마시거나 단련 후 체온이 높을 때 인차 냉수로 몸을 씻는 것은 좋지 못하다. 그리고 감기 등을 예방하여야 한다. 이런 것들은 건강을 보호하고 질병을 예방하는데 아주 중요하다.

운동 부상사고의 간이처리방법

학교 체육교수에서 흔히 부상사고가 생기는데 이는 안전에 주의를 돌리지 않는 탓이다. 마비사상을 극복하고 안전에 각별히 주의를 돌려 부상사고를 예방하는 것이 첫째이다. 만약 부상사고가 생겼다 해도 당황해하지 말고 인차 구급처리를 해야 한다.

1) 접질려 상하는 것

구기운동에서 흔히 손목, 어깨, 발목, 무릎, 허리의 관절이 접질리고 체조운동에서는 흔히 손목, 어깨, 팔꿈치의 관절이 접질리고 육상운동에서는 엉덩이 관절이 접질리기 쉽다.

접질리는 것도 다른 운동에서 상하는 원인과 마찬가지로 과학적 단련방법으로 단련하지 않고 정확하게 동작하지 않고 대강대강 하거나 너무 지치는 경우에 관절의 활동범위가 정상적인 한도를 넘어 관절의 둘레에 있는 인대, 건, 근육이 늘어나거나 찢어지면서 빚어진다. 이밖에 운동장이 울룩불룩하거나 콘크리트바닥에 잔모래가 있거나 콘크리트바닥이 너무 미끄럽거나 땅바닥에 잔돌이 있는 것도 접질리는 주요한 원인으로 된다.

경하게 접질린 것은 관절둘레의 인대 혹은 건이 조금 찢어진 것으로서 약간 아프다. 이런 정도로 접질린 곳은 겉으로도 나타나지 않고 관절활동에 지장을 주지 않으므로 일반적으로 구급처치를 하지 않아도 된다. 그러나 단련은 잠시 정지해야 한다. 일반적으로 한주일 혹은 두주일이 지나면 상처가 아프지 않고 나아질 수 있다.

중하게 접질리면 관절둘레의 인대, 건 및 혈관이 끊어져서 매우 아프며 관절을 움직일 수 없게 된다. 상한 후 몇 시간이 지나면 부어나고 멍이 든다. 이것은 혈관이 터져 많은 피가 조직사이에 흘러들었기 때문이다.

중하게 접질리었을 때 구급치료를 하려면 무엇보다도 먼저 지통시키고 지혈시켜야 한다. 접질리었을 때에는 찬찜질을 할 수 있다. 찬찜질을 할 때에는 상한 부위를 약간 높이 들어야 한다. 찬찜질을 하는 구체방법은 수건을 냉수에 젖혀 짠 다음 상처에 덮는 것이다. 이렇게 하지 않고 냉수를 상처에 끼얹어도 된다. 찬찜질을 하면 끊어진 혈관을 수축시켜 피가 적게 흐르게 하고 신경말초를 마비시켜 아픔을 덜게 하는 작용을 논다. 찬찜질은 3, 4시간에 한번씩, 한번에 5~8분 동안 하면 된다. 찬찜질을 한 다음에는 상한 부위에 솜을 대고 붕대를 감아야 한다. 붕대를 감을 때에는 혈액순환에 영향이 미치지 않도록 너무 팽팽하게 감지 말고 약간 죄여들게 감아야 한다.

2) 맞혀 상하는 것

몸이 무거운 체육기구에 맞혀 상처를 입는 것을 맞혀 상한 것이라고 한다. 체육기구에 몸을 다쳤을 때 상한 부위의 피부에는 흔히 가벼운 상처가 생기거나 지어는 상처가 전혀 없는 듯하다. 그러나 피하조직(근육, 인대, 혈관)에는 중하게 접질리었을 때처럼 내출혈, 근육섬유의 파렬 등과 같은 상처가 생길 수 있다. 맞혀 상했을 때의 구급방법은 접질리어 상했을 때의 구급방법과 같다.

3) 쓸리어 상하는 것

쓸리어 상하는 것은 넘어지면서 몸의 내놓인 부분이 지면에 대일 때 지면과 세게 마찰되어 생긴다.

아래팔의 바깥쪽, 손바닥, 넓적다리의 바깥쪽, 무릎마디, 정강이의 바깥쪽 등은 가장 쉽게 쓸리는 곳이다.

범위가 작고 경하게 쓸린 상처에서는 누런 액체(임파액)가 조금 스며 나오고 피가 스며 나오는 점들이 생기며 조금 아파난다. 그러나 팔다리의 활동기능에는 조금도 영향이 미치지 않는다.

범위가 넓고 중하게 쓸리었을 때에는 피부와 피하의 혈관 및 기타 조직들이 비교적 크게 상하며 온 상처를 가릴 정도로 피가 많이 난다. 상처에서는 또 상하여 고르지 못한 피하조직(지방과 근육)을 볼 수 있다.

지면에 석탄재거나 벽돌부스러기 같은 것이 있으면 상처에 이런 것들이 묻을 수 있다. 중하게 쓸린 경우에는 이런 물건들이 상처에 들어박힐 수 있다.

쓸리어 상했을 때에는 우선 지혈시켜야 한다. 피는 저절로 굳어지는 능력이 있기 때문에 경하게 쓸리었을 때 스며 나오는 피는 몇 분 후면 저절로 멈춘다.

범위가 비교적 넓고 중하게 쓸리었을 때 피가 멈추지 않고 계속 나오면 상한 부위를 높게 들어야 한다. 그리고 손가락으로 피가 나오는 부위의 위쪽 동맥혈관을 눌러야 한다. 콧등 양측의 얼굴에 피가 날 때에도 면부동맥을 누른다. 손가락에 피가 나면 척골요골동맥을 누르고 아래팔에 피가 나면 액와동맥 혹은 상박동맥을 누르고 다리에 피가 나면 넓적다리 안쪽의 대퇴동맥을 누른다. 위에서 이야기한 동맥혈관들은 인체의 옅은 부위를 지나므로 손으로 만져보면 뛰는 것이 알린다.

공기속의 화농균이 상처에 들어가지 않게 하기 위하여 지혈시키는 한편 소독가제로 상처를 덮어야 한다. 가일층 구급처치를 하자면 가제거나 약솜에 더운물을 묻혀 상처둘레의 흙과 다른 오물들을 닦아버려야 한다. 상처에 흙 따위 오물들이 묻었으면 생리식염수거나 비눗물로 씻어버려야 한다. 씻은 다음에는 소독가제로 상처의 물기를 묻혀내고 2% 마큐롬용액을 발라야 한다. 그러나 싸매지 말고 상처가 드러나게 해야 한다. 이렇게 하여야 상처가 빨리 말라들어 하루나 이틀 후이면 더데가 앉을 수 있다.

쓸린 상처가 깊고 면적이 클 때에는 감염되어 곪는 것을 예방하기 위하여 소염분을 적당히 치고 와셀린을 얇게 바른 가제를 대고 붕대를 싸매야 한다.

4) 코피가 나는 것

코 부위가 다른 물건에 부딪쳐(코 부위가 체육기재거나 다른 사람의 손 혹은 팔에 맞히는 것) 코 안의 혈관이 터지면 코피가 세게 나올 수 있다. 코피가 나올 때 코로 숨을 쉬면 피가 더 나기 때문에 이것을 예방하기 위해서는 잠시 입으로 숨을 쉬여야 한다. 그리고 머리를 뒤로 젖히고(부상자를 의자에 앉히고 머리를 등받이에 대게 할 수 있다.) 찬물에 젖은 수건으로 코를 덮어놓아야 한다. 이렇게 해도 피가 멎지 않으면 와셀린가제로 피가 나오는 콧구멍을 틀어막아야 한다. 이렇게 하면 일반적으로 인차 지혈된다.

5) 뇌진탕

머리가 단단한 곳에 부딪쳐 뇌강 내의 뇌수조직의 신경세포와 신경섬유가 지나친 진동을 받는 것을 뇌진탕이라 한다.

상한 다음 증세의 반응에 의하여 뇌진탕의 정도를 세 가지로 나눌 수 있다.

① 경한 뇌진탕: 상한 다음 다른 불편한 감각은 없고 그저 잠시 동안 (어떤 때는 다만 몇 초 동안) 머리가 어지럽고 눈앞이 캄캄해날 뿐이다.

② 보통정도의 뇌진탕: 상한 다음 몇 분간 지어 한 시간 동안 혼미상태에 있게 된다. 대부분 환자들이 정신을 차린 다음 머리가 어지럽고 아파나는데 며칠 또는 더 오래 지나도 낫지 않는다.

③ 심한 뇌진탕: 혼미상태에 있는 시간이 한 시간 이상이다. 어떤 환

자들은 며칠이 지나도 정신을 차리지 못하고 있다. 정신을 차리면 머리가 몹시 어지럽고 아파나며 기억력이 약해진다.

보통정도의 뇌진탕과 심한 뇌진탕은 나아진 후에도 흔히 '뇌진탕후유증'으로 하여 늘 머리가 아픈 외에 기억력이 몹시 약해진다.

구급할 때 경한 뇌진탕에 걸린 환자면 즉시 단련을 정지시키고 조용히 눕혀 휴식하게 해야 한다. 그러다가 하루와 이틀 후에 다른 비정상적인 증상(머리가 어지럽고 아픈 등)이 없으면 인차 학습에 참가할 수 있다. 그러나 상한 후 1주일 동안은 격렬한 체육활동에 참가시키지 않는 것이 좋다.

보통정도의 뇌진탕이거나 심한 뇌진탕에 걸린 환자를 구급할 때 환자가 여전히 혼미상태에 있으면 평평한 곳에 바로 눕히고 머리를 약간 높게 받쳐야 하며 되도록 빨리 병원에 보내어 치료를 받게 해야 한다. 보낼 때 환자의 몸이 세게 흔들리게 하지 말아야 한다.

6) 골절(뼈가 부러지는 것)

골격은 인체의 여러 가지 조직 가운데서 가장 든든하고 탄력성이 가장 강한 조직으로서 일반적으로 쉽사리 상하지 않는다. 그러나 갑자기 강한 외력의 타격을 받거나 골격에 붙은 근육이 맹렬히 수축될 때에는 상할 수도 있다.

뼈가 상한 다음 그 상처가 완전히 갈라지면 완전골절이라 하고 갈라지지 않고 부분적 뼈만 상하면 불완전골절이라 한다.

경한 골절이면 다만 골격에 뚜렷하지 않은 금이 나타나는데 의학상에서는 골렬이라 한다. 이런 골절은 뢴트겐사진을 자세히 관철하여야만 보아낼 수 있고 구급할 때에는 관찰해내기 매우 어렵다. 뚜렷한 골절증상은 상한 부위가 변형되고 팔다리의 활동기능이 상실되고 몹시 아프며 내출혈이 매우 심하다.

뼈가 부러지면 지체 없이 곧 구급해야 한다. 이것은 빨리 아물고 앞으로 팔다리의 기능을 회복하는 것과 커다란 관계가 있다. 만약 구급방법이 정확하지 않으면 골절정도를 더 심하게 할 뿐만 아니라 나은 후에도 팔다리가 변형될 수 있다.

골절의 구급절차는 다음과 같다.

① 먼저 부상자를 누르고 있는 장애물이거나 부상자를 옮기는데 방해되는 장애물을 없애야 한다. 부상자를 반듯하게 눕혀놓아야 하며 옮길 때에는 천천히 가볍게 움직여야 한다.

② 부상자는 몹시 아프고 피를 많이 흘리어 외상성 쇼크를 일으킬 수 있다. 외상성 쇼크의 증상은 낯빛이 파리해지고 식은땀을 흘리며 맥박이 약하고 혈압이 매우 낮은 것이다. 쇼크를 예방하려면 먼저 부상자에게 담요거나 이불을 덮어주어 몸을 덥히고 뜨거운 차물이거나 사탕물 또는 더운물을 마시게 하며 진통제로 지통시켜야 한다. 이렇게 한 다음 빨리 병원에 보내야 한다.

7) 외상성 관절탈구

폭력적작용(예하면 갑자기 넘어지는 것, 외력이 지나치게 잡아당기는 것 또는 폭력의 타격 등)에 의하여 관절의 관절 면이 정상적인 상호관계를 잃는 것을 외상성 관절탈구라 한다.(탈구라고도 한다)

관절이 탈구될 때 본인은 관절에서 부서지는 소리가 나는 것을 들을 수 있다. 그리고 탈구된 관절이 몹시 아파나고 관절기능이 상실되어 움직이지 못한다. 또한 관절이 변형되는데 관절의 위치가 변하여 정상적으로 두드려졌던 관절부위가 꺼져 들어가거나 평소에 꺼졌던 관절부위가 두드러지거나 삐어 나오며 팔다리가 늘어나거나 줄어든다.

외상성 관절탈구의 구급방법은 먼저 진통을 시키고 쇼크를 방지한(구체대책은 골절과 같다) 다음 빨리 널빤지와 붕대로 탈구되어 변형된 팔이나 다리를 고정해놓고 되도록 빨리 병원에 보내어 일찍 제자리에 맞추어 넣게 하는 것이다. 탈구된 관절은 골과 의사가 맞추어야 한다. 기술과 경험이 없는 사람은 함부로 맞추는 수술을 하지 말아야 한다. 이렇게 하지 않으면 더 심한 손상을 주며 기능을 회복하는데도 영향을 주게 된다.

8) 중력성 쇼크(잠시성 뇌빈혈이라고도 함)

중력성 쇼크란 체육단련에 참가한 사람의 심장혈관계통의 잠시적인 기능탈조현상을 말한다. 이런 현상은 달리기경기에서 비교적 많이 발생한다. 주억리 달리기와 장거리달리기에서 결승선에 이르렀을 때 갑자기 멈추면 대부분 경하거나 중한 중력성 쇼크가 발생한다.

중력성 쇼크의 증상은 전 거리를 다 달리고 종점에 이르러 갑자기 멈추면 눈앞이 갑자기 캄캄해지고 머리가 아찔해나며 온몸이 나른하고 두 다리가 노긋하며 낯빛이 파리하고 가슴이 두근거리며 숨이 몹시 찬 것이다. 경한 중력성 쇼크인 경우에는 이상의 증상들이 인차 없어진다. 중한 중력성 쇼크의 경우에는 이상의 증상들이 비교적 오래 지속되는데 환자를 빨리 부축하지 않으면 갑자기 쓰러질 위험성이 있다.

무엇 때문에 격렬한 달리기경기에서 이런 현상이 발생하는가? 달리기경기에서는 다리의 근육활동이 강화되기 때문에 많은 피가 다리에 분포된다. 달리기를 마치면 근육활동도 즉시 정지된다. 그러므로 다리에 몰렸던 피가 근육의 수축(근육이 수축되면 피가 밀려나온다.)에 의하여 빨리 심장에 돌아가지 못하게 된다. 심장에 피가 넉넉히 흘러들지 못하면 내보내는 피도 넉넉하지 못하게 된다. 이렇게 되면 온몸, 특히는 뇌부에 혈액을 공급하는데 영향이 미치게 된다. 이리하여 잠시성 뇌빈혈이 생기게 된다.

중력성 쇼크가 발생되었을 때 환자의 맥박과 혈압을 검사해보면 맥박이 약하고 혈압이 낮다는 것을 발견할 수 있다. 이것은 환자의 심장기능이 약화되었다는 것을 말해준다.

중력성 쇼크의 구급방법은 아주 간단하다. 경한 환자의 팔을 껴잡고 일정한 거리를 걷기면 정상적이 못되는 증상이 인차 없어질 수 있다. 중한 환자는 눕혀놓고 다리를 좀 들게 하고 몸에 담요나 옷을 덮어주어 10여분 지나면 낯빛이 파리하고 가슴이 두근거리며 숨이 차고 머리가 아찔해나고 눈이 흐리는 현상이 없어질 수 있다. 환자가 물을 마시고 싶어 하면 더운 차물 혹은 사탕물을 좀 마시게 할 수 있다.

중력성 쇼크를 예방하려면 종점에 이른 다음에 속도를 늦추어 일정한 거리를 더 달리다가 천천히 멈춰야 한다. 가장 중요한 것은 달리기경기에서의 보호사업을 강화하는 것인데 중도와 종점에 전문인원을 배치하였다가 선수가 종점에 이르렀을 때 낯빛이 정상적이 못되고 숨이 몹시 차하면 즉시 부축해주어야 한다. 그리고 경기 전에 선수들에게 중력성 쇼크를 예방할 데 대한 상식을 소개하여주는 것도 매우 필요하다.

9) 운동 가운데서 배가 아파나는 것

운동 가운데서 배가 아파나는 현상은 대부분이 달리기가 들어있는 종목에서 생긴다. 배가 아파나는 원인은 비교적 복잡하다. 예컨대 식후에 인차 운동하면 경련성 위통이 일어날 수 있고 장간막이 진동되거나 당기우면 조르듯 아파날 수 있고 격렬한 운동을 하면 간이나 기레에 어혈이 지여 아파나는 때가 있고 호흡방법이 틀리거나 복부에 만성병이 있어도 배가 아파날 수 있다. 운동 가운데서 배가 아파나는 부위는 대부분 좌우상복부(간과 기레의 부위)이며 아파나는 성질은 대부분이 큰 아픔이거나 은근한 아픔이다.

배가 약간 아파나면 속도를 늦추고 계속 운동하면서 손으로 아픈 곳을 누르고 깊이 숨을 쉬면 아픔이 점점 나아질 수 있다. 만약 이렇게 하여도 계속 아플 경우에는 운동을 정지하고 의사에게 보이여야 한다.

10) 근육경련

근육경련을 쥐가 오른다고 통속하게 말한다. 근육경련이란 근육이 갑

작스레 뻗치어 굳어지는 것을 말한다. 운동 가운데서는 비장근이나 엄지발가락굴근 또는 발뒤꿈치굴근 경련현상이 가장 쉽게 발생한다. 몸이 지치고 땀이 많이 나서 체내의 염분이 너무 많이 없어져 수분과 염분의 균형이 파괴된 데다가 추운 자극까지 받으면 경련이 쉽게 일어난다.

근육경련이 일어나면 환자를 바로 눕혀놓고 몸을 덥혀주는 한편 근육을 힘껏 당기여 경련이 풀리게 해야 한다. 종다리 혹은 발가락에서 경련이 일어나면 무릎관절을 곧게 펴고 발바닥 또는 발가락을 위쪽으로 재끼면 경련이 풀릴 수 있다. 그리고 손가락으로 종다리근육 중간을 누르면서 위쪽으로부터 아래쪽으로 안마하고 두드려주면 경련이 풀리는데 도움을 줄 수 있다.

수영할 때 종다리 혹은 발가락에서 경련이 일어나면 즉시 두 팔과 경련이 일어나지 않은 다리로 헤엄쳐 나오거나 먼저 숨을 한번 들이쉰 다음 등헤엄 자세로 물위에 떠서 구원을 청해야 한다.

경련을 예방하기 위하여 여름철 단련에서는 뜨거운 소금물을 마셔야 하고 겨울철단련에서는 몸을 잘 덥히고 준비운동을 잘하는 한편 몸을 너무 지치게 하지 말고 정신상에서 긴장해하지 말아야 한다. 그리고 물에 들어가기 전에 찬물로 온몸을 젖혀야 하고 물에 들어간 다음에는 너무 오래 있지 말고 추워 떨리거나 피로한 느낌이 나면 인차 나와야 한다.

11) 더위

여름철에 무더운 환경에서 격렬한 운동을 하면 방열이 잘 안되어 체온이 급격히 올라가거나 땀이 너무 많이 나서 체내에 염분과 수분이 모자라 근육경련을 일으키며 뜨거운 햇볕이 직접 머리를 쬐여 뇌막과 뇌수에 피가 몰키고 자극을 받아도 더위를 먹을 수 있다.

경한 더위는 머리가 어지럽고 아프며 눈이 흐리고 속이 메스껍고 목이 마르는 등 증상이 나타난다. 비교적 중한 더위는 체온이 높아지고 낯빛이 붉어지고 가슴이 답답하고 피부가 뜨거워나는 등 증상이 나타나며 엄중할 때에는 쇼크현상이 나타난다.

구급할 때에는 환자를 그늘지고 서늘하고 바람이 통하는 곳에 옮겨다가 바로 눕히고 머리 쪽을 높이거나 비스듬히 앉힌 다음 단추를 벗기고 부채질을 해주며 찬물로 이마를 적시고 도수가 낮은 알코올 혹은 소주로 몸을 닦아주어야 한다. 중한 환자에게는 약을 먹이고 정신을 차리면 청량음료를 마시게 해야 한다.

더위를 예방하기 위해서는 뜨거운 햇빛 밑에서 너무 오래 운동하지 말아야 하며 운동량이 많은 종목은 기온이 높은 철에 아침 또는 오후 3시 후에 배치해야 한다.

12) 물에 빠지는 것

깊은 물에서 수영할 때 헤엄을 잘 치지 못하거나 물밑 형편을 몰라서 의외의 정형에 부닥치거나 또는 체력이 약하여 견뎌내지 못하면 물에 빠질 수 있다. 물에 빠지면 호흡기관(주로는 폐)과 위장에 물이 많이 들어가므로 이런 기관들이 정상적 활동을 멈추게 된다. 물에 빠져서 2~3시간이 되어도 심장은 고동을 멈추지 않으므로 제때에 구급하기만 하면 목숨을 구할 수 있다.

물에 빠진 사람을 건져내오면 대부분 사람들은 호흡이 멎고 인사불성의 상태에 처하여있다. 그 구급절차는 다음과 같다.

① 물에 빠진 사람의 입과 코에 들어간 흙, 오물을 빨리 꺼내며 몸에 입은 수영복띠를 늦추어야 한다. 입을 꽉 다물고 있으면 입을 벌리는 기구(혹은 다른 물건)로 입을 벌려야 한다. 오물을 꺼낸 다음 엎드려놓고 허리를 안고 호흡기관과 위안에 들어간 물이 흘러나오게 해야 한다.

② 엎드려놓고 내리누르는 인공호흡방법으로 구급해야 한다. 구체방법은 다음과 같다. 물에 빠진 사람을 엎드려놓고(엎드리는 곳에 두꺼운 옷 같은 것을 펴는 것이 좋다.) 그 사람의 팔을 굽혀 머리를 받치게 하고 얼굴을 안쪽으로 돌리게 한다. 구급자는 물에 빠진 사람의 넓적다리를

가로타고 두 손바닥을 등 아래의 척주 양측에 댄다. 조작동작은 다음과 같다. 구급자는 몸을 앞으로 기울이고 두 팔로 내리누르면서 앞으로 내밀었다가 늦춘다. 이렇게 물에 빠진 사람이 제절로 숨을 쉴 때까지 몸을 앞으로 기울였다, 뒤로 젖혔다 하면서 반복적으로 인공호흡을 시킨다. 일반적으로 1분 동안에 인공호흡을 14~16번 시킨다.

③ 인공호흡을 시킬 때 물에 빠진 사람에게 옷을 덮어주어 몸을 덥혀야 한다.

물질대사

　물질대사란 유기체와 바깥과의 사이에 물질 바꿈으로 진행되는 복잡한 화학적 과정을 말한다.

　유기체가 생명과정을 유지하고 이러저러한 활동을 수행하려면 물질의 바꿈 과정이 끊임없이 진행되어야 한다. 영양물질은 먹으면 그 일부는 몸의 구성부분으로 합성되어 몸 안에 축적되며 다른 일부는 분해되면서 에너지를 만들어 몸의 활동에 소비된다. 그러므로 물질대사과정은 필요한 영양물질을 먹어 구성물질을 합성하는 동화과정과 그 물질들을 분해하여 몸의 활동에 이용하는 이화과정으로서 서로 통일적인 두 측면이다. 몸 안에서 진행되는 물질의 분해와 합성과정은 에너지변화과정을 동반하게 되는데 동화과정은 숨은 에너지를 축적하는 과정이며 이화과정은 에너지를 떼어내는 과정이다. 이때 떨어지는 에너지는 열에너지와 기계적 에너지로서 몸 열을 유지하며 육체활동을 하는데 쓰인다. 그러므로 물질대사와 에너지대사 과정은 서로 떼어놓을 수 없는 과정이다. 물질대사과정에는 단백질, 탄수화물, 기름, 물 및 무기염류 등 영양물질이 참가하여 효소, 호르몬, 비타민 등 물질들의 도움으로 복잡한 중간대사를 거쳐 합성된다. 이 과정에서 1그램의 단백질은 435킬로칼로리, 탄수화물은 4.1킬로칼로리, 기름은 9.35킬로칼로리의 산화열을 낸다.

　과학자들의 연구에 의하면 60살에 난 사람이 일생동안에 신진대사로 교환한 물질은 약 6만 킬로그램의 지방에 상당하다. 사람들이 매일 먹는 음식은 주식과 부식으로 나뉜다. 주식이란 일반적으로 식량을 가리키는데 주요하게 체내에 전분(당류)을 제공한다. 부식은 육류, 알류, 남새, 과일 등을 가리킨다. 육류, 알류 등은 주로 인체의 단백질과 지방을 제공한다. 남새, 과일은 여러 가지 비타민과 무기염의 주요한 내원이다.

청춘기 전후는 신체가 발육하는 시기이기 때문에 여러 가지 영양소가 다른 시기보다 대대적으로 증가된다. 예하면 칼슘의 수요량은 성인의 2배가 넘고 단백질, 열에너지 및 일부 비타민의 공급량도 성인에 비하여 많다. 만약 청춘기에 단백질, 열에너지, 칼슘 등의 공급이 부족하다면 생장발육수준에 커다란 영향을 주게 된다. 청춘기의 합리한 영양의 요구는 아래와 같다. 첫째, 내용이 합리하여야 한다. 총적으로 말해서 충족한 열에너지, 넉넉한 단백질, 전면적인 비타민과 광물질을 보장하여야 한다. 청춘기에는 체내의 대사과정이 왕성하여 열에너지의 수요량이 높다. 열에너지는 주요하게 쌀, 가루음식, 지방에서 온다. 때문에 하루에 세끼를 잘 먹어야 한다. 동시에 일정한 량의 지방을 섭취하여야 하며 물고기, 살코기, 알류, 젓류, 콩류 등 단백질이 많은 음식의 섭취량을 증가하여야 한다. 여러 가지 남새에는 비타민과 광물질이 비교적 많이 함유되어있으므로 청춘기 식사메뉴에는 보다 충분한 남새들이 있어야 한다. 합리적인 영양의 섭취를 보장하기 위하여 제때에 식사하는 습관을 길러야 한다. 하루 세끼를 잘 먹어야 하며 폭음폭식하거나 음식을 가리거나 편식을 하지 말아야 한다. 셋째, 아침식사를 잘하는데 특별히 중시를 돌려야 한다. 아침식사에 충족한 에너지가 함유되게 하여 아침식사의 충족한 영양을 보장하여야 한다.

체육단련에 참가할 때 에너지 소모가 평상시보다 증가되어 수요되는 음식물영양도 평상시보다 많게 된다. 그러나 일반적인 체육단련은 그다지 격렬하지 않으므로 하루 세끼를 먹는 영양소를 가지고도 신체의 에너지소모를 미봉할 수 있다. 만약 격렬한 운동경기에 참가하거나 단련 부하량이 커서 신체가 피로할 때에는 평상시보다 음식물 영양보충을 증가하여야 한다.

체육단련과 식사시간은 일정한 운동위생 요구에 따라야 한다. 체육운동 후에는 충분히 휴식한 다음에 식사를 하여야 하며 식사를 한 다음에는 충분히 휴식한 다음에 다시 운동을 시작하여야 한다. 체육단련을 할 때 신체내의 혈액은 근육 및 피부 혈관에 보다 많이 집중되어 근육활동의 수요에 적응되게 한다. 이때 위장계통은 상대적으로 일과성 혈액결핍과 억제상태에 처하여 소화흡수과정이 감소 약화되고 소화액 분비가 감소된다.

만일 운동이 끝난 후 인차 식사를 하면 밥이 당기지 않고 밥을 맛있게 먹지 못하게 될 뿐만 아니라 소화계통의 상대적 억제상태가 풀리지 않으므로 음식물의 소화과정에 영향을 주게 된다. 때문에 운동이 끝난 후 30분좌우 휴식한 다음 식사를 하는 것이 좋다. 식사 후에 운동하는 것도 충분한 시간간격이 있어야 한다. 식사를 한 후에는 위장도에 음식물이 차서 횡격막이 위로 올라가므로 호흡이 일정한 정도로 영향을 받게 된다. 뿐만 아니라 식사를 갓 끝냈을 때에는 혈액이 위장도에 집중되어 소화흡수를 강화하는 과정이 수요 된다. 만약 이때에 인차 격렬한 운동을 하게 되면 소화에 불리하고 건강에 해로울 뿐만 아니라 위내에 음식물이 가득하기에 복통과 구토를 일으키기 쉽다. 때문에 식사가 끝나서부터 1~2시간 후에 단련을 시작해야 한다. 식후에 격렬한 운동이나 경기에 참가할 때에는 건강에 이롭게 시간간격을 2시간이상 두어야 한다.

단련할 때에는 인체 내의 수분은 땀과 더불어 대량으로 배출된다. 마라톤달리기를 한번 하면 땀을 2~5리터를 흘리게 되는데 체내의 수분이 대량으로 없어지므로 입안이 마르게 된다. 때문에 물을 마시여 수분을 보충하여야 한다. 땀의 성분은 약 98~99%가 수분이고 약 1~2%가 고체물질(주요하게는 염화나트륨)이다. 때문에 땀이 대량으로 배출됨과 아울러 체내의 일부 염분도 잇달아 배출된다. 그러므로 운동을 끝낸 후에 체내에서 상실한 수분과 염분을 여하히 보충하는가 하는 것은 일정한 위생요구에 따라야 한다. 어떤 사람들은 운동을 끝낸 후에 입안이 말라들어 참기 어려우면 모든 것을 돌보지 않고 한번에 물을 많이 마시는데 이것은 위생요구에 부합되지 않는다. 한번에 물을 많이 마시면 땀이 더욱 많이 배출하게 되어 체내의 염분이 더욱 많이 상실된다. 운동을 거친 후에 심장은 휴식 회복되어야 한다. 한번에 물을 많이 마시면 일부분의 물이 혈액을 통하여 신장에 흘러간 후 몸 밖으로 배출되므로 심장의 부담을 더하게 하여 심장의 휴식과 회복에 영향을 주게 된다. 때문에 한번에 물을 많이 마시는 것은 위생요구에 부합되지 않는다. 특히 운동이 끝난 후 음식을 먹기 전에 물을 많이 마시면 위산분비에 영향을 주어 장도 질병에 걸리기 쉽기 때문에 될 수록 금지하여야 한다. 찬물을 많이 마시는 것은 더구나 위생적이 못된다. 운동을 끝낸 후에 위생요구에 맞게 물을 마시려면 다음과 같이 하여야 한다. 먼저 뜨거운 물로 양치질을 한 다음 물을 조금 마시고는 한동안 휴식하여 땀이 좀 멎은 후에 다시 여러 번 나누어 한번에 적은 량으로 마셔야 한다. 그밖에 체내의 염분이 보다 많이 상실되었으므로 담염수를 좀 마시는 것으로 신체에 적당히 염분을 보충하여야 한다.

운동경기에 참가하기 전의 음식도 일정한 위생요구에 맞게 먹어야 한다. 일반적으로 말해서 경기 전에 쉽게 소화 흡수되는 음식물을 먹어야 하며 느끼한 부식물을 적게 먹어야 한다. 왜냐 하면 이런 부식물은 소화가 더디므로 만약 경기 전 4시간 내에 지방과 육식을 과다하게 먹으면 시합할 때 배가 뿌듯한 감이 있게 되어 좋은 성적을 따내는데 영향을 주기 때문이다. 또한 경기 전에 액체음료를 과다하게 마시지 말아야 하며 자극성이 있는 부식물을 될 수록 적게 먹어야 한다.

개 인 위 생

개인위생이란 자기의 몸을 깨끗이 거두며 하루의 생활을 위생 문화적으로 옳게 조직하는 것을 이르는 말이다.

사람들이 자기 몸과 주위 환경을 깨끗이 거두는 것은 문화혁명과업을 수행하는데 있어서 중요한 문제의 하나로 제기된다. 개인위생을 잘 지키지 못하면 병을 미리 막을 수 없다. 그러므로 개인위생을 잘 지키는 것은 모든 근로자들과 청소년학생들의 응당한 의무이며 초보적인 요구이다. 개인위생에는 몸을 깨끗이 거두는 위생, 옷을 잘 관리하는 위생, 올바른 휴식, 몸 단련 위생 및 기타 몸의 정상적인 상태를 유지하고 그 기능을 높이기 위한 영양위생 등이 있다.

몸을 깨끗이 거두는 위생에는 살가죽, 이발, 머리털, 손과 발 등을 깨끗이 하는 것 등이 있다. 살가죽을 항상 깨끗이 하면 살가죽에 있는 땀구멍과 기름구멍의 기능을 정상적으로 보장하여주기 때문에 살가죽 탄성과 살가죽호흡이 좋아지며 균을 죽이는 작용이 높아지고 기계적 자극에 대한 방어능력이 높아진다. 이발을 깨끗이 거두면 이병을 막을 수 있을 뿐만 아니라 소화기를 튼튼히 하여주는데도 큰 의의가 있다. 머리털을 깨끗이 거두면 머리털의 탄성을 높이고 머리에 미치는 기계적 타격, 화학적 자극을 쉽게 완화시키며 빛의 자극으로부터 머리를 잘 보호할 수 있다. 손을 깨끗이 거두면 손에 묻은 병균이 눈을 비롯한 몸 안에 들어가 여러 가지 병을 일으키는 현상을 미리 막아낼 수 있다. 발을 깨끗이 거두면 무좀을 비롯한 발에서 생길 수 있는 여러 가지 탈을 잘 막을 수 있다.

옷 관리 위생에는 속옷과 겉옷, 모자, 장갑, 양말 등을 깨끗이 거두는 것, 의복을 몸에 맞게 만들어 입는 것, 철과 날씨 및 노동조건에 맞게 천의 질과 색깔을 옳게 선택하는 것 등이 있다. 의복, 모자, 양말 등을 깨끗이 하지 않으면 살가죽에서 나오는 땀 특히 땀에 섞여 나온 유기물질이 분해산물과 공기 중의 먼지, 병균 등이 옷에 묻고 굳어져서 공기갈이능력, 살가죽의 수분 흡수와 증발 능력, 체온조절 능력이 약해진다. 그러므로 옷을 항상 깨끗이 거두어야 병을 막을 수 있고 문화성도 보장할 수 있다.

식생활을 위생적으로 하는 것은 개인위생에서 중요한 자리를 차지한다. 식생활위생에는 음식의 량을 적당히 조절하며 그 질을 옳게 보장하는 문제, 식사시간을 제때에 지키는 문제 등이 있다. 식생활을 옳게 조직하여야 소화기를 보호할 수 있으며 소모된 에너지를 보충하고 입맛을 정상적으로 유지할 수 있다.

개인위생에서 특히 중요한 것은 저항력을 높이기 위하여 몸을 잘 단련하는 것이다. 여기에는 여러 가지 체육활동이 속한다. 모든 체육활동은 나이와 성별, 체질 등을 고려하여 선택해야 하며 점차적으로 그 세기를 높이는 원칙, 단순한 것으로부터 복잡한 것으로 진행하는 원칙, 주기적으로 반복하며 멈추지 않는 원칙, 철에 맞게 진행하는 원칙 등을 잘 지켜야 한다.

휴식을 옳게 하는 것은 피로를 푸는 데만 목적이 있는 것이 아니라 노동에서 더욱 높은 성과를 얻기 위한 힘을 얻는데 중요한 목적이 있다.

과학적인 체육단련

　우리가 체육단련을 하는 목적은 신체를 단련하고 체질을 증진시키는데 있다. 현대생활은 절주가 빨라지고 사업이 더 긴장해져 건강한 신체가 수요된다. 때문에 사업의 여가에 체육활동으로 사업의 긴장한 피로를 풀어 건강한 신체를 보존하여야 한다. 신체를 단련하고 체질을 증진시키는 목적에 이르자면 오직 과학적인 방법으로 신체를 단련하고 과학적으로 단련종목을 선택하여야만 기대하던 단련효과를 얻을 수 있다. 그러나 이를 떠나 과학적 방법으로 단련하지 않고 주관적열정만 가지고 맹목적으로 단련한다면 쉽게 좋은 단련효과를 거둘 수 없을뿐더러 때로는 건강을 해치거나 부상사고를 빚어낼 수도 있다.

　단련방법은 단련의 목적을 실현하는데 복무한다. 단련방법은 또 신체단련을 하는 구체대상과 관계되므로 융통성 있게 선택하여야 한다. 청소년들은 신체단련에서 일반적으로 다음의 몇 가지를 지켜야 한다.

　1) 전면적인 단련이 수요 된다.

　체육종목과 내용은 매우 많다. 청소년들이 어떤 종목들을 자기의 신체단련수단으로 선택할 것인가 하는 것은 성별과 연령적 특성에 의하여 결정하여야 한다.

　청소년들이 신체를 단련하는 목적은 체질을 증진시키고 어려서부터 육체적 기초를 잘 닦아 4가지 현대화를 실현하고 조국을 보위하기 위하여 복무하려는데 있다. 그러므로 우선 생산노동과 국방에 밀접한 관계가 있는 달리기, 뛰기, 던지기, 등반 오르기, 기어 넘기 등 기본활동능력과 수영 등 실용적 가치가 있는 종목을 단련의 주요종목으로 선택하여야 한다.

청소년들은 한창 자라나는 시기에 있는 것만큼 신체의 각 부위와 각 기관계통에 대한 전면적인 체육단련을 하는 것은 신체의 정상적 성장발육과 전면적이고 균형적인 발달을 촉진시키는데 대하여 매우 중요하다. 그러므로 단련가운데서 운동기관을 발달시켜야 하거니와 내장기관도 단련시켜야 한다. 여기에서 특히 중요한 것은 호흡계통과 혈액순환계통을 단련시키는 것이다. 대근육근을 발달시키는데도 유의해야 하거니와 경상적으로 활동하지 않는 소근육근을 발달시키는데도 유의하여야 한다. 특히 생산노동이나 운동에 아주 중요한 등배근육을 단련시키는데 유의하여야 한다. 신체소질의 측면을 볼 때 속도와 민활성도 발달시켜야 하거니와 역량, 인내력 및 유연성 등 소질도 발달시켜야 한다.

청소년들은 신체를 단련하는 한편 사상품성과 의지를 단련하며 자연환경에 대한 적응능력을 제고하여야 만이 비로소 간고한 환경의 시련을 겪어낼 수 있다.

전면적 신체단련은 또 운동기술 수준을 높이는 기초로 된다. 청소년운동선수들에게 있어서는 전면적 신체훈련을 틀어쥐고 육체적 기초를 잘 닦는 것이 무엇보다 중요하다.

체질을 증진시키는데 입각하여 전면적으로 단련하게 하는 것은 청소년들의 신체단련을 지도하는 중요한 원칙이다. 일부 체육 종목은 인체의 단련에 대하여 일정한 국한성을 띠고 있다. 예컨대 역기는 역량을 발달시키는 좋은 종목으로서 역기와 관계되는 민활성이나 속도를 훈련하는 데는 일정한 가치가 있지만 달리기에서의 속도와 급정거 및 몸돌리기 등 민활성을 키우는 데서는 짧은 거리달리기거나 구기운동보다 못하다. 또 배구는 신체에 보다 전면적인 영향을 주지만 역량과 유연

성을 발달시키고 신체의 어느 한 특정적부위의 근육을 발달시키는 등
면에서는 체조보다 효과가 못하며 속도와 인내력을 발달시키는 면에서
는 짧은 거리달리기보다 못하다. 만약 청소년시기에 여러 가지 체육종
목으로 전면적 단련을 한다면 각 종목을 밀접히 배합시켜 우점으로 결
점을 미봉하여 각 종목의 국한성을 극복할 수 있다. 이것은 청소년들
의 신체의 전면적 발달을 촉진시키고 그들의 체질을 효과적으로 증진
시키는데 더욱 유리하다.

  2) 경상적이고도 지구적으로 단련하여야 한다.
  청소년들이 신체와 의지를 단련하려면 경상적으로 단련하고 지구적
으로 단련하여야 한다. 인체의 각 기관은 활동하면 발달하고 활동하지
않으면 쇠퇴해지기 때문에 단련에서 꾀를 부리거나 하다말다해서는 아
무런 효과도 거두지 못한다. 기본 활동기능을 높이거나 또는 운동기술
을 배우거나 신체의 각 기관계통의 기능을 제고하거나 여러 가지 신체
소질을 발달시키거나 할 것 없이 경상적으로 단련하여야 만이 비로소
바라던 효과를 거둘 수 있다.
  매개 동작이거나 매개 기술을 배우는 과정은 모두 대뇌피질이 운동
성 조건반사를 이루는 과정이다. 매 차례의 연습에서는 근육과 내장기
관 기능의 약간한 변화를 일으킬 뿐만 아니라 대뇌피질에도 일정한 흔
적을 남기게 된다. 이런 변화와 흔적은 경상적인 단련을 거쳐야 만이
점차적으로 강화되고 공고화되며 대뇌피질에 튼튼한 운동성 조건반사
를 형성시키며 점차적으로 운동성 동력정형을 이룩할 수 있다. 만약
한두 번 연습하고 그만둔다면 대뇌피질에 남겼던 이런 흔적은 갈수록
약화되거나 나중에는 없어져버리고 만다. 또한 단련으로 하여 근육과
내장기관에 일으켰던 변화도 약화되고 없어져버린다.
  일부 사람들은 기분이 좋으면 적극적으로 단련하다가도 기분이 좋지
못하거나 바람이 불고 비가 내리면 활동하려 하지 않으며 경쾌한 종목

이면 참가하고 힘 드는 종목이면 참가하지 않으며 재미나면 '놀고' 재미없으면 참가하지 않는데 이렇게 하여서는 바라던 효과를 거두기 어렵다. 우리는 신체를 단련하는 한편 의지도 단련하여 용감히 전진하는 불요불굴의 정신을 키워야 한다. 그리고 신체를 단련하는 습관도 점차적으로 키워 긴장한 학습과 사업, 어려운 생활환경과 궂은 기후조건에서도 단련을 견지함으로써 체육단련을 우리의 일상생활에서 불가결의 구성부분으로 되게 하여야 한다.

3) 순차점진의 원칙에 따라 점차적으로 제고시켜야 한다.

청소년들은 신체단련에서 맹탕하거나 조급정서를 부리지 말고 순차성의 원칙에 따라 점차적으로 제고시키는데 유의하여야 한다.

순차점진의 원칙이란 실제로부터 출발하여야 한다는 것을 말한다. 즉 지식기능 학습에서는 쉬운 데로부터 어려운 데로, 간단한 데로부터 복잡한 데로 점차적으로 제고시키고 운동량에서는 적은 데로부터 많은 데로 점차적으로 증가시킨다는 것이다.

운동량이란 체육단련에서의 신체의 생리적 부하량을 말한다. 운동량은 많은 요소들에 의하여 결정된다. 청소년들은 단련 가운데서 수효, 강도 및 시간의 몇 가지 요소에 유의하여야 한다.

수효란 체육단련에서 수행할 종목 수를 말한다. 종목의 성격이 다르기 때문에 수효는 중복차수로 표현될 때도 있다. 예하면 라디오체조에서는 4×8호 간이거나 2×8호 간으로 하는데 중복차수가 다름에 따라 운동량도 다르게 된다. 운동량은 또 무게로도 표현된다. 예하면 역기에서 20킬로그램을 올리는 것과 40킬로그램을 올리는 것은 무게가 다르기 때문에 운동량도 같지 않다. 운동량은 또 거리로도 표현된다. 예하면 150미터 달리기와 800미터 달리기는 달리는 거리가 다르기 때문에 운동량도 같지 않다. 청소년들은 단련 가운데서 자신의 능력을 초월하여 지나치게 높고 급하게 하지 말고 자신의 체력정형에 근거하여 연습량을 적당하게 정하여야 한다.

강도란 단위시간 내의 생리적 부하량의 대소를 말한다. 즉 보통 말하는 운동의 격렬한 정도를 가리킨다. 예하면 100미터를 14초에 달린 것은 100미터를 16초에 달린 것보다 강도가 세다. 소학생들의 신체는 한창 성장 발육하는 시기에 처하여 있기 때문에 각 기관계통의 성장이 아직 완전하지 못하다. 그러므로 체육단련에서 적당한 강도를 유지하기에 유의하여야 한다. 초급중학교와 고등중학교 학생들의 신체는 운동 강도에 대하여 비교적 큰 적응능력을 가지고 있기는 하지만 지나친 강도와 적당하지 못한 단련은 흔히 그들의 유기체를 손상시킬 수도 있으므로 각별히 주의를 돌려야 한다.

시간이란 한번 단련하는 총 시간을 말한다. 단련시간이 길면 운동량도 많아진다. 강도가 같은 조건하에서 단련시간이 짧으면 운동량도 비교적 적다. 청소년들은 체육단련에서 좋지 못한 반응이 생기지 않도록 연습시간을 지나치게 길거나 짧게 잡지 말고 계획적으로 배당하여야 한다.

체육단련의 체질을 증진시킬 수 있는 것은 일정한 운동량의 자극작용으로 하여 유기체에 상응한 변화를 일으키기 때문이다. 이로부터 운동량이 너무 적으면(다만 일상생활에서의 신체의 생리적 부하량에 해당된다면) 유기체의 생리적 기능에 보다 큰 변화를 일으킬 수 없기 때문에 신체단련의 목적을 달성할 수 없다. 만약 운동량이 너무 많아 당시 유기체가 받아 당할만한 범위를 훨씬 능가한다면 좋지 못한 반응(예하면 혈압이 낮아지고 맥박이 급하고 약해지며 낯빛이 파래지고 식은땀이 나며 머리가 어지럽고 구역질이 나며 잠이 오지 않고 식미가 당기지 않으며 피로가 장기간 물리지 않는 것 등이다.)이 일어나기 때문에 신체건강에 불리한 영향을 주게 된다.

어느 정도여야 운동량이 비교적 적합하다고 말할 수 있겠는가?

일반적으로 매번 체육단련을 한 후에 좀 지친 감이 있기는 하나 위에서 말한 좋지 못한 반응이 없고 휴식을 통하여 빨리 회복될 수

있는 정도의 운동을 하였다면 그 운동량이 기본적으로 적합하다고
할 수 있다.

간단없는 단련가운데서 사람의 유기체는 일정한 운동량에 차츰 적응
하게 된다. 적응된 다음에는 또 새로운 기초 위에서 운동량을 증가하
여 인체의 각 기관계통의 기능을 한걸음 더 제고할 수 있다. 단련－적
응－재단련(운동량을 더한 단련)－가일층의 제고, 이것이 바로 순차적
으로 점차 체질을 증진시키는 과정이다.

우리는 한 개 동작이거나 일종 운동기술을 습득하는데 있어서도 마
찬가지로 순차점진의 원칙을 따라야 한다. 자신의 체육기초로부터 출
발하여 쉬운 데로부터 어려운 데로, 간단한 데로부터 복잡한 데로 이
르면서 점차적으로 연습하여야 한다. 말하자면 처음부터 자기의 힘에
겨운 어려운 동작을 연습할 것이 아니라 기본기술의 기초를 착실히 잘
닦아야 한다. 일반적으로 비교적 어려운 동작은 일정한 신체소질과 기
본동작의 기초가 있어야만 습득하기 쉽다. 이런 조건을 갖추지 않고
맹목적으로 연습한다면 쉽게 습득할 수 없을 뿐만 아니라 지어 부상사
고를 빚어낼 수도 있다.

어떤 운동기술은 관건을 잘 틀어쥐고 반복적으로 연습하면 힘을 적
게 들이고도 좋은 효과를 거둘 수 있다. 관건을 틀어쥐면 무엇보다도
기초를 잘 닦아야 한다. 예컨대 짧은 거리달리기에는 출발, 출발달리기,
중간달리기, 마감달리기의 4개 부분으로 나뉘어져 있는데 이 가운데서
관건은 어느 것인가? 어떤 사람들은 많은 시간을 들여 출발과 마감달
리기를 연습하고 가장 중요한 중간달리기를 홀시하였기에 연습은 오래
했으나 큰 효과를 거두지 못한다. 청소년들에게 있어서는 기본활동기
능을 습득하고 달리기능력을 제고시키고 체질을 증진시키거나 짧은 거
리달리기 성적을 높이거나를 물론하고 중간달리기가 주요한 것이다.
그러므로 중간달리기를 둘러싸고 체계적으로 연습한다면 체질도 증진
시키고 성적도 높일 수 있는 효과를 거둘 수 있다.

4) 준비운동과 정리운동을 잘하여야 한다.

비교적 격렬한 운동이거나 경기를 하기 전에 준비운동을 하는 것이 필요하며 경기거나 격렬한 운동을 한 다음에는 정리운동을 하여야 한다.

무엇 때문에 준비운동을 하여야 하는가? 그것은 인체가 각 기관계통으로 구성된 유기적인 전일체이기 때문이다. 체육활동을 할 때 마치도 근육만 활동하는 것 같지만 기실은 다른 기관계통들도 다 활동에 가담한다. 체육활동에서의 각 기관계통의 조화적인 활동은 모두 대뇌피질이 지휘한다. 준비운동은 격렬한 운동을 하기 위한 준비로서 각 기관계통의 활동이 조화되도록 대뇌피질 신경세포의 흥분성을 제고시키기 위한 것이다.

물체에 일정한 관성 또는 불활성이 있는 것처럼 인체의 각 기관의 기능에도 일정한 생리적 불활성이 있다. 그런데 신체의 각 부분의 불활성은 꼭 같지는 않다. 그중 근육의 불활성이 가장 약하다. 근육이 상대적인 안정상태로부터 활동상태로 넘어갈 때에는 20~30초만 지나면 비교적 큰 능력을 발휘할 수 있다. 그러나 내장기관의 불활성은 비교적 강하기 때문에 심장과 폐는 비교적 더디어 보통 2~3분이 지나야 비교적 큰 능력을 발휘할 수 있으며 심장은 매분 72차 가량 뛰던 데로부터 200번 가량 뛰자면 3~5분이 걸려야 한다. 만약 사전에 준비운동을 하여 심장을 중등속도로 뛰는 상태(매분 120차 가량)에 넘어가게 한다면 격렬한 운동이거나 경기를 할 때에 재빨리 180~200차 가량 뛰는 상태에 도달시킬 수 있다. 그러면 보다 많은 산소와 영양물을 공급하고 보다 많은 폐물을 내보내는 수요에 적응될 수 있다.

준비운동을 하면 또 체온을 약간 높일 수 있다. 그러면 근육과 건(힘줄)이 좋은 상태에 있어 탄력성과 신장성이 좋아지기 때문에 돌연적인 수축으로 하여 파열되지 않는다. 이 점은 추운 날에 특히 중요하다.

준비운동에는 두 가지가 있는데 한 가지는 맨손체조나 달리기와 같은 일반적 준비운동이고 한 가지는 전문성을 띤 준비운동으로서 예하면 축구경기 전에 몰기, 차보내기, 차 넣기를 하는 것 같은 것이다. 준비운동의 시간과 분량은 계절과 운동종목에 따라 정하되 일반적으로 더운 날이면 좀 짧게 하고 추운 날이면 좀 길게 할 수 있다.

격렬한 운동을 마치면 즉시 멈추지 말고 인체가 격렬한 활동상태로부터 차츰 안정상태로 넘어가도록 정리운동을 하여야 한다.

무엇 때문에 정리운동을 하여야 하는가? 격렬한 운동을 할 때엔 대량의 산소를 소모하지만 내장기관의 활동이 흔히 근육활동에 의한 산소수요에 만족을 주지 못한다. 그리하여 격렬한 운동을 할 때 산소가 부족 되는 정형 하에서 경기자의 체내에 젖산과 같은 대사물질이 쌓이게 된다. 이런 물질은 운동 후에 산소공급을 계속 증가하여야만 비로소 점차적으로 제거할 수 있다. 이런 현상을 '산소빚'이라고 한다. 그러므로 운동이 끝난 다음에도 숨이 차고 심장이 빨리 뛰는 것은 바로 산소를 많이 흡수하고 수송하기 위해서이다. 정리운동 특히는 긴장성을 푸는 동작과 호흡을 조정하는 동작(숨을 깊게 쉬는 것)을 하면 '산소빚'을 갚는데 도움으로 되며 신체가 빨리 회복될 수 있다.

그리고 격렬한 운동을 하면 대량의 피가 활동하고 있는 팔다리에 흘러가는데 그 피는 심근의 수축력에 의거하는 외에 또 근육의 규칙적인 수축으로 하여 생기는 압축작용에 의거하여 심장으로 되돌아온다. 그런데 운동이 끝나자마자 활동을 멈추면 근육의 수축작용이 없어져서 팔다리에 갔던 많은 피가 심장으로 적게 되돌아가게 된다. 이렇게 되면 심장에서 내보내는 피의 량도 상응하게 적어지어 잠시적 뇌혈 현상이 조성된다. 그리하여 머리가 어지럽고 가슴이 답답하고 구역질이 나는 등 좋지 못한 반응이 생길 수 있으며 지어 졸도현상까지 생길 수 있다. 그러나 정리운동을 하면 호흡과 혈액순환이 잘되고 산소와 영양물공급이 충분하기 때문에 대사물질이 빨리 제거되거니와 피로도 잘 풀리고 위에서 이야기한 좋지 못한 반응도 면할 수 있다.

운동종목과 매개인의 특성이 다르기 때문에 정리운동도 천편일률로

할 수 없다. 일반적으로 흔히 운동의 최후동작의 자연적 지속으로서의 천천히 달리기, 걷기, 이완동작 및 호흡조절 등으로 신체를 점차적으로 상대적인 안정상태에 넘어가게 해야 한다.

5) 체육단련과정에서 자체검열에 유의해야 한다.

자체검열이란 생리위생지식과 의학지식으로 자신의 신체정황을 검사하고 관찰하는 방법을 말한다. 자체검열의 내용에는 주로 단련 전후와 단련 중의 자체감각, 수면, 식욕, 체중 및 맥박 등이 있다.

① 자체감각: 체육단련에 대한 인체의 적응정황은 흔히 자체감각을 통하여 반영된다. 정상적인 경우에는 단련 전에 정신이 좋고 체력이 좋으며 단련에 흥취가 있으며 단련 후에는 피로가 빨리 풀린다. 이와 반대로 정상적이 아닌 경우에는 단련 전에 체력과 정신상태가 좋지 못하고 단련하고 싶은 생각이 없으며 단련할 때에 쉽사리 지치고 땀이 나며 머리가 어지러워지고 단련 후에 몸이 오래도록 회복되지 않는다. 이것은 대부분이 체계적으로 단련하지 않았고 운동량을 합리하게 배당하지 않은 탓이므로 단련계획과 운동량을 제때에 조절하여야 한다.

② 수면: 경상적으로 운동하는 사람이면 잠도 잘 자야 한다. 잠을 잘 잔다는 것은 잠이 빨리 들고 깊이 들며 꿈이 드물고 깨어나면 정신이 포만한 것을 말한다. 잠이 오지 않거나 자주 깨거나 꿈이 많거나 기상 후에 정신이 나지 않는 것 등은 병적인 원인으로 생긴 것이 아니면 단련방법과 운동량이 적합하지 않은 원인으로 생긴 것이다.

③ 식욕: 경상적으로 운동하는 사람은 식욕도 좋다. 그러나 운동량이 지나치거나 땀을 많이 흘려 수분과 염분이 너무 많이 없어지면 식욕이 줄어들 때도 있다. 그리고 단련 후에 인차 식사하여도 식욕에 영향이 미치게 된다. 그러므로 단련 후에 반시간 가량 지나서 식사하는 것이 좋다. 그러면 신체가 안정상태로 회복되어 식욕도 좋아진다.

④ 체중: 단련초기에 신진대사가 강화되어 체내의 지방과 수분의 소

모가 너무 많기 때문에 체중이 줄어들 수 있다. 한시기 지나면 근육의 질과 체적의 변화로 하여 체중이 비교적 안정된 수준을 유지하게 된다. 청소년들은 나이가 많아짐에 따라 체중이 차츰 증가되어야 한다. 체중이 계속 내려가는 것은 정상적 현상이 아니므로 의사에게 보이여 원인을 밝혀야 한다. 일반적으로 정상적인 경우에는 매번 단련 후에 체중이 다소 줄어들었다가도 휴식한 다음에는 즉시 원래의 수준으로 회복된다.

이밖에 체중에 대한 운동의 영향을 관찰하기 위하여 운동 전후의 체중을 측정하여 비교해볼 수도 있다.

⑤ 맥박: 경상적으로 운동하는 사람은 안정상태에서의 맥박속도가 비교적 더디다. 선수의 맥박은 보통 매분에 50~60차 가량이거나 지어 그보다도 더 적다. 맥박빈도는 훈련수준과 관계되므로 다른 요소들이 같은 경우에 맥박이 줄어들었다는 것은 훈련수준이 제고되었다는 것을 설명한다. 운동 후의 안정상태에서 맥박빈도가 빨라지는 것은 일반적으로 피로가 풀리지 않은 표현이다. 단련시간의 안정상태에서 맥박이 차츰 빨라지는 추세는 피로가 차츰 더해졌다는 것을 설명하므로 단련계획과 운동량을 검사하고 조절하여야 한다.

위에서 말한 지표외의 조건이 있으면 또 악력(손아귀로 쥐는 힘), 등힘, 폐활량 등을 측정하여 볼 수도 있다.

자체검열의 방법은 간편하고 하기 쉽다. 자체검열을 통하여 체육단련 기간의 신체발육, 건강상태와 신체기능의 변화정황을 경상적으로 알아낼 수 있으며 운동량이 적당한가 적당하지 않은가를 간접적으로 가늠할 수 있다. 그러면 금후의 단련계획을 세우는데 있어서 참고로 될 수 있다.

이 밖에 체육단련에서는 안전에 주의를 돌려 운동장과 기자재를 경상적으로 검사하고 자체보호를 잘하며 운동위생에 대한 요구를 준수하여야 한다. 이렇게 하여야만 운동에서 상하지 않고 좋은 효과를 거둘 수 있다.

흐르는 땀이 신체에 유익한 점

건강하려면 혈액순환을 잘 시켜야 한다. 우리 몸의 혈관의 총길이가 약 10만 킬로미터나 되는데 10만 킬로미터이면 지구를 두 바퀴 도는 것과 맞먹는 거리다. 그 먼 길을 매일 두 바퀴 이상 돌면서 혈액은 하루 동안 약 2십 7만 킬로미터 정도로 여행한다. 그것도 그냥 돌기만 하는 것이 아니다. 아주 중요한 임무를 완성하는데 간, 신장, 뇌, 근육 등 신체 곳곳마다 충분한 산소와 영양물질을 공급하고 또 각 조직에 생긴 탄산가스와 노폐물을 부지런히 거둬들이면서 여행한다. 혈액순환이 원만하게 이뤄지면 신체 각 조직에 질병이 생길 리가 만무하다. 무언가 혈액의 흐름을 방해하는 요인이 있어서 인체 각 조직에 산소가 부족하고 나쁜 노폐물이 쌓이고 결국 병들게 되는 것이다.

이 물질이 끼어있는 낡은 수도관으로 물이 잘 흐를 수 없듯이 동맥경화 등으로 좁아져 탄력을 잃은 혈관으로 혈액이 잘 통과하지 못한다.

하루에 한번은 부지런히 움직이고 몸을 데워 혈관을 활짝 열고 땀을 충분히 내어주는 일이 누구에게나 필요하다. 아무리 건강한 사람이라도 평소에 혈관이 3분의 1밖에 열리지 않기 때문이다.

그런데 오늘날 현대인의 생활은 어떤가? 충분히 혈액순환으로 땀 흘려 몸을 데울 일이 별로 없을 뿐만 아니라 땀 흘리는 일을 아주 싫어하는 경우도 있다.

땀은 증가된 체온을 내려주는 기본적인 역할을 할뿐만 아니라 이처럼 혈액순환의 측면에서도 대단히 중요한 역할을 논다.

물론 상대적으로 땀이 많은 사람도 있고 땀을 흘리게 되는 상황도 여러 가지다. 허기진 상태에서라면 한 냄비를 후루룩 먹어치우면서 비질비질 흘리는 땀도 있고 찜질방에 누워 끙끙 소리를 내면서 빼는 땀도 있다. 더운 여름에 가만히 앉아 있는데도 땀범벅이가 된다. 등줄기에 흐르는 땀, 몸이 아파서 흘리는 땀, 땡볕에서 농사일 하면서 흘리는 비지땀… 가만히 짚어보면 땀의 종류도 수없이 많다. 그러나 중요한 것은 땀이라고 다 같은 땀은 아니라는 사실이다.

우리가 제창하는 땀은 혈액순환을 잘 시키는 운동을 통한 땀이다. 땀을 흠뻑 흘리면서 산에 오른 뒤 정상에서 시원하고 날아갈 듯한 느낌을 받는 그런 식의 땀을 말한다.

몸을 데우고 혈액순환을 시킨다는 면에서 사우나나 찜질방도 의미가 전혀 없다고는 할 수 없지만 운동에 비할 수 없다. 우선 사우나를 통해 흘리게 되면 체내의 불필요한 지방은 별로 감소되지 않는데 비해 운동은 체지방 감소 효과가 뛰어나다. 비만의 원인은 몸에 불필요한 체지방이다. 그런데 사우나를 할 때는 물이 주로 빠져나가고 체지방이 잘 빠져나가질 않는다. 사우나처럼 몸을 움직이지 않는 상태에서 흡인된 산소의 량으로는 체지방을 태우기에 역부족하기 때문이다.

기름을 태워야 하고 기름을 태우기 위해서는 충분한 산소가 있어야 한다. 그러므로 운동을 통해 더 많은 산소를 들이마실 때 몸에 불필요한 많은 량의 지방을 태울 수 있다. 또한 사우나의 땀과 운동의 땀을 분석해보면 사우나의 땀 속에는 체내에 필요한 성분인 칼륨, 칼슘, 마그네슘, 린 등이 함께 배설되는데 너무 자주 사우나를 하면 몸에 필요한 성분이 빠져나가 오히려 건강을 해칠 수도 있다.

운동을 통해 흘린 땀 속에는 노폐물, 각종 중금속, 녹은 물질, 발암물질 등 몸에 나쁜 성분은 빠져나가고 좋은 성분은 고스란히 몸 안에 남아있는 것이다. 뿐만 아니라 장기간 규칙적으로 운동을 하게 되면 몸에 필요한 성분은 더 증가되기도 한다. 더욱이 운동은 혈액순환과 노폐물 제거뿐 아니라 체력을 기를 수 있는 지름길이기도 하니 일석이조의 효과가 있다.

근육운동으로 땀을 흘리면 근육이 발달되고 예술체조, 수영, 조정 등으로 땀을 흘리면 혈액순환과 더불어 심폐기능이 좋아지니 성인병이 저절로 해결된다.

따라서 현재 그런 땀 흘릴 일이 별로 없는 생활을 하는 사람은 반드시 신체단련 계획을 잡아야 한다.

원래 인간의 수명은 120세라 한다. 주어진 수명을 다 하느냐 못하느냐 오직 인간의 관리에 달려있을 뿐이다. 특히 규칙적으로 하는 적절한 운동은 가장 확실한 불로장생법이다. 우리의 생활을 가만히 따져보면 허송세월하는 시간이 얼마나 많은가, 그 시간들을 조금만 줄이고 운동을 하면 더 많은 세월을 벌수 있을 것이다. 거기에 또 한 가지 건강한 정신과 건전한 가치관이 보태진다면 그 결과는 더욱 확실하다.

인간에게 정해진 수명이란 있을 수 없다. 얼마나 부지런히 몸을 움직이는가, 또 타인을 위해 마음을 쓰는 정신적으로 건강한 생활을 하느냐에 따라 우리 생명의 곡선은 얼마든지 그 모양이 달라질 수 있다.

다음번 기회에 '적절한 운동'에 대해서 말하려 한다. 맹목적인 운동은 오히려 신체건강에 해를 주기에 자기 신체상황에 근거하여 그리고 자기 병 상황에 근거하여 알맞은 건전체육운동을 해야만 혈액흐름을 증가하여 병도 떼고 신체가 튼튼해지는 것이다.

산소보약

현시대에 생활수준이 높아짐에 따라 인삼, 녹용 등 보약 바람이 세차게 불어댄 지도 오래다. 도가 지나친 보신식 후과를 현대 뉴스광장에 정형 인물로 등장한 인간들도 적지 않다.

공기 중에 산소가 부족하면 연로가 아무리 좋아도 물체가 탈수 없듯이 우리 몸으로 들어온 아무러한 좋은 음식도 산소가 없이는 열량으로 변할 수 없다.

물 한 모금 마시지 않고 며칠씩 굶어도 죽지 않고 살아난 사람을 많이 보았지만 산소 없이 단 한 시간이라도 넘기는 사람을 나는 아직 보지 못했다. 평시에 우리가 1분 동안 마시는 산소는 평균 250ml, 한 시간에 15L를 섭취한다. 산소를 많이 흡수하고 폐 기능을 증가시키고 각 세포에서 호흡이 원만히 이루어지면 몸의 신진대사가 활발해지고 이런 상태에서는 어떤 질병도 이길 수 있다.

자, 이제부터 입으로 들어가는 보약보다 코로 들어가는 공기에다 더 신경을 쓰자. 수많은 과학적인 근거와 경험들을 통틀어 보아도 산소만 한 보약은 없다.

사람마다 건강을 원하는 공동한 목표에서 보약이나 영양제로 인심을 베풀지 말고 서로서로 운동장으로 내쫓는 건강법을 택하는 것이 진심이다. 특히 현대인들은 영양과잉섭취보다 산소과잉섭취에 신경을 써야 한다. 근본적으로 체력을 기를 수 있는 길은 운동밖에 없다.

'우유를 받아먹는 사람보다는 배달하는 사람이 더 건강하다'는 말은 괜히 나온 것이 아니다.

생 명

과학적인 근거에 의하면 사람의 수명은 120세라 한다. 주어진 수명을 다하느냐 못하느냐는 오직 인간의 관리에 달려있을 뿐이다. 특히 규칙적으로 하는 적절한 운동은 가장 확실한 불로장생법이다.

우리의 생활을 가만히 따져보면 허송세월을 보내는 시간이 얼마나 많은가? 그 시간들을 조금만 줄이고 운동을 하면 더 많은 세월을 벌 수 있을 것이다. 거기에 또 한 가지, 건강은 정신과 건전한 가치관이 보태진다면 그 결과는 더욱 완미할 것이다.

물질문화 생활이 제고됨에 따라 매일 아침 들판에나 학교운동장, 강변, 모든 공간지대에서 각기 부동한 운동을 하는 사람들을 많이 볼 수 있는데 운동하는 데는 또한 자기 신체정황에 근거하여 알맞게들 하여야 한다. 자기 몸에 맞지 않은 운동은 오히려 건강에 해롭다는 것을 누구나 다 알고 있다. 그러나 아직 발달된 나라사람들과는 좀 차이 있는 것으로 앞으로 현대병에 필요한 운동 등을 점차 소개하려 한다.

우선 운동장에 나가 가벼운 운동으로부터 시작하여 충분한 산소를 호흡하고 밥맛을 돋우고 충분한 잠을 청하는 것이 좋다. 그리고 유머를 잃고 심한 노여움이나 초조 긴장된 나날을 보내는 것처럼 몸에 나쁜 것이 없으니 운동장에 나가 모든 번민을 없애고 여러 사람들과 함께 뛰놀며 통쾌하게 웃으면서 생활을 풍부하게 조직해야 한다.

나의 생각엔 여자는 건강미운동, 남성은 예술체조로 바꾸면 좋을 것 같다.

남자가 에어로빅, 여자는 웨이트트레이닝.

생활의 규칙적인 리듬

50년대에 우리가 학교를 다닐 때 한마을에 한두 집만 시계가 있을까 말까 했다. 그런데도 우리는 학교 갈 시간을 넘겨 지각하는 법이 없었고 어른들 또한 일할 때를 놓치는 일이 없었다. 비가 오거나 해가 나지 않은 흐린 날도 마찬가지였다. 거의 똑같은 시간에 잠자리에서 일어나고 때가 되면 '배꼽시계'에 맞춰 어김없이 밥을 먹고, 어제와 다름없이 잠자리에 들곤 했다. 인간의 몸속에 체내시계 즉 생리리듬이라는 것이 있기 때문이다.

우리 몸의 생체 리듬은 깨어있을 때나 자고 있을 때나 쉬지 않고 정확하게 돌아가는 시계와 같다. 사람은 다섯 가지 감각 외에도 생체리듬이라는 시간감각을 가지고 있으며 생체리듬은 하루단위 한달 혹은 일년 단위로 무한히 이어져 나간다. 모태에서 달이 차면 태어나서 성장하고 다시 노화하는 인생의 모든 과정도 바로 생체리듬에 의해 이뤄지는 것이다.

백일잔치만 해도 그렇다. 생후 이백 일도 아니고 오십 일도 아니고 하필하면 꼭 백 일째 되는 날 잔치를 열어주는 것은 인간이 태어나서 백일이 되어야 밤낮의 수면리듬을 겨우 찾게 되는 사실과 관련되지 않는가? 여성의 월경이 한 달의 주기로 온다든가, 한 달만 되면 여기 저기 쑤시는 현상도 모두 생체리듬과 관계된 현상이다.

인간의 모든 기관, 심장이나 호흡계통 같이 움직이는 신체 기관 등은 제각기 시계의 역할을 한다. 체온이나 혈압, 혈액의 화학성분은 주기적으로 규칙적 리듬에 따라 변화하고 있으며 우리들의 위는 가장 확실하게 시간을 알려주는 시계이다. 그 밖에도 과거에 우리 조상들은 이런 자연의 법칙에 그대로 순응하여 서산에 해가 지면 더 이상 일을 하지 않았고 아침이 되면 뜨는 해의 기운을 받으며 부지런히 움직이었다. 즉 자연의 리듬에 꼭 맞는 생활과 그에 따른 정상적인 생체리듬을 갖고 있었던 것이다.

그런데 현시대의 청년들은 어떠한가? 많은 사람들은 밤낮도 없고 계절도 없이 산다. 밤이 대낮보다 더 밝고 갖가지 문명의 이기로 계절을 실감하기 어려운 세상을 살고 있다. 시간 감각과는 담 쌓고 사는 사람이 무척 많다. 생활과 시간, 감정과 시간이 서로 마구 뒤엉키면서 우리 신체의 시계는 질서를 잃은 채 제멋대로 돌아간다. 이런 사람들의 신체에는 여러 가지 이상이 나타난다.

우리 몸에는 밤과 낮 사이에 신체반응을 지배하는 호르몬의 변화가 뚜렷하다. 따라서 밤낮이 바뀐 생활은 체내 호르몬의 질서를 어지럽혀 인체를 점점 병들게 하는 지름길이다.

생활리듬에 맞는 생활이 되도록 최선의 노력을 펼쳐야 한다. 먼저 잠자는 시간과 아침에 일어나는 시간을 일정하게 하는 것이 좋다. 식사시간을 지키며 하루일과에 너무 큰 변화를 주는 환경은 될 수 있는 대로 피해야 한다. 만약 현재까지 생활이 그렇지 못했다면 1~2개월 정도 개선 시간을 갖고 생활을 바꾸도록 노력해야 한다. 인간이 완전히 새로운 리듬에 적응하기 위해서는 1개월 이상의 적응시간이 필요하기 때문에 그전까지는 다소 피곤해도 그 고비만 잘 넘기면 곧 좋아지게 된다.

적당한 운동은 생체리듬을 지켜주고 환경의 급격한 변화에도 체내의 모든 생리형상이 잘 적응하여준다. 운동을 오래한 사람들은 운동 중에 맥박, 혈압 등이 서서히 증가하고 운동 후에도 회복이 빠른데 이는 외부부터 변화에 대한 몸의 적응력이 높아졌다는 증거로 볼 수 있다.

이왕 운동을 한다면 아침이면 아침, 저녁이면 저녁 이렇게 정해서 하는 것이 생체리듬을 일정하게 유지하는데 더 큰 도움을 준다. 아침 운동이나 저녁운동, 그 어느 것도 효과 면에서는 별 차이가 없지만 운동을 빼먹지 말고 하기에는 아침운동이 좋다. 아침 운동은 인체의 모든 기관을 활동기인 낮의 리듬으로 바꿔주는 효과가 있기 때문이다.

성인병

　세상 모든 일에 순서가 있듯이 병 치료에도 순서를 밟아가는 것이 바른 이치일 것이다. 우선 병을 이기려면 그 병이 어디서부터 먼저 시작되었는지 알아야만 한다.

　역사 이래로 인간을 괴롭히는 질병을 살펴보면 크게 두 가지로 나눌 수 있다. 하나는 세균에 의해 감염되는 전염병이고 또 다른 하나는 성인병이다. 20세기 초기까지만 해도 인류는 장티푸스, 디프테리아, 소아마비, 폐결핵 등의 전염병 때문에 생명의 위협을 받았다. 그 후 의학이 놀랍게 발전하면서 이런 전염병들은 하나 둘 정복되었고 누구나 무병장수를 꿈꾸어오던 좋은 세상이 펼쳐졌다.

　정말 놀라운 과학의 힘이었다. 의학이 정복하지 못할 병은 없다. 이런 장밋빛 환상에 젖어있을 때 뜻밖의 문제가 터졌다. 중풍, 고혈압, 심장병, 간질환, 당뇨병, 암 등 과거엔 극히 일부의 노인들이 앓던 병들이 인류를 야금야금 괴롭히기 시작하였다. 좀 더 시간이 지나자 노인병이라고 불리던 이런 병들이 한창 나이인 3, 40대를 퍽퍽 쓰러뜨렸다. 이제 노인들만의 문제가 아니게 되었으니 이름도 성인병으로 바꿔야 했다.

　최근에 들어서는 어린아이들도 암이나 당뇨병에 걸리고 소아성인병이 사회문제로까지 발전해 버렸다. 하여 성인병이라는 말도 그리 적합하지 않아 현대병이라 고쳐 부르는 것이 좋겠다.

의학이 고도로 발전했는데 왜 이처럼 성인병, 현대병이 세계를 정복하다시피 하는가? 그 이유를 알려면 먼저 성인병, 현대병이 과거의 질병들과 전혀 다른 특성을 가지고 있다는 것부터 이해하여야 한다.

과거 우리 조상들은 제대로 먹지 못하는데다가 생계를 위해 지나치게 신체활동을 하니 골병이 들고 전염병을 이길 재간이 없었다. 그 반면에 현대인들은 너무 많이 먹고 몸을 움직이지 않아 생긴 병들 때문에 골머리를 쓰고 있다. 여러 가지 문명의기가 보편화 되면서 우리의 신체 활동을 대신하다보니 만성적인 운동 부족증에 걸려 버렸다. 보다 편리한 삶을 약속하는 온갖 문명생활을 누리는 가운데, 기왓장 아끼느라 대들보 썩는 줄 모르는 지경이 된 것이다.

성인병을 예방하자면 평시에 건전한 식습관과 생활습관을 기르도록 힘써야 한다. 또 지금껏 신체활동이 부족한 생활을 해왔는지 돌아보고 운동을 통해서 몸을 가꾸는 시간을 정해야 한다. 운동은 성인병을 예방하는 가장 강력하고도 효과적인 예방 방식이다.

근간에 이뤄진 여러 가지 연구결과를 종합하여 보더라도 건전한 생활습관과 적당한 운동을 실천함으로써 성인병의 80~90%는 확실히 예방할 수 있다. 특히 많은 사람들이 제대로 된 운동을 생활화한다면 전국의 병원 중 절반이상이 문을 닫아야만 할 것이다. 불치의 병으로 여겨지는 암도 마찬가지다. 다만 한 가지 부모가 고혈압이었다면 자녀도 고혈압에 걸릴 가능성이 높아지는 등 성인병에 있어서 때때로 유전적인 것이 문제가 되기도 하는데 이것도 방법이 전혀 없는 것은 아니다. 대대로 비만인 집안은 되도록 호리호리한 가계와 혼인하는 것이 좋다.

대부분 성인병의 내원은 운동부족이 원인이므로 그걸 해결해줌으로써 치료되는 것은 당연한 일이다. 약물에만 의존해 병을 고치려는 생각을 버려야 한다. 의약적 처방으로만 정복할 수 있는 것이라면 이렇게 성인병이 창궐할 수 없다. 현대병은 약만 먹어서 나을 수 없다. 그러므로 운동을 통해 정상화시킬 수 있는 단계라면 운동처방을 통해 극복하고 의학적인 치료를 받는 중이라도 담당의사와 상의해 운동치료를 해야 한다.

인간의 수명은 120세라 한다. 자기가 몇십 년 산다고 주어진 것이 없다. 오직 부지런히 자기 몸을 잘 건사하고 잘 가꾸어 간다면 다 장수할 수 있는 것이다. 보약이나 약물에만 매달려 있지 말고 자기에게 알맞은 운동처방을 떼여 충분한 산소호흡을 하면서 혈액순환을 잘 시키면 건강장수 할 수 있다. 땀도 흘리면서 앞으로 여러분들과 함께 자기에게 알맞은 '운동처방' 수첩을 만들려고 하는데 여러분들께서 많은 지지가 있기를 바란다.

'말' 처방

최근에 투약이나 별다른 치료를 받지 않고 의사와 건강에 대한 가벼운 대화만 나눠도 건강 증진에 큰 도움이 된다는 국내 연구결과도 나왔지만, 병원을 찾는 사람들에게 별다른 처치 없이 건강을 위한 노력을 기울이도록 권하고 격려하는 것은 대단히 중요하다. 하여 운동처방과 함께 음주나 식습관, 체중관리 등 스스로 생활 속에서 할 수 있는 것에 대해 얘기하는 '말' 처방을 하는 것을 원칙으로 삼아야 한다.

건강을 잃은 사람들에게 병을 관리하는 의료진뿐만 아니라 주위 사람들 특히 가족들의 따뜻한 말 한마디는 아주 큰 힘이 된다.

'긴 병에 효자 없다'는 말 같은 것은 잊어버리고 가족 중에 환자가 있다든지 매일 아프다는 소리를 달고 사는 사람이 있다면 화목하고 따뜻한 분위기를 만들기 위하여 노력하여야 한다. 사람들이 서로 포옹하고, 입 맞추고, 가볍게 등을 두드리거나 따스한 악수를 하는 것은 생명을 유지하는데 필수적이다. 그런데 가끔 병문안을 가보면 자신도 모르게 환자의 기운을 쑥 뽑아 놓는 말을 하는 분들이 있다.

또 한 가지 중요한 것은 의료진이나 가족, 주위 동료 등 격려자의 역할도 중요하지만 건강을 위해 가장 중요한 것은 바로 자기 암시다. 모든 병은 마음에서 비롯된다는 말을 뒤집어 생각하면 모든 병은 마음으로 고칠 수 있다는 말이다. 약을 먹을 때 꼭 병을 떼고 건강을 회복할 수 있다는 이런 심리적인 자기 최면이 건강에 있어서 꼭 필요한 요소이다. 그래서 치료효과만 확신하면 밀가루를 먹어도 낫는다는 이야기도 있지 않은가?

반대로 부정적인 생각, 회복을 포기하는 마음을 가졌거나 슬프고 우울한 감정을 가진 사람은 명랑한 성격을 가진 사람보다 병 치료 효과가 매우 좋지 못한 것이다.

운동에서도 상술한 신념을 갖고 나의 신체가 좋아진다는 믿음으로 건강한 자신의 모습을 그려보는 것이 좋다. 건강한 사람이라도 더 정력적으로 활동하게 될 자신의 미래상을 그려보아야 한다. 아직 눈으로 확인할 수 없으니 가짜약이지만 이걸 한 방울씩 섞으면 운동을 빼먹지 않고 할 수 있고 효과도 더욱 배로 된다.

그리고 주위에 운동을 하고 있는 사람이 있다면 이런 얘기를 자주 해주는 것이 좋다. '아, 자네 혈색이 참 좋아졌네.'

'남에게 장미꽃을 바친 손에는 언제나 남은 향기가 있느니라.'

이런 우리 중국속담도 있지 않은가!

운동처방

운동을 통해 혈압을 조절하는 것은 그리 어려운 일이 아니다. 수축기 혈압이 180mmHg인 고혈압 환자를 대상으로 약 처방은 전혀 주지 않고 운동만 하루 30분씩 일주일에 3일 이상 6개월을 지속한 결과 140mmHg까지 내려갔다는 실험보고서를 가져온 것이 기억된다. 운동을 통한 혈압조절은 약물 요법으로 인한 부작용 없이 신체의 기능을 크게 향상시킬 뿐만 아니라 모든 다른 성인병의 위험성도 감소시킨다.

당뇨병 치료에도 운동은 더없이 좋은 결과를 가져왔다. 경험에 의하면 혈당 200mg% 정도까지의 당뇨병 환자는 약을 먹거나 인슐린을 투여할 필요 없이 식의요법과 운동요법만으로 충분히 병을 이겨낼 수 있다. 혈당치가 그 이상이라도 검사를 한 후에 인슐린 투여와 운동을 병행하게 되면 인슐린 투여량을 훨씬 줄일 수 있다.

이치를 알고 보면 대부분 성인병은 운동부족이 원인이므로 그걸 해결해줌으로써 얻어지는 효과는 당연한 것이다.

갱년기

최근에 제2의 사춘기를 겪는 중년여성들이 많아졌다.

우리나라 여성들의 평균 폐경 연령은 48세이며 대개 45~55세에 폐경이 찾아오며 이때부터 갱년기 장애가 나타나기 시작한다. 90년대에 진입하여 우리나라 인구 중 50세 이상의 폐경 여성은 10%정도로 추산되고 앞으로 이 비율은 증가할 것이다. 뿐만 아니라 아직 젊은 30대 여성들 중에도 조기 폐경이나 갱년기 증세를 겪는 경우가 늘고 있다.

여러 가지 갱년기 증세는 무엇보다도 폐경기에 접어들면 난소 기능이 서서히 감소하게 되고 에스트로겐호르몬이 감소되는 것이 원인이다.

주요한 증세는 얼굴이 달아오르고 가슴이 두근거린다든지, 어지러움증, 편두통, 배뇨 곤란, 우울증, 신경쇠약 등이다. 또한 뼈가 수월히 부러지는 결과로 이어지는 골다공증도 아주 흔한 증상이다.

평균 수명이 75세로 늘면서 전체 수명의 1/3이나 되는 폐경 후의 건강문제가 아주 심각해지고 있다. 특히 골다공증은 35세를 정점으로 차츰 진행되다가 폐경 후 가속화되므로 미리 먼저 예방하는 것이 좋다.

매일 진행되는 걷기 같은 심폐지구력 운동과 아령체조 등의 근육운동을 매주 5~6회, 하루에 한 시간씩 하면 좋다. 갱년기에 접어든 여성들이 꼭 알아두어야 할 사항은 갱년기 전후로 심혈관계 질환의 위험성이 급격히 높아진다는 점이다. 일반적으로 젊었을 때는 남성에 비해 여성들이 심혈관계질환에 걸리는 비율이 1/4정도로 낮지만 갱년기 이

후에는 남성과 거의 동등한 수준으로 위험도 높아지다.

규칙적인 운동은 갱년기를 무사히 넘길 수 있게 해주고 갱년기 이후의 건강을 지켜주며 유방암 등 각종 여성암의 발생비율도 감소시켜 준다.

한편 남성들 또한 갱년기가 없다고 할 수 없다. 여성만큼 분명하게 드러나지는 않지만 몸의 기능 저하와 호르몬의 저하에 따른 영향이 피로, 불면증, 요통, 건망증 등 다양한 증세로 나타나게 된다. 따라서 운동과 적절한 식생활로 갖가지 갱년기 증세를 극복하는 것은 부부 공동이 힘써야 할 문제이다.

노 화

노화는 세포단위에서부터 이루어지는 것으로 유전인자인 DNA가 증식되는 과정에서 무작위적으로 오류가 생겨 노화가 일어난다는 학자도 있고 쓸모없는 물질들이 세포내에 축적되어 나타난다는 주장이거나 호르몬 기능이 상실되어 노화로 이루진다는 많은 견해들이 있다.

그 모든 이론과 주장은 노화과정에 따라 생명체가 정상을 유지하려는 능력인 인체 항상성의 감소는 우선 각 장기의 노화에서 나타난다. 각 장기의 기능이 이미 20대 후반부터 노화를 시작하여 40대에 급격히 떨어지게 되는데 혈관의 경우에는 25세 이후부터 이미 동맥경화가 진행되기 시작한다.

20대 초반에 최고수준에 도달하는 혜택 또는 해마다 1%씩 감소해 평균적으로 10년에 9~10% 감소하고 몸을 돌보지 않거나 병들게 되면 더욱 가속도가 붙어 10년에 20~30%씩 감소되게 된다.

노화에 따른 체력 변화는 평형성이 가장 감소하는데 50대는 20대에 비해 무려 60%나 줄어든다. 지구력은 50% 감소하고 유연성은 40%나 감소한다. 인체 또한 기계와 같이 세월이 흐르면서 효율이 떨어진다.

노화를 감소시키는 것도 자기에게 알맞은 적당한 운동을 부지런히 하는 것이다. 노년기에 정력을 유지시켜 주고 자신감과 정신적 부담에 대한 방조도 수월하여 주는 데는 적당한 운동과 매우 밀접한 관계를 갖고 있다.

할 말은 다하였다. 나의 글을 볼 사람이 안보는 것이 유감이고 신문 보도매체에서 이런 틀린 작법을 신문 1면에 서글픈 노인배구 강타 사진까지 박아 내는 것이 그릇된 작법이라 생각된다.

외국에는 노인체육협회란 것이 없고 다만 노인위생건강협회밖에 없다. 그리고 세계상에 올림픽운동회는 불구자올림픽대회, 청소년선수권대회뿐이지 중노인선수권대회란 없는 것이다. 우리 연변에서 불구자선수권대회로 그들의 체육문화 제고로 위한 조취를 취한 적 있는가? 심사숙고해야 될 일이다. 틀린 점이 있으면 비평해주기 바란다.

임신부와 여성들의 신체관리

듣는 말에 의하면 여성들의 해산의 고통은 세상 어느 고통에도 비교할 수 없고, 아이를 10달 동안 배고 낳는 것이 인생에 있어서 크나큰 대작이라 한다. 또한 임신과 출산의 과정은 여성들의 평생 건강에 중대한 영향을 미친다.

이렇다면 해산의 고통을 털고 건강을 지킬 수 있는 무슨 대책이 있어야 한다. 자료에 근거하면 규칙적으로 운동한 여성은 그렇지 않는 사람보다 임신 중 합병증의 발병률이 적고 분만도 훨씬 수월하다는 연구결과는 아주 많다. 그리고 산부인과 전문 의사들의 말을 들어보면 요즈음 여성들은 운동이 부족해 배 힘이 적고 하여 난산하는 경우가 아주 많다고 한다.

임신부의 운동은 전문가와 상의해 운동 프로그램을 실시하거나 몇 가지 안전수칙을 잘 지켜 하는 것이 좋다. 특히 임신 3개월까지와 분만 전 3개월은 아주 주의를 기울여야 한다. 그러나 임신 3개월 이후부터는 태아가 유동체로 쌓여 외부 충격을 잘 흡수하도록 되므로 가볍게 달리기, 걷기, 자전거타기 등의 적극적인 활동이 오히려 태아와 모체의 건강을 유지시켜 준다. 지나친 과도한 운동은 하지 말아야 한다. 임신 5~6개월이면 체중이 늘고 관절의 유연성이 떨어지므로 걷기, 수영, 실내용자전거타기 같은 충격이 거의 없는 운동으로 전환해야 한다.

임신부에 적당한 운동으로는 일주일에 3~4일 정도 한 번에 20~30분

정도 걷는 것이 좋다. 우선 많이 걸으면 중력에 의해 자궁구가 자극되어 순산에 도움을 준다. 또한 계속 걸으면 호흡법이 자연적으로 몸에 붙게 되므로 출산될 때 큰 도움이 되고 태아에게도 신선한 공기를 충분히 공급해 줄 수 있어서 여러 가지로 효과적이다.

임신 중에 걷는 운동은 손쉬운 전신운동이어서 몸에 그다지 무게가 가지 않을뿐더러 몸 속 지방을 연소해 주는 효과가 있어서 임신 중에 효과적인 체중 관리가 되고 해산 후 이전의 체형을 빠르게 회복하는데 도움을 준다.

임신 중의 비만은 난산, 임신중독증, 당뇨병의 원인이 되므로 경계해야 한다. 그렇다고 임신 중에 임신 전과 같이 적게 먹는 것을 하게 되면 태아 영양섭취에 영향을 줄뿐만 아니라 임신부의 빈혈을 초래한다. 따라서 먹을 것을 먹고 가벼운 운동으로 꾸준히 체중관리를 하는 것이 제일 좋다. 그 밖에도 임신 중에 적당한 걷기운동이 주는 혜택은 헤아릴 수 없다. 임신부의 우울증도 해소가 되고 육아를 위한 예비 체력을 단련시켜 주며 내장의 움직임도 활발해져 임신부의 3대 고민인 요통, 어깨결림, 변비를 해결할 수 있다.

특히 남편과 함께 여유 있게 대화를 나누며 걸으면 운동부족인 남편도 모처럼 운동시킬 수 있는 기회가 되고 아이를 위한 태교도 자연스럽게 이루어진다.

해산 후에도 1주일정도 경과하면 운동을 시작할 수 있다. 가볍게 팔다리를 교대로 위로 들어올리거나 목을 들어올리는 정도의 운동을 꾸준히 하는 것이 좋다. 2개월 지나면 본격적으로 운동에 들어갈 수 있으며 임신중독증이 있었을 때는 조금 늦추어야 한다.

임신 때에 늘어난 뱃살을 제거하기 위하여서는 윗몸 일으키기와 누워서 다리 올리기 등을 하도록 한다.

산모의 몸은 해산 6주가 지나면 거의 정상리듬을 찾는다. 이때쯤은 해산 후에 늘어난 체중관리를 위해 본격적으로 운동을 해야 한다. 빠른 시간 안에 살을 빼겠다는 생각보다 산후의 건강관리를 한다는 마음으로 여유 있게 체중감량을 하는 것이 좋다.

대부분 여성들은 해산하게 되면 임신 전에 비해 5~10kg정도 더 불어난 상태가 되는데 그렇다고 살을 빼기 위해 무리하게 먹는 량을 줄이면 건강에 해롭다. 기운이 없고 목과 어깨가 걸리는가 하면 배가 아파오는 저혈압이거나 저혈당증세에 과다하거나 부족하지 않도록 적당한 칼로리의 식단을 짠 다음 운동을 병행하여 정상체중을 유지하도록 한다.

한편 생리 중에 운동을 어떻게 해야 할지 궁금해 하는 경우가 있는데 가벼운 운동은 특별한 생리적 문제를 일으키지 않는 것으로 보고되고 있으므로 생리 기간이라고 하여 특별히 운동을 중단할 필요는 없다. 다만 이 시기에는 일반적으로 근력이거나 신체 기능이 저하되어 피로해지기 쉬운 시간이므로 피로가 다음날까지 남지 않도록 운동을 해야 한다. 또한 이 기간 중에는 자궁에 충격을 주는 운동이나 격렬한 운동은 삼가야 한다. 수영과 같이 세균 침입이 있는 운동, 스키나 스케이트처럼 냉한 환경에서 하는 운동도 피하도록 한다. 짧은 시간에 끝낼 수 있는 가벼운 운동은 혈액순환을 잘 시키므로 게으르지 말고 계속 견지해야 한다.

운동으로 옛 몸매를

현대 여성들은 좀 더 아름다워지기 싶은 마음으로 다이어트에 적극적인 태도를 보이고 있다. 여기에는 두 가지 방식으로 진행되는 다이어트가 있는데 하나는 먹는 것을 줄이고 다른 하나는 적극적으로 게으름 없이 운동에 참가하는 것이다.

물론 비만은 건강을 해치는 심각한 것이지만 잘못된 다이어트 열풍 또한 커다란 문제가 아닐 수 없다. 살을 빼기 위해 적게 먹거나 혹은 운동에 가담하는 여성들이 많아지고 있는데 그중에 미혼이 많다. 실제로 비만이 건강문제가 되기 쉬운 층은 중년남성들이나 중년여성들인 것이다. 특히 중년부인들의 비만은 가족 건강과도 관계가 있다.

많은 부녀들이 처녀 때만 해도 바람 불면 날아갈까 염려될 정도로 날씬했다. 그런데 결혼과 동시에 집에서 살림만 하는 전업주부로 몇 년을 살면서 지금은 몰라볼 정도로 비만해진 사람들이 많다.

집안에서만 지내면서 자연히 활동량을 감소하는데 가정일이나 아이를 어떻게 잘 먹일 생각만 하다보니 먹는데 대해 중시를 일으켜 문제가 생긴 것이다.

이런 여성들은 처음에는 통통하니 보기 좋다던 남편도 지금은 같이 외출하는 것조차 꺼릴 지경이 된 것이다. 그뿐만 아니라 집에 딸도 어머니를 닮아 마구 먹어대면서 어느새 비만애가 되는 것이다.

상술한 여성들 같은 분들은 비만과 동시에 변비에 동통이 생기고 사소한 일에도 우울증이 생기며 사소한 일에도 움츠러드는 자신을 발견하게 된다.

특히 주부들은 음식을 만들면서 맛본다고 한입 먹어보고, 식구들이 남긴 음식을 아까워서 또 먹어치우는 사이에 몸 구석구석에 살이 붙어 좀처럼 빠지지 않는 경우가 많다. 거기에다가 임신과 해산 과정을 걸치면서 체중이 늘고 잠깐 무심한 사이에 그 상태가 계속 되는 경우도 많다.

물론 주부들이 하루 종일 집에서 일을 많이 한다. 그러나 가사가 대부분이 손 운동이라는 것이 문제이다. 요리나 설거지, 빨래나 청소 그 모든 것이 하체운동과는 거리가 멀다. 특히 가정생활이 모두 전기화, 액화가스화, 기계화다 보니 할 일도 없는 것이다. 고층아파트 생활에서 정말 내려올 일이 없이는 온 하루 집안에서만 뱅뱅 돌고 있는 것이다.

인체는 생리학적으로 볼 때 하체운동을 주로 할 때 가장 칼로리 소모가 많아진다. 따라서 집안에서 지내는 시간이 많은 주부들은 하체를 단련하는 운동을 하여야 비만을 미리 막을 수 있다.

또 일단 비만이 되었을 때는 단순히 음식을 줄인다거나 어떤 특정한 한 가지 요법에 매달려 살을 빼려다 보면 효과를 보기 힘들 뿐만 아니라 오히려 체력이 떨어지고 부작용도 생긴다. 식가 조절과 함께 반드시 비만 해소운동을 경상적으로 하는 것이 가장 확실한 다이어트전략이다.

살지는 것이 한순간이지만 빼는 것은 쉽지 않다. 미리 비만증세가 없게끔 자기 몸을 가꾸는 것이 가장 이상적이지만 만약 이미 비만이 된 경우라면 운동과 함께 생활을 바꾸는 것이 가장 좋다.

필자가 20여 년 동안 매일 아침 일찍 일어나 걷기, 자전거타기, 천천히 달리기, 정구치기 등 활동을 계속 하다보니 우리 연변의 생활체육 정황을 너무도 똑똑히 알 수 있다.

70년대에는 극소수 사람이 밖에 나와 달리기, 몸 움직이기, 무술 등을 하였는데 많은 사람들이 이상스러운 눈길로 그들을 보았다. 80년대에 진입하여 공원, 강둑, 학교운동장에는 적지 않은 남자들이 달리기, 걷기 등으로 보편화를 이루는 동시에 여성들이 점차 걷기, 춤추기, 기공 등으로 비교적 활기를 띠기 시작하였다. 90년대에 들어서서부터는 많은 사람들이 과학적으로 자기에게 맞는 운동으로 현대병을 고치려고 힘쓰고 있는데 여성들이 오히려 남성보다 더 많은 감을 준다. 수많은 여성들이 건강미운동과 춤추기에서 자기 몸을 다루고 있다.

헌데 이 생활체육의 주인공이라면 60세 되어가는 노인들이 아니면 청년들이란 여기에 문장이 있는 것이다. 물론 노인, 청년들이 절주적으로 자기에게 맞는 운동을 해야 되는 것이 사실이지만 그보다 더욱 중요한 것은 비만을 예방하고 또한 비만을 치료하기 위한 행동을 응당 중년부녀 등에게 소유되어야 한다는 것이다. 또한 갓 결혼한 여성들에게도 매우 필요한 조치라는 것을 잊지 말아야 한다. 그리고 중년사나이들에게도 권고하고 싶다. 아무리 바쁘더라도 저녁 일찍 자고 아침 일찍 일어나 몸을 움직이는 것을 그 무엇보다도 제일 중요한 것으로 생각하여야 한다.

비만을 치료 혹은 예방하려는 여성들은 자기 신체에 알맞은 운동을 해야 한다. 걷기, 천천히 달리기, 자전거타기, 배드민턴, 탁구, 정구, 수영, 건강미체조, 무술 등 종목들에서 자기 몸에 맞는 운동을 선택하여 사시장철 계속 단련을 견지하여야 한다.

음식을 적당히 공제하면서 운동처방을 쓰는 것이 좋지 굶을 정도로 감식하면 오히려 신체에 해를 면치 못한다. 사우나로 땀을 빼고 비만을 치료하는 것은 과학적이 못되는바 매일 거듭되는 사우나를 삼가는 것이 좋다.

적당히 음식과 운동을 결부하면서 비만을 예방하거나 옛 몸매를 다시 찾기에 노력할 것을 가정주부들에게 권고하고 싶다.

건강나이

건강나이는 흔히 '저 사람 나이보다 늙어 보인다.' '실제 나이가 믿기지 않을 만큼 젊어 보인다.'고 말하는 것과는 다르다. 대충 외모를 보고 말할 때는 젊어 보이는 것이 곧 건강하다는 의미는 아니다. 실제로는 병투성이인 경우가 더 많다.

건강나이는 어떻게 알 수 있는가? 우선 내 몸의 상태를 정확히 알아야 한다. 그러려면 종합 건강진단을 해보아야 한다.

종합검진은 정기적인 검사를 통하여 여러 가지 질환을 조기에 발견하는데 그 의미가 있다. 건강나이는 건강 검진결과만 가지고 알 수 있는 것은 아니다. 결론부터 말하면 기본적인 건강검진에 덧붙여 운동처방 검사를 받아 자기 건강관리를 잘해야 정확한 건강나이를 알 수 있다.

운동처방 검사란 안정시에는 나타나지 않지만 운동같이 좀 과한 량의 힘을 몸에 부여할 때 나타나는 각 신체 기관의 변화를 알 수 있도록 되어있는 갖가지 검사를 말한다. 일정하게 운동을 시키면서 운동 중의 혈압과 맥박수가 어떻게 변하는지, 자신이 최대한 섭취할 수 있는 산소의 량은 얼마나 되는지, 한번 호흡할 때마다 내뱉는 이산화탄소량은 얼마큼 되는지 운동 직후에 혈압과 맥박이 정상을 되찾는 속도가 순조로운지 등이 관계된다.

운동처방 검사의 가장 큰 장점은 안정 시에 나타나지 않지만 운동 시에 나타나는 나쁜 징조들, 본인이 모르는 신체적 약점을 쉽게 발견할 수 있다는 것이다. 우리 신체는 끊임없이 활동하고 있기 때문에 종합검진과 더불어 운동처방 검사를 받아야 자기 몸에 대해 정확히 알게 되는 것은 두말할 필요가 없다. 여기에 개인의 특성과 행동습관을 분석해 합치면 완벽하게 건강나이를 계산할 수 있다.

운동처방을 통해 건강나이를 계산해보면 나이는 30대인데 몸은 40~50대인 사람도 있고 나이는 60대라도 몸은 20~30대인 사람도 있다. 실제나이와 건강나이가 일치하는 경우는 아주 드물고 대부분의 사람들은 제대로 나이값을 못하는 그룹에 속한다.

하지만 실망할 필요는 없다. 검사 후에는 몸에 맞는 운동, 건강한 상태로 만드는데 필요한 운동을 처방해주는데 여기서부터 중요하다. 운동처방대로 운동을 하게 되면 얼마 지나지 않아서 건강나이에 일치시킬 수 있고 더 나아가 나이가 들어도 언제나 청춘이 부럽지 않는 신체조건을 유지할 수 있다.

한 사람의 운동처방은 다음과 같다. 32세인 그는 신장 174cm, 체중 73.8kg(표준체중은 63.4kg), 체지방률 24%(많음), 심폐기능, 체력 등 측정에서 정상이라 하더라도 이 사람은 비만을 가져온 것으로 40~50대인 건강나이로 측정할 수 있다. 하여 경상적으로 운동을 견지하여 땀을 내며 체지방을 내려야 앞으로 여러 가지 덮쳐들 현대병을 예방할 수 있다.

우려되는 소년아동들의 건강

80년대에 진입된 이래 집집마다 어린아이들 건강이 큰 문제다. 중소학교 많은 어린이들이 안경을 쓴 것은 물론이지만 도시에 사는 어린이들이 비만이 급격히 늘어나고 있다.

우리가 어릴 적에 학교 갈 때 뛰고 학교에서 또 뛰고 집에 가면 들에 나가 소꼴 한 단 해 와야 밥 준다고 하고 이래저래 너무 많이 움직이어서인지 어른들이 늘 하는 말이 있었다. '뛰지 마라, 배 꺼진다.'

앉아서 TV보기도 싫어서 누워보고 밖에 나가 노는 법을 모르는 아이들은 책 보기와 짬만 있으면 컴퓨터게임에만 열중하게 되었다. 특히 도시에 고층건물, 아파트 생활이 일반화되면서 아이들의 건강문제가 큰 문제로 되고 있다.

어린아이들 근시안에 대한 조사연구자료는 충분하지만 아직 학교의 학습부담으로 운동을 홀시하고 아파트 증가에 따라 비만한 학생들에 대한 통계수자는 없지만 그 숫자가 늘어나고 면역력이 떨어지고 환경변화에 잘 적응하지 못해 쉽게 병에 걸리는 아이들이 크게 늘고 있다는 것은 누구나 공감하고 있는 사실이다. 그로 인해 성인병 예비군이 속속 양성되고 있고 당뇨병, 고혈압, 동맥경화 등 소아 성인병의 원인이 늘고 있다. 게다가 움직임이 적고 뼈를 약하게 하는 식생활이 계속되어 조그마한 충격에도 골절하는 아이들이 늘고 있다. 신경이 한참 발달하는 7~11세 때 놀이를 하면서 운동신경과 반사신경을 단련시키지 못하면 쉽게 골절하는 등 사고를 겪게 된다.

흔히 어린이는 나라를 짊어지고 나갈 기둥이라 하지만 이래서야 어찌 짊어지고 나갈 수 있겠는가, 오히려 짊어져야 할 짐이 될 지경이다. 어른들이 늘 걱정되는 것이 집 아이들 문제이지 다른 걱정이란 별 다른 것이 없다. 우선 제 몸 하나는 건사할 수 있을 정도의 건강은 따라야 짊어지든지 어쩌든지 할 것 아니겠는가?

이에 대한 일차적인 책임은 어른들에게 있다. 성인병만 보더라도 가족병이라고도 할 만큼 부모의 영향이 절대적이다. 부모 모두 비만 체질이면 자녀들이 뚱뚱해질 비율은 80%에 이르고 부모 중 한사람이 뚱뚱한 집안의 자녀가 비만해질 비율이 40%, 부모 모두 뚱뚱한 체질이 아닌 가정의 자녀가 비만해질 비율은 7%정도인지라 특히 부모들의 각성이 필요하다.

빼빼 마른 아이들보다 포동포동한 아이가 얼마나 보기 좋은가. 이렇게 생각하는 사람도 있을 텐데 아주 위험한 생각이다. 어릴 때부터 비만은 성인이 된 후에 비만이 된 것보다 더 나쁘기 때문이다. 성인 비만은 지방세포 그 자체가 커져서 일어나지만 어릴 때부터의 비만은 지방세포의 수가 무려 3배나 증가되면서 비만이 된다. 이렇게 되면 증가된 지방세포수 때문에 성인이 되어 더욱 비대해지고 살을 빼기도 더욱 힘들어진다. 그러므로 어릴 때부터 표준체중을 유지할 수 있도록 하는 부모들의 각별한 주의가 요구되는 것이다.

아이들의 경우에도 어른과 마찬가지로 운동량 부족이 비만이 되는 가장 큰 원인이다. 그러므로 매일 적당한 신체활동을 할 수 있도록 지도해야 한다. 성장이 아이들에게는 심장, 골격, 근육에 지나친 부담을 주는 운동은 피하고 걷기, 달리기, 수영, 자전거타기, 공놀이, 체조, 철봉놀이 등 단순하면서도 속도감 있고 리듬을 살릴 수 있는 운동이 좋다.

현재 비만한 어린이라면 우선 전문가의 운동처방을 받아 관절에 지나친 부담이 되지 않는 운동을 시키는 것이 좋다. 약간 숨이 찰 정도

의 낮은 강도에서 장시간에 걸쳐 하는 운동이 효과적이며 걷기, 자전
거타기, 수영 등 유산소 운동과 함께 근육을 쓰는 여러 가지 놀이체조
를 생활화하는 것이 좋다. 또한 여기에 식생활조절을 병행하면 더욱
좋다. 요령은 다음과 같다.

① 음식을 싱겁게 먹이고 기름진 것보다 섬유질이 많은 음식을 준다.

② 영양은 적고 열량만 높은 식품은 삼가고 라면이나 국수를 먹더
라도 국물은 남긴다.

③ 세끼 식사외의 간식도 정해진 시간에 먹이되 먹고 싶은 량의 반
만 먹이도록 하는 것이 중요하다. 과자, 초콜릿, 아이스크림 같은 것보
다는 감자, 밤, 과일, 호두 같은 것들을 구미가 당기도록 조리해 준다.

사실 아이들에게 적당한 운동을 시키고 먹을거리를 제한하는 것이
쉽지는 않다. 또 너무 강요하거나 윽박지르면 오히려 역효과가 날 수
도 있다. 건강을 위해 어떻게 생활해야 하는 것을 설명하면서 격려하
는 태도가 필요하다.

자신의 몸에 대해 가르치는 것을 교육의 일부로 삼으면 별로 어려울
것도 없다고 생각된다. 아이들에게 몸에 대해 이해하고 깨닫도록 해주
는 것은 건강을 지켜줄 뿐만 아니라 인생 공부도 된다.

생활체육

해방초기에 우리나라 사람들의 평균수명이 40여세였다면 반세기 지난 오늘에 와서는 75여세라 짐작된다. 헌데 심장병 같은 현대병으로 예상치 못한 죽음을 맞는 경우가 많다.

이 사실은 50대 이후부터 운동을 한 사람과 그렇지 않은 사람 사이의 연령 증가에 따른 사망률을 비교한 결과에도 잘 나타나 있다. 어느 통계에서 보면 65~69세 사이를 보면 매일 운동을 하는 사람들은 100명 당 불과 1명밖에 사망하지 않지만 거의 운동을 하지 않는 그룹에서는 사망자가 무려 11명이나 나왔다.

물론 운동선수도 단명 하는 수가 많다. 운동선수 중에도 특히 일본 씨름선수들은 평균 수명이 50을 넘지 못한다. 그런데 운동을 누구보다도 많이 하는 운동선수들이 오래 살지 못하는 것은 그들의 하는 운동이 건강을 위한 것이 아니기 때문이다. 알다시피 그들이 운동을 하는 목적이 기록 향상이거나 우승이다. 이처럼 승부욕에 불타서 하는 운동은 늘 무리나 긴장이 뒤따르기 싶고 이런 식의 운동은 오히려 수명을 단축시키기까지 한다.

이 사실을 바꾸어 말하면 일반인들도 건강을 위한 운동, 즉 각 개인에게 맞는 적절한 운동량과 목적 운동 강도를 지켜서 운동을 해야만 그런 효과를 볼 수 있는 것이다. 빈번한 문구경기, 70세 이상의 테니스 경기 등은 내가 제창하는 일이 아니다. 오락성인 문구경기 결과 늘 낮

빛을 붉혀 상쾌하던 기분을 날려 보내고 식사 수면에 영향까지 주는 해로운 일을 조작할 필요가 무엇인가? 나는 10년 전부터 이러한 견해를 갖고 있다. 절대 나쁜 일이 좋은 일로 변해야 하지 좋은 일이 나쁘게 변하지 못하게끔 하는 것이 우리 조직자들의 책임이라 생각된다.

적당한 운동이 수명을 연장시키는 효과를 갖는다면 그 이유가 무엇인가?

우선 운동을 하게 되면 심장과 폐기능이 향상되고 혈압이 안정되며 체지방과 혈액 중 콜레스테롤이 감소되어서 각종 성인병으로 사망할 위험률이 크게 줄어든다. 또한 골다공증과 유방암 및 대장암 등 각종 암에 걸릴 위험까지 감소된다는 것이 과학적으로 증명되었다. 프랑스 국립우주의학센터에서는 장기간 활동하지 않는 것이 인체의 면역능력에 어떤 영향을 미치는지를 밝히기 위해 실험한 적이 있다. 8명의 대학생을 고용해 6주일간 꼼짝 않고 침대에 누워 있도록 하는 실험이다. 그 결과 학생들의 종양에 대한 면역 능력이 누워있기 시작한지 2주일 만에 40~50% 약화되었다고 한다. 젊은 사람이 이럴 정도인데 하물며 나이 든 사람은 말을 해 무엇 하겠는가?

사람이라면 누구나 규칙적인 활동을 해야 인체 면역력과 향상성을 유지시키고 암도 막을 수 있다. 규칙적인 운동은 신체적인 뿐만 아니라 정신적인 면에도 좋은 영향을 미친다. 또 비만한 사람들이 둔한 몸 때문에 교통사고로 사망할 비율이 더 높고 지방 때문에 수술 중에 사망할 비율도 높다는 통계가 있으니 운동이 각종 사고의 위험도 줄여준다는 것을 알 수 있다.

재미있는 운동시간 만들기

1) 자연스러운 운동으로 시작

아무리 좋은 일도 심리적으로 부담을 갖고 쫓기는 입장이 되면 뜻대로 되지 않는다. 운동도 마찬가지다. 운동이 싫어도 건강을 위해서는 어쩔 수 없이 해야 하는 것이라는 생각보다는 운동을 통해 삶을 스스로 통제할 수 있다는 만족감을 가져야 한다. 그래야만 운동이 즐겁고 자신의 삶을 스스로 통제할 수 있다는 만족감을 가질 수 있다. 특히 운동을 하는데 부담을 많이 느끼는 사람이라면 운동이 신체적, 정신적 부담을 더는 쾌락성을 띤 오락이라는 식으로 편안하게 생각하고 시작해야 한다.

2) 운동효과를 확신한다.

'운동을 하면 특별히 건강이 좋아지나' '운동을 하는 사람들도 특별하지 않더라' 이런 식으로 부정적으로 생각해서는 안 된다. 운동의 효과는 상대적이다. 운동을 안 하고도 아직 건강한 사람(별로 없지만)은 운동을 함으로써 더 건강해지고 운동을 해도 몸이 남보다 나은 것 같지 않은 사람은 운동을 하지 않았다면 벌써 쓰러졌을 사람이다.

운동의 효과를 확신할 때 운동시간이 즐겁고 또한 지속적으로 할 수 있으며 운동효과가 배로 크다.

3) 운동의 목표를 명확히 해야 한다.

  사실 생각만으로 쉽지 않은 게 운동이다. 운동을 하는 데에는 어떤 동기가 필요한가? 아주 운동을 싫어하고 게으른 사람들도 곧 내 몸이 무너질 것 같은 느낌을 절감하고 그것이 운동부족 때문이라는 것을 깨닫는 순간 운동을 열심히 하게 된다.

  이처럼 운동의 목표가 꼭 신체적인 것에만 한정되어 있는 것은 아니지만 운동을 지속적으로 하면 집중력이 향상되고 인생에 대한 긍정적인 태도를 갖게 되는 등 정신적인 발전까지 있다는 사실을 알고 있는 사람은 드물다.

  4) 과분한 욕심을 피면해야 한다.

  운동원리에 비추어 너무 강한 강도로 하거나 무리하게 장시간 운동한다고 더 좋아지지 않는다. 오히려 피로로 인한 여러 가지 이상이 생겨 운동을 지속하기 어렵다. 어떤 의미에서 운동은 신체에 일정한 부담을 주어 그를 극복하는 것이다. 따라서 평상시 생활보다 약간 높은 정도의 운동 강도, 운동 후에 약간 피로한 정도면 충분하다.

  예를 들면 아령으로 운동을 할 때 30회까지는 아주 쉽게 할 수 있다면 약간 힘들더라도 3회 정도 더 해주고 30분 동안 달리기를 했을 때 숨이 차오면 3분정도 더 뛰어주는 것이 좋다.

  이 강도는 본인이 가장 잘 안다. 다시 한번 말하자면, 의욕만 앞세우거나 서둘러 운동효과를 보려고 하지 말아야 한다. 특히 경쟁적인 운동은 무리하기 쉬워 몸과 마음을 모두 멍들게 할 수 있다. 또한 운동 강도나 시간은 서서히 늘여야 한다. 그래야 자신감도 생기고 몸에 무리가 없이 운동을 계속 할 수 있다.

  5) 운동 선언

  운동을 시작할 때는 반드시 사방에 공포하는 것이 좋다. '내가 내일부터 운동을 안 하면 사람이 아니다'라든지 그렇게 심한 말이 아니더라도 좋다. 특히 잘 보이고 싶은 사람, 모범을 보여야 할 대상에게 운동한다고 선언하면 좋다.

자식들에게 '아버지는 이제부터 비바람이 차지 않는 이상, 매일 뒷산으로 올라간다. 그걸 안 하면 아버지로 취급하지 마라' 이렇게 말해 보라. 어떨 때는 일어나기 싫어서 '비가 안 오나, 왔으면 좋겠다.' 이런 생각이 들어도 자신을 주시하는 자식들의 눈길 때문에 운동은 안할 수 없다. 그러고 보니 습관이 붙어 이제는 스스로 좋아서 운동을 하게 되었다는 사람들을 많이 보았다.

6) 자기를 위한 투자시간으로

운동을 하고 싶지만 도무지 시간이 없다는 사람들을 가만히 보면 운동을 다른 일보다 중요하게 생각하지 않는다. 우리는 종종 급한 일과 중요한 일을 혼돈하는데 보통 보면 중요한 일보다 급한 일을 먼저 하는 사람이 많다. 먼 안목으로 인생을 볼 때 결코 바람직한 일이 아니다.

운동시간을 하루 중에 나를 위해 투자하는 중요한 시간으로 만들어야 한다. 운동에 어느 정도 익숙해지면 그 시간을 자신을 들여다보는 시간, 하루를 계획하고 한주를 설계하는 시간으로 만들 수도 있다. 기분 나쁜 일이 있다면 운동을 하면서 머릿속으로 실컷 화풀이를 하는 공상도 해보면 좋다. 결코 운동시간이 지루하지 않을 것이다.

그런 시간을 보내고 나서 목욕을 하고 나면 콧노래가 절로 나오게 되는데 운동이 좋아지지 않을 사람이 없다.

7) 운동할 시간이 없는 것은 아니다.

너무 바빠서 운동하기 바쁘다고 생각되면 자신의 하루 일과를 돌아보고 시간 관리를 하여 운동할 수 있는 시간을 만든다.

일상 중에 가만히 살펴보면 허송세월을 하는 경우가 너무나 많지 않은가. TV를 보는 시간만 해도 그렇다. 얼마나 많이 보면 하루 평균 3시간이니 5시간이니 하는 통계까지 있을 정도이다. 아침에 늦잠을 자는 사람은 1시간만 더 일찍 일어나면 된다. 잘수록 느는 것이 잠이다. 많이 자는 사람일수록 10시간 자도 덜 잔 것 같고 수면시간이 한정 없이 늘어난다. 경험적으로 보아 규칙적인 생활과 운동을 실천하면 하루 6시간 수면으로 충분하다. 꼭 아침이 아니더라도 좋다. 사업시간이 일정하면 이리저리 시간낭비가 많은 저녁시간에 한 시간 정도의 운동도 좋다.

운동복이나 신발은 자기 전에 머리맡에 꼭 놓아두었다가 일어나는 즉시 입고 바로 뛰어 나갈 수 있도록 하며 이 탈 저 탈 핑계로 결석하지 말고 견지하며 기분이 좋을 때 하는 것이 더욱 효율을 높일 수 있다.

8) 성격에 맞는 운동, 변화 있게 해야 한다.

사람 사귀기를 좋아한다면 여럿이 함께 하는 운동을 한다. 유난히 겁이 많은 사람은 무술보다 걷기나 달리기가 좋다. 남에게 지기 싫어하는 사람은 남과 경쟁적인 운동을 피하는 게 좋다.

운동할 때의 분위기가 그닥잖으면 다른 운동을 선택해야 한다. 예를 들면 수영복을 입고 남들 앞에 서기가 거북한데 굳이 수영을 고집할 필요가 없다. 운동은 자신이 해서 즐거운 마음을 가질 수 있을 때 효과가 극대화 된다.

운동은 시작도 문제이지만 지속하기가 힘들다는 것이 가장 큰 문제다. 이럴 때는 월, 수요일은 걷기나 달리기, 화, 목요일에는 자전거타기, 토요일은 테니스 혹은 등산을 하는 식으로 번갈아가면서 운동하면 재미있게 할 수 있다. 이때 서로 궁합이 잘 맞는 운동을 번갈아 하면 더욱 좋다.

동료와 함께 운동하게 되면 운동을 빠지지 않고 지속적으로 해나가는 도움이 된다. 나라고 못하겠느냐는 생각이나 뒤떨어지지 않으려는 생각이 자신을 붙들어 준다.

9) 곤란 극복 제일 중요하다.

평소에 안하다가 운동을 하면 처음에는 근육 마디마디가 욱신거리는 고통을 참고 견지하면 성공하게 된다. 보통 운동을 시작한 직후가 가장 어려운 시기이며 6개월은 지나야 운동을 즐길 수 있게 된다. 우리가 볏모 할 때 처음 10일 가량은 허리 다리 어디 안 아픈 데가 없다가 점차 체력이 올라 아무 고통 없이 볏모 내기에 참가하듯 운동도 그런 고비를 넘기면 바쁜 줄을 모르고 수월히 재미있게 할 수 있다. 이런 신체규율이 없이 농민들이 어찌 일생동안 그 힘겨운 생활을 이어가겠는가? 때문에 '농부 일생이 무한이라네'라는 흥겨운 노래가 전해지고 있는 것이라 생각된다.

운동하기 싫어지거나 힘든 시기에는 음악을 들으면서 운동을 한다든지 진도를 기록해 가며 운동하면 극복하는데 도움이 된다. 힘들수록 멋을 내어 산뜻한 차림으로 운동하는 것도 좋다. 자신은 물론 주위 사람의 기분도 상쾌해진다.

이상의 특점에 근거하여 처음 운동을 시작하여 7일 내지 10일 늦어서 15일은 온몸이 다 아픈 곤란한 시기인데 이때를 넘기면 온몸 근육들이 유연성을 가져오며 수축이완이 영향 없이 가볍게 되고 혈액순환, 신경반응, 정신력이 모두 최고점으로 들어가며 신체가 튼튼하여 진다는 과학적 도리와 신념을 가지고 신체단련을 열심히 매일 진행해야 한다. 그러면 꼭 성공이 있다. 또한 자기 암시법의 일종으로 좋아진 자신의 미래를 상상해 보는 것도 좋다.

10) 모든 조건이 완벽할 때까지 기다리지 말아야 한다.

운동은 꼭 운동장이나 체육관에서만 하는 것은 아니다. 만약 어떤 특정운동을 할 준비가 되어 있지 않다면 평소에 그저 몸을 많이 움직이는 일부터 시작해야 한다. 예를 들면 승강기를 타지 말고 계단 오르기, 택시를 타지 말고 먼 길을 걸어보기를 해보자.

정 시간이 없으면 짬짬이 그 자리에서 할 수 있는 운동을 선택하여도 된다. 제자리 뛰기, 계단 오르기, 줄넘기 등으로 유산소 운동을 하고 턱 걸기, 팔굽혀펴기 등 몇 가지 근력운동을 하면서 피곤할 때 체조를 하여도 몸이 거뿐해진다.

특히 장기간 앉아서 일하거나 글쓰기 하는 사람들은 규칙적으로 체조를 실시하는 것만으로도 근육의 유연성과 지구력을 높이고 혈액순환이나 신진대사가 활발해진다.

필자의 권고에 아직까지도 운동은 나에게 맞지 않는다면서 늦잠 자기에 능수가 된 분들께서도 고집을 더 부리지 말고 이해되건 안 되건 한번 지는 것처럼 하면서 운동에 달려들어 볼 것을 바란다. 그럼 필연코 그분도 당전에 매일 아침 산천초목이 춤출 듯한 흥겨운 기분으로 우리 공간을 메우고 있는 현대인들의 환락 속에 파묻혀 나에게 감사들일 날이 있을 것이라 믿는다.

생명은 운동에 있고 운동이란 곧 혈액순환이다. 자기에게 맞는 운동으로 현대병을 고치자.

운동효과를 높이는 식사법

식생활을 올바르게 하는 것은 건강에 더없이 중요한 일일 뿐만 아니라 스스로 설정된 운동의 목적을 더욱 확실하게 해준다.

운동효과를 높일 수 있는 식생활법은 무엇일까?

물론 사람마다 그가 처한 상황에 따라 달라질 수 있지만 가장 보편적인 것부터 지적하면 먼저 하루 세끼를 규칙적으로 하는 것을 들 수 있다. 경험해본 사람들은 알겠지만 아침식사를 거의 하지 않고 출근을 해 바쁘게 일하다 보면 점심도 간단히 때이게 되는 일은 흔히 있다. 그런 경우에는 저녁에 집에 돌아가 마주 대하는 늦은 밥상에서 두 끼를 제대로 먹지 못한 것을 보상하느라 정신없이 식사하게 된다. 자연히 과식을 하게 마련이다.

소화가 되려면 최소한 3~4시간은 지나야 하는데 피곤해서 바로 잠자리에 들어 건강을 크게 해치는 경우도 있다. 이렇게 되면 아침에 일어나서 운동이고 뭐고 아무 생각이 없게 된다. 그리고 저녁 시간 또한 운동할 틈을 좀체 갖기 힘들다.

현재 우리연변 성인 중 세 명 당 한명은 아침 식사를 하지 않은 것으로 예산된다. 하루 세끼를 잘 찾아 먹는 사람은 절대 과식을 하지 않고 포식도 하지 않아서 언제나 정상적인 운동시간을 찾을 수 있다. 특히 아침식사를 거르게 되면 밤과 아침사이의 커다란 공복이 생겨 신진대사의 효율이 떨어지고 아침 운동을 하겠다는 의지조차 도무지 생기지 않는다. 또한 자연히 저녁에 과식해 체중 조절에도 실패하기 쉽다. 그러므로 세끼 모두 필요하고 아침식사가 중요하다는 것은 아무리 강조해도 지나치지 않은 이야기다. 세끼의 비율은 3 대 4 대 3 정도로 잡는 것이 가장 이상적이다. 점심시간이 짧아서 그렇지 못하다면 아침을 든든히 먹고 저녁은 가볍게 먹는다는 원칙을 세우도록 한다.

이상적인 식사의 조건은 구체적으로 다음과 같다.

먼저 비만과 심장병, 고혈압을 예방 치료하려면 원인이 되는 동물성 지방의 함량을 최소화하고 비타민과 무기질을 풍부하게 섭취해야 한다. 또한 체중 조절과 변비 예방에 도움을 주는 섬유질 식품을 적극적으로 찾아먹고 여기에 칼슘 섭취까지 신경을 쓰면 거의 완벽하다고 할 수 있다. 특히 운동으로 아무리 혈액순환을 시킨다고 해도 점성이 강해 쉽게 괴거나 엉기는 혈액을 가지고 있다면 문제가 된다. 그러므로 포화지방이 많은 육류 등 혈중 콜레스테롤 량을 증가시키는 식품이나 지나친 기름진 음식을 너무 과다하게 섭취하면 운동으로 아무리 콜레스테롤의 량을 줄여도 역부족이 되며 혈액순환에도 좋지 않은 영향을 미친다.

물론 운동으로 근육을 만들고 활기찬 상태를 갖기 위하여서는 고단백질 식품이나 지방질 식품의 섭취를 완전히 제한할 수는 없다. 문제는 너무 과다하게 먹지 말고 잘 조절해야 한다.

단백질을 필요량보다 더 많이 섭취하면 점점 신장의 기능이 약해져 활성형 비타민D를 만드는데 지장을 받는다. 칼슘 흡수 또한 방해되어 뼈가 약해지게 된다. 1일 단백질 소요량이 체중 1kg 당 1g을 기준으로 하고 중노년은 1g보다 약간 적게 하는 것이 좋다.

지방질의 경우 되도록이면 불포화지방이 들어 있는 식물성 식품으로 섭취하는 것이 바람직하다. 또한 적당한 탄수화물을 섭취해야 근육피로를 이길 수 있으며 과일이나 야채를 먹어야 근육경련을 피면할 수 있다.

　우리 조선족식 식사는 서양식보다는 건강유지와 운동효과에 더 우월성 가지고 있는데 다만 너무 짜게 먹는 것이 흠인 것 같다. 그러므로 염분의 섭취를 좀 더 줄여 체내에 수분이 과다 축적되어 골이 무거울 정도로 붓는다든지 고혈압이 되는 일이 없어야겠다.

운동효과를 떨어뜨리는 음식

어떤 음식은 우리가 알지 못하는 사이에 신체적, 정신적으로 고통을 일으킨다.

커피는 카페인이 들어있는 대표적인 음식물로서 짧은 시간에 많이 마시는 것이 습관화된 경우에는 늘 가슴이 뛰고 혈압이 오르고 맥박이 불규칙해 운동효과를 저해하게 된다. 또한 성인의 경우 1시간에 3잔 이상 마시면 위장장애나 행동장애를 일으킬 수 있으므로 운동을 위해 잘 조절하여야 할 식품이다.

그리고 초콜릿, 설탕, 사탕, 코코아, 과자, 케이크, 기타 밀가루 가공식품은 적은 량으로도 많은 열량을 내는 에너지지만 과다 섭취 경우 불안증세를 일으키고 운동능력을 떨어뜨린다.

청량음료는 탄산류 종류로 만든 당분을 함유하고 있다. 당분은 2.5% 이하의 량이면 이상적이라 한다. 그 이상 당분을 함유하고 있으면 장이 모두 흡수할 수 없어 그만큼 장시간 위에 남아 있게 되고 경련이나 불쾌감이 난다.

대부분의 성인병 예방 및 치료 운동에서는 음식으로 섭취한 칼로리를 운동으로 비만을 막는 것이 중요한 목표의 하나가 된다. 그러므로 식사할 때마다 배부르게 먹는다는 생각보다는 만복의 80% 정도를 유지하려고 애쓰고 자신이 먹은 음식의 량만큼 운동을 해주는 것이 중요하다. 일반적인 식사량이나 활동량을 가진 사람도 하루 200~400kcal

정도는 운동을 통하여 해소해 주어야 비만을 막을 수 있다. 또한 운동은 대사를 변화시켜 우리 신체가 보다 많은 칼로리를 소비하도록 해주므로 반드시 필요하다.

물을 충분히 마셔야 운동효과가 높아진다

운동효과를 높이게 위하여서는 효율적으로 물을 섭취해야 한다. 우리 몸을 과다하게 수분이 부족할 경우 체온조절 기능의 이상과 함께 근력의 저하를 가져오게 되어 있다. 또한 땀을 많이 흘리게 되면 체액이 감소되고 혈액이 끈적끈적하게 점성이 높아져 혈액순환이 잘 이루어지지 않는다. 그로 인해 심장에 혈액 공급이 잘 되지 않아 심장마비가 일어날 수도 있다. 따라서 운동 후에는 물을 충분히 마셔 땀으로 잃어버린 수분을 보충하고 소변 량을 늘여서 몸의 독소를 배출하기 쉽도록 할 필요가 있다. 만약 손실된 수분이 보충되지 않아 수분손실로 체중의 3%이상 빠지면 열 경련을 일으킬 수 있으며 체중의 20%이상 손실되면 죽음을 초래하게 된다.

정상적인 경우 성인은 소변, 땀 등으로 손실된 수분을 보충하기 위하여 하루에 2.8L정도의 물이 필요하다. 평균적으로 식품을 통해 섭취하게 되는 물의 량은 1.4L 정도이므로 최소한 1.4L는 따로따로 섭취해야 한다. 최소한 8컵의 물을 마셔야 한다는 것이다. 특히 심한 활동을 하거나 고온이 계속되는 여름철에 더 많은 물이 보충되어야 한다.

마시는 그 양이 중요하지만 어떤 물을 마시느냐가 더욱 중요하다. 특히 탄산음료나 드링크 등 각종 음료를 여름에는 쉽게 마시게 되는데 이런 음료에는 고농도 당이나 설탕이 들어있기 때문에 마신 후 갈증이 더 심해진다. 따라서 10도이하의 순수한 물을 마시되 급하게 꿀꺽꿀꺽

마시지 말고 씹어 먹듯 천천히 마셔야 흡수가 빠르다. 특히 위장이 나쁜 사람일수록 천천히 마셔야 한다. 또한 아침 일어나서 인차 냉수 2컵을 마시는 습관을 들이면 밤새 대사활동으로 쌓인 노폐물 배설에 도움을 주고 장운동을 촉진시켜 준다.

세계보건기구는 순수한 물을 마신다면 질병의 80%를 제거할 수 있다고 결론지은바 있다. 또한 물은 지나치게 왕성한 식욕을 줄이고 영양분의 흡수를 억제시켜 체중을 감량할 수 있게 해준다. 수분을 공급할 때 그냥 물보다 소금 성분이 있는 물을 공급하면 갈증해소는 물론 건강에 이 이상 보양이 없다.

왜 소금성분의 음료가 보약이 되는가

우리의 혈액 중에 적혈구는 산소를 각 조직에 운반하는 중요한 기능을 하고 있다. 이 적혈구는 혈액의 소금농도인 0.9%에서 제 기능을 충분히 수행하여 온몸에 산소를 원만히 공급할 수 있는 것이다.

운동 중에는 소금이 땀과 함께 빠져 나가는데 운동초기에는 소금농도가 0.3%인 땀이 나고 그 후 차차 소금농도가 낮아져 운동 후반의 땀 속에는 소금농도가 0.2%정도 된다. 이와 같이 땀 속의 소금 농도정도는 아니지만 소금이 배출되는 것을 알 수 있다. 그러니 혈액 내에 적혈구가 제 기능을 충분히 수행하기 위해서는 소금성분의 음료를 마셔야 한다. 따라서 운동 후 수분섭취는 소금농도가 땀의 소금농도인 0.2%~0.3% 수분을 섭취하는 것이 이상적이다. 이 정도의 소금농도의 음료는 물 1L에 2~3g의 소금을 넣는 농도가 되는 셈이다. 요즘 스포츠음료가 바로 이 점을 감안한 것이다. 그러나 물을 너무 많이 마시면 안 되는 경우가 있다. 현재 부종이 있는 사람, 신장병의 어느 시기의 사람, 심장병으로 통원중인 사람은 전문의사와 반드시 의론하기 바란다.

일반적으로 한번에 2컵 이상 물을 마시면 위가 확장되어 횡격막을 압박하기 때문에 운동에 지장을 받는다. 운동 중에는 근육이 열을 내므로 열의 상승을 제어하기 위해 혈액의 칼륨을 방출한다. 칼륨은 소변과 땀을 통해 빠르게 제거된다. 그러므로 운동 후에 과일이나 야채를 먹고 과일주스를 마시면 칼륨을 보충할 수 있다.

음주와 운동

담배나 술을 즐기는 사람들의 경우 자연히 체내의 비타민B와 비타민B6의 결핍이 생기기 쉽다. 그로 인해 운동 시에 경련이나 탈진을 일으키기 쉽다는 것도 알아두어야 한다.

운동을 할 때에는 혈관이 늘어나는데 담배로 혈관의 신축성이 떨어져 조금만 운동해도 숨차다.

알코올은 많은 에너지를 내게 되는데 알코올 1g이 7cal의 에너지를 내게 된다.

술을 섭취한 후의 운동은 기본적으로 좋지 않다. 가벼운 활동을 해야지 힘든 운동은 기본적으로 좋지 않다. 가벼운 활동을 해야지 힘든 운동은 위험이 따르니 주의해야 한다. 그렇지 않아도 알코올에 의해 심장이 빨리 뛰고 맥박이 빨라지고 있는데 운동을 강하게 하면 심장에 무리한 부담이 와서 해롭다. 술을 먹으면 혈압이 올라가는 것으로 잘못 이해하는 경우가 많은데 술을 먹으면 혈관이 열리기 때문에 혈압이 내려간다.

술기운이 있는 상태에서는 운동보다도 운동이 끝난 후가 더 위험하다. 운동 후에는 혈관이 열려있는 상태에서 근육수축이 중지되기 때문에 근육에 분포되어 있는 혈관에 혈액이 머물러 있게 된다. 그로 인해 혈관에 혈액이 빨리 심장으로 돌아오지 못해 심장에 피가 모자라는 허혈 상태가 된다. 뇌에 혈액 공급이 잘 되지 않아 어지럽고 심지어 쓰러지는 경우도 있다.

건강을 위한 목욕

목욕은 피부를 청결시켜 주는 한편 우리 몸에 일정한 자극을 주는 등 건강증진 효과도 가지고 있다. 혈액순환이 잘되게 하며 신체조직에 생긴 노폐물을 제거하는 데 도움을 준다. 또 정신적인 피로와 긴장감과 초조감을 해소할 수 있으며 몸이 따뜻해지면서 팔, 다리의 근육 경직과 피로를 제거할 수 있다. 그러나 무턱대고 하는 것보다는 여러 가지 형태의 목욕이 주는 일정한 효과를 알고 하는 것이 더욱 효과적이다.

육체적 피로를 풀고 자극효과를 주는 고온욕:

목욕탕 물속에서 우리 인체는 어떤 변화를 겪을까?

목욕물의 온도가 높으면 체온도 따라 상승하면서 신진대사가 활발해진다. 따뜻한 자극은 반사적으로 피부혈관의 확장을 가져오며 혈액이 피부표면에 동원됨에 따라 내장의 혈류량이 감소되고 혈압은 떨어지게 된다. 그러나 물의 온도가 섭씨 45도 정도로 올라가게 되면 피부의 혈관은 일시적으로 수축하면서 혈압은 일단 올라갔다가 다시 내려간다. 이런 형상은 냉욕에서 더 한층 두드러지게 나타난다. 따라서 고혈압과 동맥경화증 환자는 고온욕(섭씨 42~45도)과 냉욕(섭씨 15~20도)을 피면해야 하며 미온욕(섭씨 36~39도)이 가장 적당하다. 심장병환자 역시 심장의 부담이 커지는 고온욕이 좋지 않다.

그러나 심한 운동이거나 높은 노동으로 육체적 피로를 풀기 위해서는 고온 목욕법이 좋다. 혈액속의 피로물질인 젖산을 제거하는 데는 뜨거운 물이 적격이기 때문이다. 또 전날 밤 과음하여 머리가 멍할 때도 42~45도의 고온욕이 효과적이다. 온도 자극으로 교감신경이 흥분되어 몸에 활력을 불어넣어 주기 때문이다. 하지만 건강한 사람도 고온목욕을 너무 오래 하지 않도록 조심해야 한다. 목욕 중에 가슴이 두근거리거나 땀이 지나치게 흐르거나 현기증이 일어날 때에는 바로 탕속에서 나와야만 한다.

진정 작용을 원할 때는 미온욕:

고온욕이 자극, 흥분적인 작용을 하는데 반하여 미온욕은 부교감 신경의 긴장을 강하게 하며 진정시키는 작용을 한다. 따라서 머리가 복잡하거나 초조하거나 산만한 마음을 진정시키고 싶다면 미온욕을 오랫동안 하는 것이 좋다. 또한 마비환자의 치료에는 섭씨 39~40도의 미온욕에 30분쯤 들어가 있는 것이 원칙이다.

미온욕으로 감기 돌기 쉬운 사람은 처음에는 미온으로 하고 온도를 적당히 올려 나올 때에는 섭씨 42도 정도로 목욕물을 조절하여 목욕하는 것이 좋다. 물론 어떤 형태든지 개인차가 있을 수 있다. 어느 특정한 개인에게는 고온욕으로 작용하는 것도 다른 사람에게는 미온욕의 효과를 나타내는 경우도 있기 때문이다.

일반적으로 가벼운 사우나가 아닌 탕 목욕횟수는 주 1~2회가 적당하며 1회 입욕 시간으로 미온욕은 20~30분, 고온욕은 5~10분 넘지 말아야 한다.

술을 마신 뒤 2시간 이내에 욕탕에 들어가는 것은 위험하며 목욕은 소화능력을 저하시키므로 식후 30분 이내에는 목욕을 하지 말도록 한다. 또 피부의 때를 벗긴다고 피부를 심하게 문지르는 것은 오히려 피부건강에 해롭다는 것을 알아둘 필요가 있다.

목욕을 하기 전에 간단한 몸풀이 정도의 체조를 한 후에 물을 한두 컵 정도를 마시고 들어가는 것이 좋으며 온탕에 들어가기 전에는 반드시 따뜻한 물로 간단한 샤워를 한 후에 들어가는 것이 혈관을 서서히 열어주는데 도움이 된다. 목욕 후에는 한기를 느끼지 않도록 욕실을 나오기 전에 물 온도를 낮게 하여 피부를 적당히 수축시키는 것이 좋다. 특히 겨울철에는 날씨가 차가워 혈관이 수축하면서 혈액 순환이 잘되지 않기 때문에 몸을 데워서 혈관을 열어주는 목욕 건강법이 더욱 우월하다고 할 수 있다.

냉온 교대욕과 사우나:

온욕 5분과 냉욕 1분을 교대로 2~3번 한 후 마지막 온욕은 5분 정도 하면 된다.

냉온욕은 여름에 더위를 덜 타게 하고 겨울 추위에 내성이 길러지게 되며 감기도 거뜬히 이길 수 있게 해준다. 또한 혈관에 탄성을 증가시키고 혈액순환을 더 원활히 하는 데는 이 냉온 교대욕이 좋다. 그러나 병자들은 삼가 해야 한다. 반신욕이 좋다. 하반신을 담그고 약 20분 가량 39도 물에 있으면 땀이 흐르며 혈액순환이 잘되고 노폐물이 밖으로 빠져나간다.

흔히 하는 사우나는 1회 입실시간을 10분가량 하고 사우나 냉온욕 같이 할 때는 온욕－사우나－샤워－냉욕 순으로 하는 것이 바람직하다. 사우나 목욕탕에 들어가 있을 때 속이 메스꺼우면 바깥으로 빨리 나와 누워있어야 한다. 목욕탕에서는 혈관이 많이 열리기 때문에 혈압이 갑자기 내려가서 쓰러지기 쉬우니 주의해야 한다.

목욕이나 사우나 후에 땀을 많이 흘리고 갈증이 날 때는 탈수된 수분을 보충하기 위해 한 컵 정도의 굵은 소금물을 마시도록 한다. 그러나 어떠한 목욕법이나 사우나도 운동으로 땀 흘리는 것에 비할 수 없다.

몸에 맞는 운동 찾기

'운동이면 어떤 것이든지 좋을 테지' 하고 생각하는 사람들이 의외로 많다. 누가 테니스를 치니까 그렇게 좋더라고 하면 '나도 이거 때려치우고 한번 해볼까' 하면서 금시 운동종목을 바꾸고 또 얼마 못가서 다른 운동을 시도하는 사람도 있다. 물론 아무것도 하지 않는 것보다는 낫겠지만 주먹구구식으로 운동을 해서 운동의 효과나 재미를 보기는 힘들다. 또 대충 되는대로 골라서 자기 마음대로 운동을 하다가는 탈이 나기 쉽다.

심장병이 있다는 사실을 모른 채 달리기를 하다 돌연 사망하는 경우, 다리 근육이 몸무게를 견디기 어려운 사람이 무리하게 등산이나, 줄넘기, 달리기 등을 하다가 골절이나 관절통으로 고생하는 경우, 고혈압 환자가 헬스를 하다가 오히려 혈압이 높아지고 건강을 망치는 경우가 바로 그런 예들이다. 특히 마흔 살을 넘긴 사람이 운동을 시작하려 한다면 자신의 현재 체력을 제대로 재어보고 그에 걸맞은 운동 종목과 운동 강도를 선택할 필요가 있다.

운동은 과학적이다. 각 운동 종목마다 자기 다른 특성을 가지고 있고 그 특성에 따라 운동의 효과가 달리 나타난다. 따라서 자신의 몸에 맞는 운동 종목을 선택해야 운동의 효과를 제대로 볼 수 있다. 이런 것을 스포츠의학에서는 '특이성의 원리'라고 한다.

예를 들면 달리기는 심장과 폐의 기능을 높이고 전신 지구력을 강화하는데 아주 좋은 운동이다. 하지만 달리기를 열심히 한다고 해서 근력이나 유연성이 길어지지는 않는다. 또 같은 심폐지구력 강화운동 중에서도 줄넘기는 걷기에 비해 자기 조절이 쉽지 않기 때문에 체력이 아주 떨어져 있는 노약자의 운동으로는 부적합하다.

운동 종목을 정할 때는 여러 가지를 종합적으로 고려해야 한다. 그 구체적인 요령은 다음과 같다.

1) 목적에 따라 운동 종목을 결정한다.

운동 종목은 단지 수단일 따름이다. 따라서 자신이 운동을 통해 성취하려는 목표에 맞게 골라야 한다. 먼저 성인병 예방과 치료, 건강증진을 목표로 한다면 유산소 운동을 선택한다.

유산소 운동(에어로빅운동)은 인체가 산소를 충분히 섭취하면서 심장과 폐의 힘을 기르고 혈액순환을 원활하게 하는 전신운동이다. 또한 신진대사 과정에서 생기는 유해물을 정확하게 처리해주는 운동이다. 체지방을 감소시켜 비만을 해소할 뿐만 아니라 혈액 중 콜레스테롤 수치와 혈압을 내려주는 효과도 있다. 그러므로 유산소 운동을 하게 되면 거의 모든 질병에 대한 인체의 면역력을 기를 수 있다.

구체적으로 종목을 살펴보면 걷기, 가벼운 달리기, 계단 오르기, 줄넘기, 체조, 수영, 자전거타기, 등산, 스케이트, 노 젓기, 핸드볼, 배드민턴 등이 이에 속한다. 이들 종목은 비교적 장시간 운동하면서 자기 페이스를 조절해 갈수 있는 것들이다.

그에 반해 무산소 운동은 순간적으로 힘을 내거나 움직이는 운동이다. 힘껏 역기를 든다거나 100m 달리기를 전력 질주하는 것 등을 들 수 있다. 유산소 운동에 비해 오랜 시간 운동을 지속할 수 없으며 한꺼번에 많은 힘을 쓰기 때문에 산소의 소비가 거의 이뤄지지 않는 것이 특징이다. 따라서 성인병 예방이나 건강 증진을 위해 무산소 운동에 주력하는 것은 의미가 없다. 그렇지만 무산소운동이 몸에 나쁜 운동이라는 뜻으로 하는 말은 아니다. 근육의 힘을 기르거나 체형상의 결점을 보완하는 등 무산소 운동의 목적과 효과는 따로 있다는 것이다.

이처럼 운동의 목적을 고려하지 않더라도 운동을 처음 시작하는 단계에서는 신체가 산소의 공급을 충분히 받는 유산소 운동을 하고 차차 운동 능력이 발달되면 무산소 운동을 곁들이는 식으로 운동해야 한다. 특히 노약자나 병약자는 주로 유산소 운동을 해야 한다.

또 한 가지 주의할 점은 유산소 운동도 너무 강도 높게 하거나 장시간 무리하게 되면 무산소적인 운동이 된다는 것이다. 예를 들면 테니스 같은 운동이 매일 30~40분 주 3회 정도 가볍게 한다면 유산소 운동이 된다. 그러나 그 이상 무리하게 하거나 경기 위주로 하게 되면 순간적으로 최대의 힘을 쓰는 동작을 많이 하게 되고 결과적으로 무산소 운동이 되어버린다.

2) 뚱뚱한가 마른가, 체형에 맞춰 운동 종목을 정한다.

몸이 뚱뚱한 사람이 다이어트를 목표로 한다면 열량 소모 효과가 큰 유산소 운동을 주로 해야 한다. 무산소 운동에 비해 유산소 운동은 체내의 지방 소비률이 높기 때문이다. 하지만 너무 뚱뚱해서 자칫 관절이 상할지 모르는 위험성이 있을 정도라면 종목 선택에 더욱 신중을 가해야 한다. 걷기에 비해 달리기, 자전거타기, 줄넘기가 수영에 비하여 테니스가 단위시간상 열량 소모량이 크지만 먼저 몸의 상태를 고려하여야 운동 상태를 파면할 수 있다. 특히 전혀 운동을 하지 않았던 경우라면 무조건 단위시간당 열량 소모가 큰 종목을 골라 욕심을 내어서는 안 된다. 신체 각 부분이 체중의 부담을 덜 받는 가벼운 유산소 운동으로 시작해 차츰 종목을 바꾸어야 한다.

다리 근력이 아주 약해져서 자신의 체중을 충분히 지탱할 수 없는 사람에게는 테니스, 배드민턴, 달리기, 등산 같은 운동이 맞지 않는다. 다리에 무리한 힘이 작용해 오히려 나쁜 결과를 가져온다.

표준 체중보다 40%를 초과한 비만자는 뛰거나 달리지 않는 것이 좋다. 이런 사람들은 걷기운동부터 시작하여 심폐의 기능은 물론이고 전신의 근육, 관절 특히 발목과 무릎의 힘을 기르는 동시에 체중 감량을 하는 것이 순서이다. 또 한 가지, 허벅지, 팔뚝, 허리 등 특정 부위의 비만을 해소하기 위해 그 부위만 집중적으로 운동하는 것은 좋지 않다. 물론 전혀 의미가 없다고는 할 수 없지만 지속적인 전신 유산소 운동과 병행하지 않는다면 제대로 살이 빠지지 않는다.

한편, 마른 사람이 힘도 기르고 건장한 체형을 갖고자 한다면 유산소 운동과 더불어 누워 역기 들기나 팔굽혀 펴기, 윗몸 일으키기, 아령 운동 등 근력강화 운동을 다른 사람보다 더 많이 해주어야 한다.

보통 체형으로 건강을 저축하는 의미에서 운동을 시작하려 한다면 심폐 지구력을 기르는 유산소운동과 근력운동, 유연성 운동을 적절한 비율로 병행해야 한다.

한 가지 운동으로 모든 운동을 다한 것으로 착각해서는 안 된다. 근력, 민첩성, 평형성, 유연성, 심폐 지구력 등 모든 체력 요소를 고루 발달시키는 것이 가장 이상적인 운동방법이다. 그것은 오늘은 유산소 운동, 내일은 근력운동… 이런 식보다는 한번의 운동시간 중에 여러 가지 체력요소를 강화할 수 있도록 프로그램을 짜서 하는 것이 좋다.

전체적으로 보아 준비운동과 정리운동을 제외한 나머지 기본 운동은 유산소 운동이 80~85%, 근력운동이 15~20% 정도를 차지하도록 배분하면 가장 알맞다. 만일 근력을 좀더 강화할 필요가 있다면 근력운동의 비율을 좀더 높이도록 한다.

3) 일상 활동상의 결점을 보완하는 종목을 택한다.

상체를 많이 쓰는 편이라면 하체운동을 더 많이 해준다. 현대인들의 노동에서 문제점은 전신운동이 되지 않고 어떤 사람은 눈 운동만 하루 종일 하고 어떤 사람은 한쪽 팔 운동만 계속 하는 것이다.

또 정신적인 노동을 주로 하는 사람은 반드시 신체적인 활동을 일정하게 해주는 운동이 필요하다. 육체노동자의 경우 충분한 휴식과 가벼운 워밍업으로 신체의 피로를 물리치는 것이 좋다.

4) 하루의 활동량을 고려해 종목을 선택.

성인 하루에 섭취하는 열량은 1.868kcal라 한다. 하루에 얼마나 먹고 얼마만한 운동량을 보존해야 하는 것은 아주 중요하다. 부족한 운동은 비만을 가져오고 과도한 운동량은 몸을 여위게 한다.

운동량은 체형에 따라 조금씩 다르지만 보통 일주일에 2,000~3,500cal를 소모하는 것이 이상적이다. 이 운동량은 일주일에 6~8시간의 자전거타기와 달리기에 해당된다.

5) 건강상태에 맞는 종목을 선택

고혈압이나 당뇨, 빈혈 등 질병이 있다면 이를 우선적으로 고려하여 운동 종목을 선택한다. 예를 들어 고혈압이 있는 경우에는 호흡이 자연스레 가벼운 운동을 하여야 하며 무리하고 강도가 높으며 머리가 아래를 내려가는 운동을 하지 말아야 한다.

또 아무리 해도 시간이 없는 경우라면 정식으로 운동할 시간이 올 때까지 기다리는 것보다 짬짬이 체조를 하여 유연성을 기르고 맨 손으로 어디서나 할 수 있는 팔굽혀 펴기나 윗몸 일으키기, 턱걸이 등으로 근력운동을 대신하면서 일과 중에 계단 오르기나 빨리 걷기 등을 실천해 나가는 것이 바람직하다.

아령 든 여자, 에어로빅 하는 남자

일반적으로 여성에 비해 남성이 성인병에 걸릴 위험성이 훨씬 높다. 흡연이나 음주 스트레스에 노출될 가능성이 크다는 이유도 있지만 남성 호르몬인 테스토스테롤리 동맥경화 등 성인병을 유발하는 하나의 요인으로 작용하기 때문이다.

따라서 여성보다도 남성이 호흡, 심장 및 혈액순환 기능을 튼튼히 해야 한다. 전신 지구력을 높이고 그로 인해 성인병 예방효과를 얻을 수 있도록 한층 더 신경을 써야 한다. 이러한 효과를 주는 운동 종목을 스포츠의학에서는 유산소 운동, 에어로빅운동이라 부른다. 에어로빅복을 입고 음악에 맞춰 몸을 신나게 움직이는 에어로빅체조만 에어로빅이 아니고 걷기나 달리기, 수영 등의 운동이 이에 속한다. 이런 운동들은 말 그대로 체내 산소를 잘 공급할 수 있어서 유산소 운동, 에어로빅이라 하는 것이다.

그에 반해 주로 중량의 기구를 드는 운동인 웨이트트레이닝 역기는 한꺼번에 많이 힘을 쓰지만 호흡, 심장 및 혈액순환의 기능을 강화하는 효과가 적다. 체내에 산소공급이 불충분하기 때문이다. 그래서 무산소 운동, 언에어로빅이라고 부른다. 따라서 웨이트트레이닝으로 근육을 길러 남자다움을 과시하는 것이 목적이 아니라면 에어로빅체조를 하는 편이 건강 증진이나 고혈압, 심장병 등 성인병 예방을 위해 더욱 효과적이다. 또한 에어로빅체조는 남성들이 뒤떨어지기 쉬운 유연성을 길러주는 효과도 뛰어나다.

한편 웨이트트레이닝 같은 근육운동은 남성보다 여성이 더 많이 해야 한다. 신체구성상 여성이 20~24%의 지방조직과 23%의 근육조직을 갖는 반면, 남성은 12~16%의 지방조직과 40%의 근육조직을 갖고 있기 때문이다. 즉 여성의 근육은 남성에 비해 50%밖에 되지 않는다. 여성호르몬인 에스트로겐이 근육을 위축시키는 요인으로 작용하는 까닭이다. 이런 신체적 차이는 여성이 남성에 비해 기운을 쓰지 못하고 무기력해지기 쉽게 만드는 요인이며 중년으로 접어들면서 남성보다 여성이 비만증에 걸릴 가능성을 더욱 크게 만든다. 신체에서 근육이 차지하는 비율이 적다보니 상대적으로 지방비율이 높아지고 가뜩이나 적은 근육량에 운동부족까지 겹치면 근육이 더욱 위축되고 신체 대사량이 급격히 줄어들면서 어느새 내 몸을 내가 감당 못하는 사태가 떨어지게 된다. 따라서 여성들의 운동프로그램에는 반드시 근육운동이 들어가야 한다. 살찐 여성들을 보면 지방이 몸에서 움직임이 적은 팔의 윗부분과 옆구리, 그리고 복부에 집중되는데 특히 복부 비만은 성인병의 주요한 원인이 된다. 이때는 아령이나 바벨 등 근육운동을 해야만 더 빨리 지방질을 감소시켜 성인병 예방효과를 얻을 수 있다. 근육운동은 몸 매달리기에 매우 효과적이다. 몸이 약한 여성은 근육을 증가시킴으로써 빈약한 부분을 살릴 수 있다. 더욱이 근육운동은 갱년기 이후의 여성들에게 흔히 나타나는 골다공증을 예방하는데도 큰 도움을 준다. 그러므로 30세 중반 이후부터 낮아지는 뼈 밀도를 유지하는 노화를 지연시키기 위해서는 근력운동이 필수적이다. 적절한 근육운동은 주부들에게 많은 요통을 예방 치료하는데 효과도 있다.

이렇게 명백한 장점이 많다는 것을 강조해도 혹시나 근육이 불룩불룩 튀어나와 육체미선수처럼 되지 않을까 하는 걱정 때문에 여전히 근육운동을 꺼리는 여성들이 있을 것이다.

하지만 분명히 말하건대 역도선수나 육체미선수처럼 특수훈련을 받기 전에 그렇게 되기는 상당히 힘들다. 그래서 내 말을 믿지 못하겠다면 요즈음 새롭게 선보이고 있는 여성전용 헬스클럽을 찾아가서 진작부터 근육운동을 해온 몇몇 여성들에게 확인해보아도 좋다.

실제로 근육운동을 해본 여성들의 경험담에 의하면 1주 정도만 지나도 몸이 가벼워지고 2개월 정도 하면 몸무게 3~4kg 정도는 넉넉히 빠지고 4~5개월 지나면 몸매와 자세가 달라진다고 한다. 건강하고 날씬해지고 싶은 여성들은 이제부터 아령을 들어야 한다. 그렇다고 무거운 것을 들어야 효과가 있다고 생각해 무리하지는 말아야 한다. 욕심내어 너무 힘이 많이 들게 운동하면 오히려 역효과가 난다. 근육이 긴장되고 뼈에 자극이 될 정도면 효과는 충분하다. 여성 헬스의 기본요령은 가벼운 운동을 하는 대신 횟수를 늘이고 동작을 남성보다 빨리 하는 것이다.

근육운동에는 근력운동과 근지구력 운동의 두 가지 종류가 있다. 근력운동은 자기 최대 힘의 80~100%에 해당되는 운동을 하면서 근육의 힘을 기르는 것이고 근지구력운동은 최대 힘의 50~70%에 해당되는 운동을 반복하면서 길어진다. 근력운동은 근지구력운동에 비해 근육이 더 비대해지고 여성은 근지구력운동이 더 바람직하다. 그렇다고 근력운동만 줄곧 하라는 뜻은 아니다. 먼저 걷기나 달리기, 자전거타기 등의 유산소운동으로 20~30분 정도 땀을 흘린 후 근력운동에 들어가야 한다.

고혈압

우리 몸에서 심장은, 수축과 확장을 반복하면서 혈액을 받아들이고 또 전신으로 보낸다. 이 과정에서 혈액은 혈관 벽에 일정한 압력을 가하게 되는데 그게 바로 혈압이다.

혈압은 보통 최고 혈압(수축기 혈압)과 최저 혈압(확장기 혈압)이라는 두 가지 수치로 나타낸다. 심장이 수축할 때는 혈관의 압력이 높아지고, 심장이 확장할 때는 혈관의 압력이 낮아지기 때문이다.

정상 혈압은 최고 혈압이 120mmHg 정도이고 최저 혈압은 80mmHg 정도로, 흔히 120/80mmHg로 표시한다. 일반적으로 최고 혈압이 140mmHg 이상이고 최저 혈압이 90mmHg이상일 때 고혈압으로, 최고 혈압이 100mmHg 이하이고 최저 혈압이 60mmHg 이하일 때 저혈압으로 분류한다.

혈압, 제대로 알아야 조절할 수 있다

환자가 아닌 정상적인 사람도 때때로 혈압이 높아지거나 낮아진다. 하루 중에도 수시로 변하는데, 아침에 눈을 뜰 때 혈압이 비교적 높고 오전 10시 전후에 최고치가 되며, 차차 떨어져 수면 중인 밤 2시경에 가장 낮다.

또 정신적으로 안정을 취할 때는 혈압이 내려가지만, 흥분상태일 때는 혈압이 올라간다. 식사 후나 커피를 마신 후, 담배를 피울 때도 혈압이 올라간다. 날씨가 추우면 혈관 수축으로 혈압이 올라가고, 날씨가 따뜻하면 혈관이 열려 혈압이 내려가게 된다. 따뜻한 목욕탕물 속에 앉아있어도 혈관이 열려 혈압이 다소 내려간다.

운동과 같은 신체적인 활동 중에도 혈압이 올라가는데, 특히 운동선수의 경우에는 심장이 펌프질을 하는 힘이 워낙 좋기 때문에 최대 운동 시 혈압이 일반인들 보다 더 많이 올라가게 된다. 이렇게 운동으로 올라간 혈압은 운동이 끝나고 5분 정도 지나면 다시 정상으로 되돌아가는데, 보통 운동 전의 혈압보다 더 내려가게 된다.

한편, 안정 시에 재어본 혈압이 같아도, 운동 중에 혈압이 빨리 증가하는 사람이 있는가 하면 느리게 증가하는 사람도 있다. 저혈압이거나 심장이 약할 경우는 운동 중에 혈압이 증가하는 속도도 느리고 최대 운동 시 혈압도 정상인의 최대치에 미치지 못하는 경향이 있다.

반면에 낮은 운동 강도에서도 혈압이 급상승해 뇌출혈 있는데, 그걸 모르고 심한 운동을 하다가 혈압이 급상승해 뇌출혈 등 위험한 상태에 빠지는 경우가 있으므로 주의해야 한다. 혈압은 상황에 따라 각기 달라질 수 있으므로 혈압을 측정할 때는 편안히 앉아서, 심장의 높이 정도로 팔을 올려 높고 측정한다. 혈압을 재기 전에 약 10분간의 안정시간이 필요하며, 30분 이내에는 흡연과 커피 등을 금해야 한다.

자주 혈압을 체크하는 고혈압환자의 경우에도 지금까지 말한 사항들을 잘 염두에 두고 혈압을 재는 것이 좋다.

고혈압도 안정 시의 혈압이 어느 정도 올라가는가에 따라 몇 가지로 분류한다.

-경계 고혈압: 혈압이140/90mmHg에서 160/100mmHg까지.

-중등증 고혈압: 160/100mmHg에서 180/110mmHg까지.

-중증 고혈압: 180/110mmHg 이상.

정상 혈압의 기준은 나이나 성별에 따라 다소 차이가 있을 수 있다.

예를 들어 3, 40대인 경우, 혈압이 140/90mmHg에서 160/95mmHg사이를 기록한다면 고혈압이 틀림없지만, 60세 이상의 고령자는 반드시 그렇다고 단정할 수 없다.

고혈압이 진행되고 있는지를 모르고 있다가 위급한 상황을 맞게 되는 경우가 흔히 있다. 그러므로 혈압을 자주 측정해 보는 것이 바람직하다. 건강진단을 할 때는 고혈압이라는 결과가 나와도, 그 후에 혈압을 재어보면 정상인 경우도 적지 않다. 따라서 여러 번 반복해서 혈압을 측정해서 혈압이 기준치보다 높을 때 고혈압환자로 판정한다.

고혈압을 예방, 치료하려면

고혈압은 우리나라 성인 중에 18%가 가지고 있다는 통계가 있으며, 특히 직장 남성들에게 많다. 일반적으로 여성은 남성에 비해 10mmHg 정도 혈압이 낮은 경향이 있다. 하지만, 고혈압을 남성들만의 전유물이라고 생각해서는 안 된다. 50대 폐경기 이후에 여성들은 갑자기 혈압이 급증해 쉽게 고혈압이 되는데, 이를 모르고 지내는 경우가 의외로 많다. 또한 나이가 들면 동맥경화 현상이 일어나면서 자연히 혈압이 점점 올라가게 되며, 특히 40대 이후에는 이런 현상이 두드러지게 된다. 그러므로 40대 이후에는 혈압에 더욱 신경을 써야 한다.

고혈압은 신장 또는 신장혈관의 이상이나, 내분비계통의 이상 때문에 이차적으로 생기기도 한다. 이를 이차성 고혈압이라고 하는데, 전체 고혈압의 10% 정도이다. 그 나머지 대부분의 고혈압 원인은 정확히 알 수 없는 본태성 고혈압이다. 혈압을 상승시키는 생활습관 때문에 생기는 것이다.

본태성 고혈압의 경우에는 고혈압을 완치시킬 수 있는 방법이 없으므로, 혈압 관리에 실패하면 장기간 강압제를 복용하여 혈압을 낮은 수준으로 내려줘야 된다. 고혈압의 약물 사용은 전문가들 사이에서도 약간씩 이견이 있지만, 일반적으로 최고 혈압이 160 이상, 최저 혈압이 95 이하인 경우에 사용한다.

혈압을 내리는 약물은 한번 사용하면 평생 써야 하고, 전신 무기력증 등 여러 가지 부작용이 따르기 마련이다. 가장 최선의 방법은 강압제를 복용하지 않고 비약물적 요법으로 혈압을 조절하는 것이다. 그러나 말처럼 쉽지가 않아 중도에 그냥 포기하는 경우도 있는데, 그대로 방치하면 중풍, 협심증, 심근경색증 등 치명적인 질환이 발생할 확률이 높아진다. 이와 같은 고혈압 관련 질환은 국민 사망원인 중 30%를 차지한다. 또 고혈압이 다른 성인병으로 발전하는 비율은 관절염 36%, 당뇨병 18%, 심장병 16%, 만성폐질환 7%, 요통 5% 순이다.

따라서 고혈압을 적극적으로 예방과 치료해야 한다는 것은 아무리 강조해도 지나치지 않다. 고혈압 예방과 치료를 위한 생활법부터 설명하면 다음과 같다.

첫째, 식생활에서 나트륨의 섭취를 줄일 것.

짜게 먹으면 고혈압이 생기기 쉽다는 것은 익히 잘 알려진 사실이다. 에스키모인은 고혈압이 거의 없는데, 짠 음식을 먹지 않기 때문인 것으로 밝혀졌다. 정상인도 하루 염분을 30g 정도 섭취하면 혈압이 약간 상승하게 된다. 한국인은 하루 평균 20~25g의 소금을 섭취하고 있다. 고혈압을 예방 치료하려면 하루 염분 섭취량을 5~10g으로 낮춰야 한다. WHO(세계보건기구)에서는 하루에 10g 미만의 소금 섭취를 권장하고 있다. 집에서 요리할 때는 지금보다 훨씬 싱겁게 간을 하고, 밖에서 먹는 음식도 나트륨수량을 알아보고 선택한다.

둘째, 비만이 되지 않도록 유의할 것.

비만이 되면 혈압이 올라갈 뿐만 아니라 모든 성인병의 위험이 높아진다. 비만인 사람은 염분 섭취를 줄임과 동시에 전체 열량과 지방질의 섭취를 줄여 체중을 조절해야 한다. 과식을 하지 않고, 음식은 천천히 충분하게 씹어 먹는 것도 필요하다. 비만을 막아줄 뿐만 아니라, 혈압의 급상승을 방지하는 하나의 방법이 된다.

셋째, 알코올의 섭취를 줄여야 한다.

약간의 술이 혈액순환에 도움이 될지는 몰라도, 지속적인 음주나 과음은 혈압이 올라가게 하는 원인이 된다. 술을 마실 때는 모르지만, 술이 깬 다음에는 대체로 혈압이 높아지기 때문이다. 미국의 통계 자료에 따르면 고혈압 환자의 5~10%가 알코올로 인해 고혈압이 된다고 한다.

넷째, 흡연을 삼가할 것.

다섯째, 스트레스를 해소할 것.

생활에서 화를 자주 내거나 긴장이 계속되면 혈압에 나쁜 영향을 미친다.

여섯째, 운동을 알맞게 할 것.

고혈압 예방과 치료를 위해서는 이상의 모든 사항을 잘 지키는 것이 중요하다. 그 중에서도 운동은 체력을 단련하고, 고혈압을 예방하고 치료하는 데 매우 중요한 역할을 한다.

가끔씩 보면 운동으로 혈압이 더 오르지 않을까 걱정하는 환자들을 만나게 되는데, 절대 그렇지 않다. 규칙적으로 알맞은 운동을 계속하게 되면, 운동 중에 급격히 혈압이 올라가는 일도 적어지고, 스트레스 해소 효과와 함께 혈압이 자연스럽게 조절된다.

고혈압 운동 요법의 실제

비교적 가벼운 편인 경계 고혈압의 경우에는 꾸준히 운동을 하면 보통 2개월 이후부터 혈압이 안정되는 효과를 볼 수 있다.

필자의 임상경험에 의하면, 안정 시 혈압이 180/110mmHg 정도까지의 고혈압은 약물 요법 없이 6개월 이상 꾸준히 운동 치료를 하고, 더불어 식생활 등 생활 습관을 개선하면 혈압을 정상화시킬 수 있다.

운동을 통한 혈압 조절은 약물요법과 달리 부작용 없이 혈압을 내릴 수 있을 뿐만 아니라, 심장기능이 향상되고 혈관에 탄력이 생겨 동맥경화가 감소되는 등 신체의 모든 기능이 크게 향상되는 부수적인 효과까지 얻을 수 있다. 단, 고혈압환자는 운동 전에 반드시 사전 검사를 하는 게 좋다. 심장에 이상이 없는지, 운동 중의 혈압이 어느 정도 올라가는지를 알아보는 운동 정밀검사를 받아야 안전하다. 그리고 운동 중에 혈압이 200mmHg 이상 올라가는 운동은 피하는 것이 좋다.

그럼, 구체적으로 어떻게 운동을 해야 할 것인가.

기본적으로 한꺼번에 힘을 쓰는 무산소 운동은 피하고 유산소 운동을 중심으로 운동을 해야 한다. 운동 종목은 빠르게 걷기, 조깅, 자전거 타기, 수영 등이 좋다. 너무 과다하게 혈압이 올라가기 때문에 40대 이후에는 빠르게 걷기가 제일 권할 만하다(159쪽 걷기 운동 진도표 참고)

30대의 경계 고혈압에는 조깅도 효과적이다. 그러나 처음부터 무리하게 달리면 안 된다. 준비 운동을 철저히 하고 차츰 속도를 증가시키면서 달리는 것이 좋다. 운동 후반부에는 차츰 달리는 속도를 낮추어 마무리하도록 한다. 처음에는 달리면서 콧노래를 부를 수 있는 정도로 20~30분간 3~4km 정도 달리는 게 좋다. 가벼운 정도의 고혈압이라면 온 몸의 긴장을 완화시켜주는 체를 틈틈이 해주면서 출퇴근길에 20~30분 정도씩 빠르게 걷는 것도 효과적이다.

고혈압이면서 허리가 약하다거나, 관절이 좋지 않은 사람은 수영도 괜찮다. 그러나 고혈압이 180/110mmHg 이상일 때, 심혈관계합병증이 있거나 남성 20%, 여성 30% 이상의 비만이면서 고혈압이 있을 때는 전문가와 상의한 후에 결정해야 한다.

비교적 나이가 많은 고혈압환자는 폐의 부담을 가능한 한 피할 수 있는 배영이 좋고 여유 있게 수중체조 등을 하는 것이 바람직하다. 나이가 아직 젊더라도 너무 무리하게 수영을 하면 뇌출혈 등의 위험을 피할 수 없으므로 주의해야 한다. 걷기, 달리기, 등산, 수영 등의 유산소 운동도 너무 오래 하거나 무리하게 하면 무산소운동과 마찬가지가 된다. 하지만 너무 강도가 약한 운동도 혈관의 강화나 고혈압 예방 치료에는 도움이 되지 않는다. 운동을 한 뒤 심장의 박동수가 100이하인 운동은 효과가 없다. 숨이 조금 찰 정도의 강도가 가장 좋다.

<고혈압 정도에 따른 걷기 운동>

고혈압 정도가 가벼운 경우

운동단계(주)	거리(km)	운동시간(분)	운동 빈도
1~2	1.6	14	
3~4	2.0	17.5	
5~6	2.4	21	
7~8	2.8	24.5	
9~10	3.2	28	
11~12	3.6	31.5	
13~14	4.0	35	주4회
15~16	4.4	38.5	
17~18	4.8	42	
19~20	5.2	45.5	
21~22	5.6	48	
23~24	6.0	52.5	

중간 정도의 고혈압환자인 경우

운동단계 (주)	거리 (km)	운동시간 (분)	운동 빈도
1~2	1.6	20	
3~4	2.0	25	
5~6	2.4	30	
7~8	2.8	35	
9~10	3.2	40	주3회
11~12	3.6	45	
13~14	4.0	40	
15~16	4.4	55	
17~18	4.8	60	

중한 정도의 고혈압환자인 경우

운동단계 (주)	거리 (km)	운동시간 (분)	운동 빈도
1~2	1.6	16	
3~4	2.0	20	
5~6	2.4	24	
7~8	2.8	28	
9~10	3.2	32	주4회
11~12	3.6	25	
13~14	4.0	40	
15~16	4.4	44	
17~18	4.8	48	

고혈압 환자의 운동은 하루에 30분에서 한 시간 정도로 일주일에 최소 3일 이상해야 효과가 있으며, 5일 정도하는 것이 가장 이상적이다.

혈압이 높은 사람에게 역기, 아령, 벤치 프레스 등의 웨이트 운동이나 밀기, 당기기, 매달리기 등 갑자기 힘을 쓰는 무산소 운동은 위험할 뿐만 아니라, 병을 치료하는 데도 별로 도움이 되지 않는다. 고혈압환자가 헬스클럽에서 바벨을 무리하게 들다가 사고가 나는 경우가 흔히 있다. 꼭 웨이트 운동을 하고 싶다면, 먼저 스트레칭을 철저히 하고, 러닝머신이나 사이클을 이용한 운동을 해준 후에 가벼운 강도로 반복하는 순환 웨이트 운동을 해 유산소적 운동이 되도록 한다.

농구, 테니스, 배구 등 자칫 격해지기 쉽고, 쉴 틈이 별로 없는 단체 운동은 혈압을 올려 뇌출혈을 일으킬 수 있으므로 자제하는 것이 좋다. 골프도 여유 있게 걸으면서 스윙하는 정도가 아닌, 게임성이 짙은 것이라면 피한다. 한편, 저혈압의 경우에도 심폐 지구력을 기르기에 좋은 운동으로 숨이 좀 찰 정도로 30분씩 일주일에 3일 이상하면 심장기능 향상과 더불어 혈압이 정상화된다.

한 가지 명심할 것은 저혈압 환자의 경우, 운동 도중이나 운동 후에 서서 쉬지 않도록 한다. 피가 밑으로 다 내려가 뇌빈혈을 일으키기 쉽다. 잠깐 벤치에 누워서 쉬는 것이 좋다. 또 운동 후에는 탕 속에서 목욕을 하지 말고 가볍게 샤워를 해야 뇌빈혈로 어지럽거나 쓰러지는 불상사를 막을 수 있다.

고혈압환자의 운동에서 유의할 사항 5가지

첫째, 오전 7시경부터 10시까지는 통계적으로 혈압이 올라가고 심장의 부담이 늘어나므로 운동을 피하는 것이 좋다.

둘째, 식후에는 혈압이 10정도 올라가게 되므로 운동을 하지 않는다. 식후에 바로 운동을 하면 소화 흡수에도 부담이 되고 혈류에도 이상을 초래한다.

셋째, 충분한 준비운동으로 전신을 따뜻하게 한 다음, 천천히 본 운

동으로 들어간다. 운동을 끝낼 때에도 천천히 끝내고 정리체조를 잊지
말도록 한다.

넷째, 추운 날씨에 운동을 할 때 특히 주의를 해야 한다. 갑자기 찬
공기에 나가면 혈압이 급증하게 되므로, 집안에서 가벼운 체조를 한
뒤에 바깥으로 나가도록 한다. 보온이 잘되는 옷을 입고, 마스크를 건
다. 날씨가 너무 추울 때는 밖에서보다는 따뜻한 실내에서 운동을 하
는 것이 좋다.

다섯째, 운동이 끝난 후에 땀이 식은 상태에서 오래 있지 않도록 주
의한다. 운동 중에라도 땀이 많이 나면 바깥에서 몸을 식히지 말고 집
안에 들어와서 실온에서 식혀야 한다.

그밖에 생활 속에서 알아 두어야 할 몇 가지

-고혈압 환자가 찬물에 갑자기 손을 담근다든가 냉수에 갑자기 들
어가는 것은 때로 위험할 수 있다. 차가운 물에 손을 담그는 것만으로
혈압이 10~20mmHg 정도 증가되기 때문이다.

-고혈압 환자에게는 화장실도 주의해야 할 장소이다. 대변을 볼 때
지나치게 힘을 주면 혈압이 올라가면서 뇌혈관이 견디다 못해 터지는
경우가 종종 있다. 일단 중풍이 오게 되면 회복되기 여간 어렵지 않으
므로 주의한다. 그렇다고 억지로 참아서도 안 된다. 섬유질이 많은 음
식과 수분 섭취에 유의해 변비가 되지 않도록 하고 매일 아침 화장실
에 가는 습관을 들이는 것이 좋다.

-뜨거운 물 목욕이나 사우나는 혈압을 더 올라가게 만든다. 고혈압
환자의 목욕물은 39~40도 정도의 온도가 적당하고 탕에 들어갈 때는
5분씩 두 번 나눠 들어가도록 한다.

-급격한 기온차이는 혈압을 올리는 원인이 된다. 따라서 실내와 기
온차가 크지 않도록 냉, 온방에 신경을 써야 한다. 외부 기온과의 차이

는 5도 이내여야 하며, 습도는 60%가 적당하다.

- 명상이나 요가 수련, 긴장을 완화시키는 체조 등은 혈압을 내리는 데 도움이 된다.

고혈압 완화를 위한 체조

❶ 목덜미를 오른손으로 잡고 왼쪽으로 돌린다. 반대쪽도 마찬가지로 해서 각 5회씩 한다.

❷ 앉아서 양손을 무릎 위에 얹은 다음 숨을 깊이 들이 쉬면서 어깨를 최대로 올린다. 3~5초간 유지했다가 어깨 힘을 빼면서 숨을 내쉬기를 5회 정도 반복한다.

❸ 어깨에 양손을 얹고 팔을 앞으로 5회, 뒤로 5회 돌린다. 그 다음으로 어깨를 앞뒤로 돌려 줘도 된다.

❹ 양손가락으로 코 위에서 올라간 직선과 귀에서 올라간 직선이 만나는 곳을 중심으로 그 주변을 전체적으로 눌러 주면서 가볍게 걷는다.

❺ 웃는 표정, 우는 표정, 최대한 얼굴을 적게, 최대한 얼굴을 크게 멀리보기, 가까이 보기 등 다양한 표정을 지어 본다. 그런 후에 눈 주위를 마사지하고 관자놀이도 눌러 준다.

❻ 팔을 힘껏 뻗어 올려 양손가락을 고리 걸어 서로 잡아당기면서 6초간 정지한 다음, 좌우로 각 2회씩 굽힌다. 다음으로 팔을 뻗은 상태에서 양손을 맞잡고 아래로 밀면서 6초간 정지한다. 좌우 손을 교대로 할 것.

❼ 양다리를 어깨선까지 벌리고 차렷 자세를 취한다. 양팔을 적당히 벌렸다가 가운데 손가락이 닿는 허벅지 옆 부분을 가볍게 두드려 준다.

❽ 발을 어깨너비로 벌리고 편안한 자세로 서서 양손가락 끝이 마주

닿도록 하면서 리드미컬하게 두드려 준다. 이때 발뒤꿈치도 같이 리듬감 있게 들었다 내렸다 하거나 가볍게 걸으면 좋다. 20~30회 반복한다.

당뇨병

예전에는 그리 흔치 않아서, 부자병이라고도 불리던 당뇨병이 요사이 급증하는 추세다. 전 인류의 5%가 당뇨환자라는 통계도 있다.

당뇨병은 췌장에서 분비되는 인슐린이 부족해, 혈액 속에 있는 당이 세포 속으로 들어가지 못하면서 생긴다. 그 결과 세포는 에너지 빈곤상태인데 혈당치는 높고 소변으로 당이 나오는 대표적인 대사성 질환이다.

정상인의 혈당치는 공복에서 80~120mg/dl. 식후 2시간 후에는 140mg/dl 이하 정도. 만약 공복 시 혈당이 140mg/dl 이상이거나 식후 혈당치가 200mg/dl 이상일 경우는 당뇨병으로 진단받게 된다. 그 원인으로는 유전적인 성향도 만만치 않다. 부모 모두가 당뇨인 경우 자식이 당뇨병에 걸릴 확률이 57.6%, 부모 중 한 사람만 당뇨인 경우 27.3%, 모두 정상일 때는 0.87%이다. 그러나 어떤 유전인자 때문이라기보다는 가족간에는 비슷한 식습관과 생활습관을 갖는 경향이 있기 때문에 이런 통계가 나오는 것이다.

대부분의 당뇨병은 불규칙한 식습관이나 정신적인 갈등 등 생활습관에 의해 생긴다. 요즘은 나이 든 사람들뿐만 아니라 30대 이전의 젊은 이들, 심하게 다이어트를 하는 여성들, 심지어 어린아이들 까지도 당뇨병에 걸리는 경우가 흔히 있다. 특히 평소에 비만한 사람, 배고플 새도 없이 늘 과식하는 사람은 당뇨에 걸리는 확률이 높으므로 미리 주의를 기울여야 한다. 또한 여성들의 경우는 임신 중에 당뇨병이 나타나면 그 중에 반 정도는 다시 재발되므로 조심해야 한다.

당뇨병을 미리 예방하려면

갈증이 전보다 심하다, 늘 배고픔을 느낀다, 단 것을 필요 이상으로 좋아한다. 두 발이 저리고 붓는다, 소변을 자주 보며 많이 보게 된다, 소변에 거품이 턱없이 많이 생긴다. 이런 증상이 있으면 일단 당뇨가 의심되므로 진단을 받아보는 것이 좋다. 그러나 별다른 증세 없이 당뇨병이 진행되는 경우가 많고 자각 증상을 느낄 때는 이미 상당히 진행된 상태일 가능성이 높다. 조기에 발견하려면 건강한 사람도 1년에 한번 이상 정기적인 당뇨 검사를 받아 볼 필요가 있다. 아침식사 2시간 후에 소변 검사를 하거나 보다 정확히 하려면 혈당 검사를 하면 된다.

당뇨병이 무서운 것은 혈당이 올라가 소변에 당이 나오는데 그치지 않고 여러 가지 만성 합병증을 일으킨다는 점이다. 당뇨로 인해 동맥경화가 빨리 와서 혈압이 높아지고 급기야 중풍이 오는 수도 있고 심장에 혈액 공급이 안 되거나 다리 등에 말초혈관이 막히는 등으로 인해 여러 가지 무서운 합병증을 얻을 수 있다. 또 발 궤양으로 최악의 경우는 썩어 들어가는 다리를 잘라야 하는 경우까지 생긴다. 연골과 관절에 이상이 오는 수도 있고 신장기능이 악화되거나 시력을 잃기도 한다.

당뇨병을 예방하기 위해서는 비만 해소와, 식생활의 개선, 운동부족 및 스트레스를 제거하려는 노력이 필요하다.

당뇨병의 운동 효과와 식이요법 요령

기본적으로 혈당이 250mg/dl까지는 운동 요법과 식이 요법만으로 충분히 조절 가능하다. 당뇨 합병증이 없을 경우에는 공복 시 혈당이

300mg/dl 이하까지도 약물을 쓰지 않고, 식이 요법과 운동요법으로 조절할 수 있다.

운동의 효과는 흔히 소아 당뇨라고 불리는 인슐린 의존형 당뇨병(제1형 당뇨병)보다 성인 당뇨인 인슐린 비의존형 당뇨병(제2형 당뇨병)에서 더 크게 나타난다.

소아 당뇨의 경우 인슐린 투여와 운동을 병행해야 하지만, 인슐린에 의존하지 않는 성인 당뇨 환자의 경우 식이 요법과 함께 운동 요법을 해보고, 그래도 혈당이 조절되지 않으면 약물을 쓰는 것이 원칙이다. 약물에만 의존할 경우에는 어느 시점에 가서 췌장의 기능이 그 약물에 의해 전혀 기능을 할 수 없게 되고, 평생 인슐린으로 당을 조절해야 하는 비극적인 상황에 놓이게 된다.

먼저, 당뇨병의 식이요법 요령.

기본적으로 배부르게 먹지 말고 시장기가 가실 정도로 먹는 것. 좀 더 구체적으로 설명하면 다음과 같다.

첫째, 총칼로리 및 당질을 제한하라.

환자의 키, 체중, 직업, 성별, 건강 상태, 활동량을 고려해 하루 칼로리 섭취량을 정하고 그에 맞는 식단을 작성한다. 사람마다 차이는 있지만 보통 하루 1500~1800cal를 권하고 있으며, 비만인 경우는 더 제한된다. 비만한 당뇨환자는 체중을 1개월에 1kg 정도 줄여야 한다.

둘째, 영양소가 균형 잡힌 식습관을 유지하라.

대한당뇨병학회는 당뇨병 예방을 위해 우리나라 식단에서 75%까지 차지하고 있는 탄수화물의 비중을 55~60%로 제한하고, 지방질은 20~25%, 단백질은 15~20%로 맞춰 먹을 것을 권하고 있다. 특히 지방의 양을 지키는 것이 중요하다. 지방을 많이 섭취하면 심혈관계 합병증이 생기기 쉽고, 너무 적게 먹으면 탄수화물과 단백질의 섭취가 많아져서 지질대사에 이상이 생기기 때문이다.

셋째, 식사와 간식은 규칙적으로 고르게 먹어라.

하루 네 끼로 나눠 먹되 어느 한 끼에 많은 열량이 편중되지 않도록 골고루 배분해야 한다. 아침 20%, 점심 35%, 저녁 30%, 늦은 저녁 15% 정도의 비율로 식사량을 잡는 것이 좋고, 경우에 따라 아침 후 간식, 점심 후 간식이 필요하며 간식 시간도 일정해야 한다.

넷째, 혈당조절에 해로운 음식은 피하라.

치료는 물론 예방을 위해서도 기름이나 설탕이 많은 음식, 술이나 청량음료, 단 후식은 제한해야 한다. 섬유소가 포함된 야채류, 잡곡류, 해조류 등은 혈당조절에 효과적이다. 저염식과 금주는 필수이며, 비타민, 무기질의 충분한 섭취에 신경을 써야 한다.

당뇨병은 영양과잉과 신체활동이 극히 줄어든 편리한 생활이 가장 큰 원인이므로 생활개선과 더불어 운동이 필수적이다.

당뇨병 환자가 운동을 할 경우 말초조직의 혈류량이 증가되고, 핏속의 당 처리 속도가 빨라져 산소 공급량이 늘어나면서 혈당이 내려가게 된다. 인슐린이 양적으로 많아지는 것은 아니지만, 인슐린 감수성이 높아져 체내에 있는 소량의 인슐린으로도 그 기능이 크게 증가하게 된다. 또한 지질대사 장애를 감소하고, 혈전 형성을 예방하며, 조기 동맥경화증을 억제하여 혈압의 증가를 방지하는 등 여러 가지 이점이 있다.

운동을 시작한 초기에는 더 제한된다. 비만한 당뇨환자는 체중을 1개월에 1kg정도 줄여야 한다. 운동을 시작한 초기에는 약간의 혈당 상승이 일어나기도 하지만 계속하면 혈당 강하 효과가 뚜렷하게 나타난다. 특히 비만으로 생긴 당뇨는 운동으로 혈당치를 개선하는 것이 가장 바람직한 방법이다. 무엇보다도 운동요법은 환자에게 자신감을 심어준다.

식사 요법이나 운동요법 이외에도 혈당 조절을 어렵게 만드는 스트레스에 대한 대책을 세우고 순환장애의 원인이 되는 흡연을 금지해야 한다.

당뇨병 운동요법의 실제

혈당이 250mg/dl 이상일 때는 소변 검사를 해서 소변에 인체에 치명적인 영향을 주는 '케톤'유무를 검사한 후, 치료 방향을 결정한다.

케톤이 나온 경우엔 인슐린을 투여하여 혈당을 내리면서 운동을 병행하는 것이 바람직하다. 만약 소변에 케톤이 발견된 상태에서 무리하게 운동을 하게 되면, 혈당치가 떨어지는 것이 아니라 오히려 간에서 포도당이 합성되고 케톤만 급증하게 되는 등 커다란 부작용을 초래해 생명까지 위협할 수 있다. 따라서 당뇨병이 아주 심하다는 판정을 받은 경우는 임의로 운동을 하기보다 담당의사와 상의하고 운동처방 전문가의 지도 아래 운동을 실시하도록 하는 것이 안전하다.

당뇨병 운동은 혈당 조절과 혈중 지질의 개선에 가장 효과가 큰 유산소운동이 기본이다. 전체적으로 유산소운동과 저항성 운동을 8 대 2 정도 되게 구성한다. 운동 강도는 조금 힘들 정도의 강도인 60~75% 범위로 정하는데, 다음 날까지 피로하지 않을 정도의 양이 알맞다.

제1형 당뇨병환자의 운동 시간은 20~30분 정도로 좀 짧게 잡고 강도도 더 낮춰야 한다. 제2형 당뇨병환자는 40~60분 정도로 좀 길게 잡는 것이 더욱 효과적이다.

운동 간격은 혈당조절이나 인슐린의 감수성을 높이기 위해서 적어도 주 3회 이상은 해야 하며, 체중조절이 필요한 경우는 주 5회 이상 하는 것이 바람직하다. 또 평소 일상생활에서의 운동량이 어느 정도였는가를 먼저 파악하고 그 결과를 참작해 점진적으로 운동의 강도와 양을 늘여가는 것이 좋다.

종목은 걷기, 조깅, 등산, 가벼운 에어로빅, 줄넘기, 계단 오르기, 수영, 실내에서 트레드밀 걷기나 고정식 자전거타기 중에 고르는 것이 좋다. 중증이 아닌 경우는 탁구, 배드민턴 중에 좋아하는 것을 선택할 수도 있다. 하지만 너무 무리한 운동이나 경쟁성, 게임성이 강한 운동은 삼가 해야 한다.

운동의 종류를 정하는 데는 연령, 당뇨병의 정도와 합병증의 정도를 잘 고려하여 정해야 한다. 혈관질환 등의 합병증이 있는 환자는 심한 뜀박질이 요구되는 줄넘기, 테니스 같은 운동은 피하는 것이 바람직하다. 또 자동차 레이스나 스카이다이빙처럼 긴장도와 위험성이 높은 운동, 신체적인 접촉이 많은 검도나 무술 같은 운동은 피해야 한다.

당뇨병에 가장 좋은 운동은 걷기다. 점차적으로 운동 강도와 시간을 늘이어 1만 보 이상, 혹은 5km 이상 매일 걷는 것이 가장 권할 만하다.

즐거움을 동반하는 스포츠활동에의 참가는 이런 기초 체력 만들기가 행하여진 뒤에라야 비로소 가능하다고 말할 수 있다. 이러한 점에서 운동요법의 지도는 엄격하게 행하여질 필요가 있다.

당뇨환자를 위한 운동 프로그램

운동단계	운동형태	운동강도	운동시간	운동빈도
1단계 (1~3주)	산책, 걷기	40~50%	1형 당뇨:10분 2형 당뇨:15~20분	1형 당뇨: 주4일 2형 당뇨: 주4일
2단계 (4~6주)	걷기, 조깅 자전거타기 등	50~55% 50~55%	1형 당뇨:15분 2형 당뇨:20~30분	1형 당뇨: 주5일 2형 당뇨: 주4일
3단계 (7~9주)	걷기, 조깅, 수영 에어로빅, 체조 등	1형 당뇨: 55~60%	1형 당뇨:20~30분 2형 당뇨:40분	1형 당뇨: 주5일 2형 당뇨: 주5일
4단계 (10~12주)	걷기, 조깅, 수영, 에어로빅, 체조 등	2형 당뇨: 60~70%	1형 당뇨:30분 2형 당뇨:45분~60분	1형 당뇨: 주6일 2형 당뇨: 주5일

당뇨병 환자가 운동할 때 꼭 알아 둘 것 10가지

첫째, 운동을 시작하기 전에 심폐 기능을 확인하고, 자기 몸에 맞는 운동량을 정한다. 반드시 전문기관을 찾아서 당뇨병으로 인한 합병증인 동맥경화, 심장병, 고혈압 등의 진행정도를 검진 받은 후에 과학적인 운동처방 아래 운동을 시작해야 불의의 사고를 미연에 방지할 수 있다.

둘째, 혈당치가 너무 높거나 케톤이 나오는 경우는 혈당치가 250mg/dl 이하로 떨어지고 나서 운동을 시작하는 것이 좋다.

셋째, 일반적으로 아침 식전에 운동을 권하는 경우가 많은데, 당뇨병 환자는 절대 금물이다. 다른 때도 식사 전에 속이 빈 상태에서 운동을 해서는 안 된다. 운동 1~3시간 전에 식사를 하고 운동을 해야 한다. 혈 당조절이 잘돼 저혈당에 빠질 우려가 적은 오후 시간을 더 권할 만하다.

넷째, 경구 혈당 강하제나 인슐린을 쓰는 환자들은 약물의 양을 줄 여야 한다. 인슐린 투여는 적어도 운동 1시간 전에 해야 한다.

다섯째, 언제나 저혈당에 대비해서 사탕이나 당분이 든 음식을 지니 고 다녀야 한다. 저혈당으로 인해 혼수상태에 빠지는 수도 있으므로 자신이 당뇨 환자이며, 그런 경우 어떻게 조치해 달라는 표식을 몸에 지니고 운동하는 것이 좋다.

여섯째, 당뇨병환자 중에 특히 비만한 사람은 식사량을 줄이면서 운 동을 해야 한다. 하루 운동으로 연소시켜야 할 칼로리를 대략 살펴보 면 고령자로 합병증의 염려가 없을 때는 80~160 kcal, 비만형 당뇨병 으로 식사요법을 하는 사람은 160~320kcal이다. 하루 당뇨조절이 장기 간 안정되어 있고, 적극적으로 건강을 증진하려는 사람이나 당뇨 예방 을 위해 살을 빼려는 경우, 당뇨병이 생긴 후 5~10년 지났지만 그다 지 증상이 악화되지 않고 어느 정도 운동이 생활화 된 사람은 320 kcal 이상도 가능하다.

일곱째, 단시간 강한 운동은 혈당이 급증하고 케톤이 생길 우려가 있으므로 삼가야 한다. 너무 장시간 운동을 하면 저혈당에 빠지기 쉬 우므로 또한 주의한다. 준비 운동을 포함해 운동 시간이 한 시간을 넘 으면 오히려 해로울 수 있다.

여덟째, 운동 후에 발을 세밀히 살피는 등의 주의가 필요하다. 혈당조절 이 잘 되지 않을 경우 발의 작은 상처도 궤양이 되고 잘못 치료하면 절단 해야 하는 경우도 생긴다. 따라서 운동을 할 때는 신발의 선택에도 유의하는 한편 절대 맨발로 다니지 않도록 하고 발의 변화를 잘 체크한다.

신발은 공기가 잘 통하는 면이나 모로 된 양말과 통기성이 좋고 넉넉한 것을 신도록 한다.

평소에도 양말을 신어 발을 따뜻하게 유지하고, 발톱은 따뜻한 물에 담가서 연해진 후에 똑바로 가로질러 깎아 모서리는 깎지 않도록 하며, 발을 자주 마사지해 주어 혈액순환을 돕는 등 발 관리가 아주 중요하다.

아홉째, 처음엔 앉아서 각 관절을 눌러주는 단순한 스트레칭 동작을 하고, 자신이 생기면 가까운 야산을 1시간 정도 산책하면서 차츰 강도를 늘린다.

열째, 당뇨환자는 각 관절이 굳어있기 쉬우므로 스트레칭 운동을 해주는 것도 증세를 호전시키는데 도움을 준다. 따라서 언제어디서나 할 수 있는 스트레칭 체조 정도는 익혀둔다.

당뇨병 예방과 치료를 위한 체조

❶ 벽과 나란히 40cm 떨어진 다음 팔꿈치를 벽에 대고 손끝을 붙인다. 이 자세에서 엉덩이를 벽에 붙이고 3~5초간 유지한 다음. 제자리로 돌아가기를 10회 정도 실시한다. 발을 떼거나 다리를 구부리지 말고, 좌우 번갈아 할 것.

❷ 기둥이나 문틀을 깍지 껴서 잡고 팔을 뻗으면서 엉덩이를 내린다. 어깨에 힘을 주어 기둥 왼쪽으로 몸을 끌어당긴 다음 5초 정도 있다가 팔을 뻗으면 된다. 오른쪽도 마찬가지 요령으로 각 6회씩 반복한다.

❸ 바르게 선 자세에서 숨을 들이마시면서 어깨를 올리고 목을 움츠린다. 이 자세를 5초간 유지한 후에 힘을 빼고 숨을 내쉬면서 어

깨를 내린다(5~10회 반복).

❹ 팔을 어깨 높이에서 옆으로 뻗고 다리는 어깨 너비로 벌린 채 몸통을 틀수 있는 만큼 천천히 좌우로 비튼다. 이때 뒤꿈치는 바닥에 붙어있어야 한다(8~12회).

❺ 탁자나 의자에서 1m 정도 떨어져 선 다음 허리를 굽혀 양손을 탁자 위에 올린 다음 상체를 아래로 내린다. 허리와 다리는 펴고 어깨에 무리가 가지 않도록 할 것(10회 반복).

❻ 다리를 어깨 너비로 벌리고 숨을 들이마시면서 무릎을 절반 정도 굽히고 5초간 유지하다가 일어난다. 이때 허리는 펴도록 하고 처음에는 2~5회 하다가 차츰 횟수를 늘린다. 뒤에는 발꿈치를 들고 실시한다. 다리 힘을 기르고 하지통을 해소하는 효과가 있다.

❼ 상체를 약간 들어 배에 힘을 준 다음 양 주먹이나 손끝으로 아랫배부터 가슴까지 가볍게 두드려 준다. 20~25초간 실시하고 숨을 내쉴 때는 두드리는 것을 멈춘다.

동맥경화

과거에 우리 조상들은 콜레스테롤이 무엇인지 동맥경화가 무엇인지 몰랐다. 심한 육체노동을 하는데 비해 잘 먹지 못하여 에너지가 부족해서 오히려 기름진 동물성 음식을 자주 먹어야 할 형편이었다.

그러나 현대인들은 아차 하는 사이에 콜레스테롤이 과다하게 축적되어 여러 가지 문제를 일으키기 쉬운 환경 속에 살고 있다. 신체활동은 적어진데 비해, 영양은 과잉 섭취하는 경우가 많기 때문이다.

콜레스테롤의 바른 이해부터

우리 몸속의 콜레스테롤은 많아도 안 되지만, 부족해서도 안 된다. 콜레스테롤은 우리 몸에 꼭 필요한 성분의 하나로, 우리 몸속의 세포를 구성하고 물질 이동과 지방 흡수를 돕고 각종 호르몬을 합성하는 등 많은 역할을 담당하고 있기 때문이다. 그러므로 우리 몸 안에 콜레스테롤은 무조건 나쁜 것이라고 생각할 필요는 없다.

콜레스테롤은 밀도에 따라 크게 두 가지로 나눠지는데, 그 중에는 몸에는 이로운 작용을 하는 고밀도 콜레스테롤(HDL-콜레스테롤)이라는 것이다. 고밀도 콜레스테롤은 말초 동맥벽에 있는 콜레스테롤을 간으로 이동시켜 배설되도록 하는 생리적인 기능을 가지고 있으며 총 콜레스테롤 수치를 내리고, 중성 지방을 제거해 준다. 따라서 고밀도 콜레스테롤 수치는 높으면 높을수록 좋다. 만일 이 수치가 낮으면 혈중에 지방질을 빨리 청소하지 못하게 되어 문제가 생기게 된다. 반면에 저밀도 콜레스테롤은 콜레스테롤을 말초조직으로 이동시키는 생리적인 기능을 가지고 있어서 동맥벽에 콜레스테롤이 쌓이게 하는 원흉이 된다. 그러므로 저밀도 콜레스테롤 수치가 높으면 총 콜레스테롤 수치가 올라가고 성인병에 걸릴 위험이 커진다.

동맥경화증은 사람마다 정도의 차이는 있지만. 보통 20대부터 서서히 진행되기 시작하여 나이가 들어감에 따라 정도가 심해진다.

저밀도 콜레스테롤 수치는 연령의 증가에 따라 꾸준한 증가를 나타내는 것이 일반적이다. 젊었을 때는 남성에 비해 여성이 비교적 수치가 낮은 경향을 보이지만 40대 이후부터는 급격히 증가해 50대에 가서는 평균적으로 남성보다 그 수치가 더 높게 나타나게 된다.

체내에 유익을 주는 고밀도 콜레스테롤은 남녀 모두 연령이 증가하면서 조금씩 줄어든다. 따라서 노화의 한 형태처럼 완전히 피할 수 없는 것이 동맥경화증이다. 하지만 최대한 늦추려는 노력 여하에 따라 건강하게 살아갈 수가 있다.

이런 것을 잘 알지 못하고, 함부로 생활하는 가운데 총 콜레스테롤 수치가 높은 상태가 자꾸 반복되게 되면 금시 동맥 안의 공간이 좁아지는 동맥경화증이 생긴다. 혈관이 자꾸 좁아져서 혈액순환이 잘 되지 않고, 혈관이 굳어지고 탄성을 잃게 되면 결국은 고혈압이 되기도 한다.

심장에 산소와 영양을 공급하는 관상동맥에 콜레스테롤이 축적되면 혈관이 좁아져 협심증이나 심근마비를 일으키게 된다. 또 당뇨병이 있으면 동맥경화증이 되기 쉽고, 이 두 가지 병을 동시에 가지고 있으면 가뜩이나 혈액 속의 당이 세포로 들어가지 못하는데다가 콜레스테롤의 방해까지 더해져, 당뇨병을 가중시키는 주요원인이 되기도 한다. 또 고혈압이 오래 지속되면 필연적으로 동맥경화증이 발생되고 동맥경화증이 있으면 심장병이나 당뇨병이 생기기 쉽다.

즉, 고혈압, 동맥경화증, 당뇨병, 심장병은 서로 밀접하게 연관되어 있다.

동맥경화의 예방과 치료에는 운동이 최고

동맥경화는 동맥 내부의 70%가 막혔을 때까지 증상이 나타나지 않는 수가 많으므로, 중년 이후에는 항상 혈액 중의 콜레스테롤이나 중성지방 등이 정상 수준 이상으로 높아지지 않도록 유의해야 한다. 일반적으로 혈액 검사를 해서 총 콜레스테롤 수치가 240mg/dl 이상이면 적극적인 치료가 필요하다.

그러나 당뇨병이 있거나, 고밀도 콜레스테롤 수치가 많이 감소했을 경우에는 관상동맥 질환이 발생할 위험이 많기 때문에 총 콜레스테롤 수치를 200mg/dl미만이 되도록 조절하는 것이 바람직하다. 일반적으로 콜레스테롤 수치가 200~400mg/dl를 나타낼 경우, 보통 사람들 보다 심장질환이 발생할 위험이 두 배로 높아진다. 따라서 평소에 총 콜레스테롤 수치가 200mg/dl를 넘지 않도록 조절하는 것이 안전하다.

그럼, 어떻게 전체 콜레스테롤 수치를 조절해야 할까.

이 수치는 유전적인 요인도 있지만, 그보다도 평소 식생활과 운동정도에 따라 충분히 변화시킬 수 있다. 특히 규칙적인 유산소운동은 고밀도 콜레스테롤 수치를 높이고 총 콜레스테롤 수치를 낮추는 최상의 방법이다.

이 사실은 자전거운동의 효과를 분석한 본인의 연구보고에서도 증명된 것이다. 그림에서 보는 것과 같이 자전거운동처럼 비교적 가벼운 유산소운동일지라도 규칙적으로 한 사람이 운동을 하지 않는 사람에 비해 저밀도 콜레스테롤 수치는 낮고, 고밀도 콜레스테롤 수치는 높으며, 결과적으로 전체 콜레스테롤 수치가 감소 추세를 보이는 것으로 밝혀졌다.

따라서 평소 콜레스테롤 수치를 자주 재어 보고 다소 높을 때는 적절한 운동으로 이를 해소하는 것이 좋다.

또한 저밀도콜레스테롤의 증가를 부추기는 고혈압과 비만증은 미리미리 예방하고 조절하도록 한다.

동맥경화증의 운동요법 실제

동맥경화증이 있는 사람이 규칙적으로 운동을 하게 되면 체중과 혈압, 콜레스테롤을 동시에 감소시키는 일석삼조의 효과를 얻을 수 있다. 또 한 협심증이나 심장마비 등 관상동맥 질환에 걸릴 위험성을 훨씬 줄일 수 있다.

먼저 운동부하 검사를 받고 자신의 체력수준에 맞는 운동량을 정해 운동하는 것이 치료효과를 높이는 비결이다. 특히 중년 이 후에는 자신도 모르고 있는 다른 위험 인자는 없는지 알아본 후에 운동을 해야 한다.

동맥경화증의 치료를 위한 운동은 보통 자기의 최대 운동 강도의 50% 이상으로 운동을 시작해 운동 강도를 서서히 높여 가는데, 처음 4주간은 다소 낮은 강도를 유지하다가 점차 운동 강도를 높여, 최종적으로 맥박수의70~80%가 될 때까지 훈련을 하는 것이 좋다.

운동 시간도 20분부터 시작해 하루 40~50분 정도 할 수 있도록 점진적으로 늘여나가는 것이 좋다. 종목은 주로 전신을 쓰는 걷기, 조깅, 수영, 등산 등 유산소 운동 중에서 자신의 체력 정도에 맞춰 선택하도록 한다.

동맥경화가 이미 심각할 정도로 많이 진행된 상태라면 전문가의 도움을 받아 운동을 하도록 하며, 다소 약한 강도로 30분~1시간 정도 운동시간을 좀 길게 잡는 것이 바람직하다.

운동의 횟수는 적어도 1주일에 3일 이상은 해야만 효과가 있으며

5~6일 운동하는 것이 가장 좋다.

운동 중에 호흡 곤란이 있거나 가슴이 죄듯이 아프거나 어지럼증, 가슴이 불규칙하게 두근거리는 증상이 있는 경우에는 운동을 즉시 중단하고 전문의와 상의해야 한다.

콜레스테롤 과다 섭취가 되지 않도록

동맥경화증의 치료에는 운동과 함께 하루 콜레스테롤 섭취량을 200~300mg으로 낮추는 식이요법이 필수적이다. 참고로 혈액 중의 콜레스테롤을 증가시키는 식품을 알아두었다가 평소 식생활에서 제한하도록 한다. 주로 동물성 지방에 많은데, 쇠고기나 돼지고기, 간이나 곱창 등 육유의 내장이 대표적이다.

같은 동물성이라도 생선에는 콜레스테롤을 감소시키는 불포화지방산이 많이 들어 있다. 하지만 다랑어나 뱀장어, 꽁치, 생선알, 조개류, 오징어, 낙지, 새우, 굴 등은 콜레스테롤 수치를 높이는 대표적인 식품이므로 주의한다.

버터, 마요네즈, 코코아, 초콜릿, 아이스크림, 케이크 등도 콜레스테롤 수치를 높이기 쉬운 식품들이다. 달걀노른자 1개의 콜레스테롤양은 270mg정도로 아주 높다.

같은 지방이라도 불포화지방산이 많은 식물성 기름, 즉 콩기름, 들기름, 참기름, 옥수수기름 등에는 오히려 콜레스테롤 수치를 낮추는 작용이 있으므로 하루 최저 30g정도 적당히 섭취해야 한다. 식물성이라도 야자유나 코코넛유에는 콜레스테롤을 높이는 포화지방산이 많으므로 주의해야 한다.

리놀산이 많은 콩류나 버섯류, 리놀산과 레시틴 등이 함유되어 있는 은행, 호도, 밤 등 종실류는 탈 콜레스테롤 효과가 있다. 이들 식품은 적당히 섭취하면 좋다.

비만한 사람은 콜레스테롤 섭취를 줄임과 동시에 총 열량 섭취를 줄이고 몸을 적극적으로 움직여 표준체중이 유지되도록 해야 한다.

우리 몸에는 콜레스테롤이 과다하게 들어오면 간에서 콜레스테롤 배설이 많아지는 등 스스로가 정상치로 되돌리려는 성질을 갖고 있기 때문에 콜레스테롤이 많은 식품을 먹는다고 곧바로 혈액중의 콜레스테롤 농도가 높아지는 것은 물론 아니다. 그러나 나이가 들면서 체력이 떨어지면 인체의 이런 조절기능이 떨어지기 때문에 꼭 동맥경화증이 아니더라도 가능한 콜레스테롤이 많은 음식은 삼가는 것이 좋다.

평소 동물성지방과 식물성지방의 섭취 비율을 1:2 정도로 잡고, 콜레스테롤이 높은 음식을 먹으면, 콜레스테롤을 낮추는 음식도 함께 먹는 것이 바람직하다.

심장병

종종 사랑의 하트라는 낭만적인 형태로 표현되는 것이 심장이지만, 생리학적으로 볼 때는 인체 어느 기관과도 비교할 수 없을 만큼 강하고 부지런하게 움직이는 생명의 펌프일 뿐이다.

심장은 산소와 각종 영양물질을 지닌 혈액을 전신의 모든 조직과 장기에 공급하는 막중한 책임을 맡고 있다. 그래서 일평생 쉴 없이 움직인다. 성인을 기준하면 1분에 60~70회 정도 박동을 하며, 이를 1시간으로 환산하면 대략 4,200회, 하루로 치면 10만 번, 70세까지 산다고 볼때 평생 26억 회 이상 박동을 계속하는 것이다. 또한 운동을 하거나 격렬한 활동을 할 때는 박동수가 증가하는 것은 물론 평상시보다 약 8배나 많은 혈액을 순환시키게 된다.

심장병 위험 요인과 예방 치료 방향

우리 인체에서 이처럼 아주 많은 일을 하는 심장은 관상동맥에 의해 혈액을 공급받는다. 대표적인 심장병인 협심증과 심근경색은 이 관상동맥에 문제가 생겨 일어나는 것이므로 다른 말로 관상동맥질환이라고 한다.

협심증은 심장근육에 피를 공급하는 관상동맥에 동맥경화가 진행되면서 심장 근육에 흐르는 혈액이 부족해 생기며, 관상동맥이 완전히 막혀 혈액 공급이 중단되어 심장근육이 상하게 되는 것이 바로 심근경색이다.

협심증의 전형적인 증세는 빠르게 걷거나 계단을 오를 때 앞가슴이 조이는 듯한 느낌이나 압박감, 통증 등이 오는 것이며, 통증이 왼쪽 어깨에서 팔까지 뻗치기도 한다. 이 증상은 대개는 2~3분 계속되다가 갑자기 통증이 씻은 듯이 사라지게 된다. 그러나 통증이 없어졌다고 협심증이 나은 것이 아니다.

심근경색의 경우 통증이 일어나는 부위는 비슷하지만 통증의 정도가 심하고 30분 내지 몇 시간 지속되면 안정을 취해도 통증이 사라지지 않는 것이 특징이다. 그리고 빠른 시간 내에 병원으로 가서 조치해야 급사의 위험을 면할 수 있다.

흉통이 일어난 뒤늦어도 6시간 안에는 병원에 도착해야 하고 빠르면 빠를수록 좋다. 심근경색은 종종 급사의 원인이 되는데 그 이유는 관상동맥의 막힘이 50%까지 진행된 상태에서도 별 증상이 없다가, 그 선을 넘어서면 혈액 부족과 산소 부족 현상이 두드러지기 때문이다. 따라서 평소 자기 심장의 상태를 잘 알지 못하게 되면 갑자기 위급한 상황을 맞을 수도 있다는 것을 알아야 한다.

또 협심증이 더 진행되어 심근경색으로 되기도 하지만, 아직 젊은 사람도 바로 심근경색이 될 수 있으므로 주의해야 한다. 일반적으로 여성호르몬인 에스트로겐 때문에 여성이 남성에 비해 심장병에 걸릴 확률이 적은 것이 사실이지만 폐경기 전후에는 호르몬 감소로 남성과 마찬가지로 심장질환의 위험률이 높다는 것도 알아두어야 한다.

한편, 심장병의 진단에는 운동기능 검사가 매우 중요하다. 그 이유는 운동으로 심장이 더 많은 혈액과 산소를 요구하는 상황을 만들어야 협심증 등 심장의 이상을 잡아낼 수 있기 때문이다.

그럼 심장병이 생기는 원인은 무엇일까.

심장병의 주요 위험인자는 흡연과 비만, 고혈압이다. 정상인을 100으로 보면 흡연 시 심장병 사고율은 150이고, 여기에 비만을 더하면 250, 또 고혈압이 더해지면 심장병 사고율이 무려 400이나 된다. 따라서 심장병의 위험을 줄이기 위해서는 담배를 끊어야 하고, 고혈압을 예방 치료하고 비만이거나 콜레스테롤 수치가 높은 경우는 정상 체중 유지에 힘쓰면서 동물성지방의 섭취를 줄여야 한다. 덧붙여 스트레스 관리도 매우 중요하다.

한편, 지난 몇 년 전만 해도 급성심근경색증이 발생했을 경우 사망할 비율을 줄일 수 있었던 유일한 방법은 급히 혈전 용해제를 써서 막힌 혈관을 뚫어주는 것이었다. 그런데 최근에는 막힌 관상동맥에 풍선을 넣어 열어주는 풍선 확장성형술 등이 행해지고 있다. 하지만 문제는 어떤 경우든지 완전한 치료법은 아니며 식염 과다섭취와 고지방식 개선 등을 핵심으로 하는 식이요법과 적당한 운동을 병행하지 않을 때 다시 재발한다는 것이다.

심장병의 운동 효과

과거에는 심장이나 간이 나쁜 사람에게 운동을 금지시키고 절대 안정을 취하도록 하는 것이 상례였다. 하지만 지금은 의학의 발달로 보다 정확한 검사가 가능하게 되면서 알맞은 운동이 안정을 취하는 것보다 훨씬 좋은 것으로 알려지고 있으며 심장판막 등의 몇 가지 심장질환을 제외한 대부분의 심장병은 운동요법으로 치료할 수 있고 수술 후 회복도 빠른 것이 인정되고 있다.

운동을 하게 되면 심장의 근육이 발달되고 심장혈관의 탄성이 좋아져서 심장에 혈액 공급이 잘되기 때문이다. 또한 자기 심장의 능력을 초과하지 않는 범위 내에서 하는 운동은 심장병환자의 사망률을 30% 이상 감소시키는 효과가 있다.

그런데 아직도 일부 심장병환자들은 운동을 하다가 갑자기 심장이 멎을까봐 걱정한다. 또 일부에서는 운동량이 클수록 심장이 더 튼튼해지는 것으로 인식하고 무리한 운동을 서슴지 않는다.

이 두 가지 모두 잘못된 것이며, 현재 심장병을 가지고 있는 경우는 운동 정밀검사를 받고 전문가의 운동처방에 의해 자기에게 알맞은 운동을 하여야 좋은 효과를 기대할 수 있다.

연구를 해본 결과 협심증이 있는 사람들도 스포츠 클리닉에서 운동처방을 받고 제대로 운동을 하면 더 이상의 협심증 진행을 막을 수 있을 뿐만 아니라, 6개월 이상 1~2년 동안 운동을 계속하면 완전한 건강을 회복할 수 있었다.

이 연구는 심장질환이 없는 정상인을 대상으로 하루에 200kcal를 소비하는 운동(속보 40분, 조깅 20분)을 시작한 후 매 주마다 운동량을 증가시켜 20주 후부터는 하루에 400kcal를 소비하는 운동을 할 수 있도록 했다. 한편 심장병환자나 심장 수술을 받은 환자에게는 처음에는 아주 약한 운동으로 시작해 과학적인 방법으로 차차 운동량을 늘인 결과 20주 후에는 정상인의 처음 운동량인 200kcal를 소비하는 운동량을 할 수 있게 되었고 15개월 후에는 정상인과 마찬가지로 하루에 400kcal를 소비하는 운동을 할 수 있을 정도로 심장가능이 크게 향상된 것을 볼 수 있었다. 이처럼 운동은 심장병 예방뿐 아니라 치료에도 효과적이다.

심장병 예방과 치료를 위한 운동 처방

그럼 심장병 환자들은 어떻게 운동해야 할까.

운동종목은 심장의 혈액순환을 촉진할 수 있는 유산소운동, 즉 걷기, 조깅, 등산, 수영이나 물속 운동, 고정식 자전거타기, 트레이드밀 걷기 가운데 선택하면 된다. 그러나 조깅이나 등산은 협심증이나 심근경색이 많이 진행된 경우에는 무리한 운동이 되므로 허용하지 않으며 엄격한 의학적 통제 하에 운동요법을 시행한다. 이때 심장 재활을 위한 프로그램으로 걷기 운동이 가장 많이 쓰이며 무난하다.

일반적으로는 아주 약한 강도에서 가벼운 운동으로 시작해 차차 운동 강도를 높이고 운동 후에는 운동 강도를 서서히 낮추어 정리운동을 10분 이상해야 한다. 운동 횟수는 일주일에 10~20분씩 3~4회 하는 것이 좋으며 운동 중에 혈압 반응에 유의해야 한다. 또 전문가의 처방과 지시에 따르고 임의대로 운동을 변경하지 말아야 한다. 그밖에도 심장병의 운동요법을 행할 때 다음 사항에 주의를 기울이도록 한다.

－운동 중 가슴에 통증이 오게 되면 운동을 일단 중단하고 그 운동 강도가 자기 심장에는 부담이 되는 것이므로 운동 강도를 낮추어야 한다.

－맥박수는 운동 강도에 따라 100~140회 정도가 무난하지만, 부담스럽게 생각되면 휴식을 취해야 한다.

－운동 중엔 항상 맥박을 관찰해야 한다. 자기 맥박측정기를 구입해서 차고 다녀도 되고 자신의 기분상태에 따라 맥박수를 추측하는 자각인지법에 익숙해지도록 노력한다.

－협심증 등 관상동맥 질병환자는 겨울철 운동 시에 보온에 신경을 많이 써야 한다. 갑자기 추위에 노출되면 말초혈관이 수축하고 심장근육에 저항이 커지면서 산소 요구량이 많아져 순간적으로 혈액부족상태에 빠지기 쉽기 때문이다. 실내에서 운동을 하거나 서서히 추위에 적응하도록 한다.

<심장병예방과 치료를 위한 운동 프로그램>

심장병 예방 및 경증 심장병치료

단계	주	실시방법		운동 빈도	목표 심박수
		걷는 길(km)	목표 시간		
1단계 (8주)	1~2	1.6	20분	5	
	3~4	1.6	17분30초	5	
	5~6	1.6	15분	5	
	7~8	1.4	23분	5	
2단계 (8주)	9~10	2.4	2분30초	5	
	11~12	3.2	31분	5	
	13~14	3.2	30분	5	
	15~16	2.4	21분30초	5	60%
3단계 (8주)	17~18	2.4	21분	5	
		3.2	28분45초	3	
	19~20	4.0	36분	2	
		3.2	28분30초	3	
	21~22	4.0	35분45초	2	
		4.0	35분30초	4	
	23~24	4.8	43분15초	1	

중간 정도 심장병

단계	주	실시방법		운동 빈도	목 표 심박수
		걷는 거리(km)	목표시간		
1단계 (8주)	1~2	1.6	24분	5	
	3~4	1.6	20분	5	
	5~6	1.6	18분	5	
	7~8	2.4	16분	5	50%
2단계 (8주)	9~10	2.4	25분	5	
	11~12	2.4	24분	5	
	13~14	3.2	33분	5	
	15~16	3.2	32분	5	
3단계 (8주)	17~18	2.4	23분	2	
		4.0	40분	3	
	19~20	2.4	22분30초	2	
		4.8	47분	3	
	21~22	4.0	38분	2	
		5.6	54분	3	60%
	23~24	4.0	36분	3	
		4.8	44분	2	

심장병이 심한 경우, 혹은 60세 이상인 환자

주	운동 거리	목표 심박수	주당 운동 횟수	주	운동 거리	목표 심박수	주당 운동 횟수
1	200m 휴식1:00 200m 휴식1:00 200m 휴식1:00 200m	100 100 100 100	3	7	200m 휴식1:00 1200m 휴식1:00 1200m 휴식1:00 200m	110 125 125 100	3~4
2	200m 휴식1:00 400m 휴식1:00 400m 휴식1:00 200m	104 105 105 105	3	8	200m 휴식1:00 1400m 휴식0:30 200m	110 125 100	3~4
3	200m 휴식1:00 400m 휴식1:00 400m 휴식1:00 200m	110 110 110 110	3	9	200m 휴식1:00 1400m 휴식0:30 200m	110 130 100	3~5
4	200m 휴식1:00 600m 휴식1:00 600m 휴식1:00 200m	110 115 115 110	3	10	200m 휴식1:00 1600m 휴식0:30 200m	110 130 100	3~5
5	200m 휴식1:00 800m 휴식1:00 800m 휴식1:00 200m	110 120 120 110	3~4	11	400m 휴식1:00 1600m 휴식0:30 200m	110 130 120	3~5
6	200m 휴식1:00 1000m 휴식1:00 1000m 휴식1:00 200m	110 120 120 100	3~4	12	400m 휴식1:00 1600m 휴식0:30 200m	110 135 120	3~5

간장병

간은 하는 일이 무척 많은 장기다. 몸에 필요한 여러 가지 물질을 합성하거나 분해하는 대사기능과 저장기능, 해로운 것들로부터 몸을 지켜 주는 해독작용과 배설작용 등 일일이 따져 보면 무려 5백여 가지나 되는 생리적인 임무를 담당하고 있다. 이렇게 많은 일을 하는 중요한 곳이다 보니 간은 가슴 오른쪽의 갈비뼈 안쪽에 꼭꼭 숨어 있다. 그래서 약 1.5kg가량 되는 비교적 큰 장기인데도 쉽게 만져지지 않는다. 하지만 간 질환으로 간이 커지거나 변형되면 갈비뼈 밑으로 간이 만져지게 된다.

간에는 약 3,000억 개에 달하는 간세포가 있는데, 개개의 수명은 50일 정도로, 생성과 소멸을 반복하면서 늘 일정한 간세포의 수를 유지한다.

간장병의 위험성과 예방법

이처럼 간은 뛰어난 재생력을 가진 기관이지만 한번 병이 생기면 쉽게 회복되지 않게 된다. 또 간은 피막에만 신경이 있어서 간장병이 아주 심한 경우를 빼고 통증이 없다는 것이 큰 문제점이다. 따라서 자각증상에만 의존하고 아프지 않다고 내버려두게 되면 간의 병은 점점 깊어져 마침내 고칠 수 없는 지경에까지 이르게 된다. 침묵의 장기라고 부르는 이유도 바로 이 때문이다. 또 간질환의 일반적인 증상은 열, 피로, 식욕부진, 두통, 구역질 등으로 감기 증세와 비슷해 대수롭지 않게 넘기는 수가 많다.

간염일 경우에는 때때로 온 몸이 노랗게 되고 눈까지도 노랗게 되는 황달 증세가 동반된다. 그러나 자각증상이나 황달이 없는 경우는 많고 또 황달이 없어졌다고 해서 간염이 나았다고 생각해서는 곤란하다.

그럼 간이 상하고 병들게 되는 원인은 무엇인가. 가장 흔한 간의 질병은 여러 가지 바이러스에 의해 감염되는 간염이다. 특히 B형 간염은 우리나라 전 국민의7~10%가 보균자라는 통계가 있다. 따라서 자신이 보균자라는 것이 확인된 경우는 매년 3회 정도 정기적인 검사를 통해 간염 발생여부를 확인해야 하며, 간염 환자가 아니더라도 아직 항체가 생기지 않았으면 먼저 예방 접종을 하는 것을 잊지 말아야 한다.

급성 간염의 약 80%는 치유될 수 있다. 그러나 나머지 20%는 만성간염으로 발전하며 일단 만성이 되면 아주 고치기 어려운 상태가 된다. 급성간염에 걸렸을 때 안정을 취하지 않거나 영양상태가 계속 나쁘다거나 술을 계속 마시게 되면 만성간염이 되기 쉽다. 급성간염은 전염병이기 때문에 가족 중에 환자가 있으면 음식을 잘 익혀 먹고 그릇을 따로 쓰는 등의 주의사항도 지켜야 한다.

만성간염은 대개 간경변으로 발전하며, 이 또한 만성간염 진단을 받고도 주의하지 않고 무절제한 생활을 계속하기 때문에 생기는 일이다. 간경변증은 모두 간장 질환의 종착역이며 불치의 질환이다. 물론 열심히 치료를 하면 건강한 생활이 가능하다.

간질환의 가장 기본적인 식이요법 요령은 모든 영양소를 골고루 섭취하는 것이다. 전체 식사량 중에 탄수화물의 비율을 줄이고, 단백질이나 야채 과일 등은 늘여먹는 것이 바람직하다. 그렇다고 너무 지나치게 많은 단백질을 섭취하면 칼로리 과잉이 되어 비만증에 걸리게 되므로 그 양을 적당히 조절하는 것이 좋다.

술은 간질환 치료에 있어서 최대의 적이므로 멀리해야 한다. 알코올만큼이나 간에 나쁜 영향을 미치는 것은 과로이다. 또 영양제나 드링크제 보약을 남용해 간에 무리를 주는 것도 좋지 않다.

해열 진통제나 항생제, 먹는 무좀약, 결핵 치료제 등은 간에 해로운 대표적 약물이므로 이들을 무심코 복용하거나 남용해서는 안 된다.

또 사흘이 멀다 하고 술을 마시고 과로하면서 일주일을 보내고 일요일에는 운동 부족이라는 생각 때문에 힘든 등산을 한다든지 하면 쉽게 간을 상하게 되므로 생활을 바꾸는 노력이 간을 지키는 최상의 방법이다.

간장병의 운동요법 실제

간장병 예방과 치료에도 적당히 운동하는 것이 필요하다. 지금까지도 간장병에는 운동은 권하지 않는 것이 상식으로 되어있지만 이는 수정되어야 할 사항이다. 흔히 간장병에 운동을 권하지 않는 이유는 무리한 활동이 간으로 가는 혈류량을 감소시키고 손상된 간이 재생하는데 제약을 주게 되어 병의 경과를 나쁘게 하거나 재발할 수 있기 때문이다.

하지만 최근 밝혀진 바에 따르면 절대 안정보다 가벼운 운동이 오히려 간염 등의 회복에 도움이 된다. 가벼운 운동을 하면 근육들이 수축하게 되고 혈액순환이 활발해져서 우리 몸에서 에너지를 쓰고 남은 여러 가지 노폐물, 수분들을 즉각 처리할 수 있게 되고 그만큼 간의 부담을 줄여줄 수 있기 때문이다.

물론 급성기에는 안정을 해야 한다. 간염으로 입원하게 되면 퇴원 후 3개월 동안은 운동을 하지 않는 것이 상식이다. 그러나 만성간염이 되면 무작정 쉬는 것이 능사가 아니므로 오히려 피로를 느끼지 않는

범위 내에서 적절한 운동을 하는 것이 바람직하다. 물론 만성간염의 경우에도 황달증세가 나타나든가 다른 증세가 심하게 나타날 때는 일시적인 안정이 필요하다.

최근 들어 젊은 사람들 중에도 지방간이나 알코올성 간염이 크게 늘고 있는데, 이 경우에도 조기에 술을 끊고 살을 빼 적정 체중을 유지하면 쉽게 회복될 수 있다.

지방간이 있는 사람은 간 기능이 저하되어있어서 운동이 조금만 지나쳐도 피로가 심하게 나타나 건강에 무리를 주게 되므로 조심하여야 한다. 간장병의 일반적인 운동요법 요령은 다음과 같다.

－주로 빠르게 걷기, 조깅, 등산, 수영 같은 유산소운동을 하면, 심폐기능이 좋아지고 몸의 구석구석에까지 산소가 전해져 병에 대한 저항력이 생긴다.

－간장병의 운동요법은 서서히 체력을 길러나가는 것이 원칙이다. 따라서 자기 페이스대로 운동량을 가감할 수 있어야 한다. 승부를 다투는 운동은 금물이다.

－운동 중에 혈중 젖산농도가 올라간다면 하고 있는 운동이 너무 강한 운동임을 알고 수정해야 한다. 전문가의 운동처방에 따라서 알맞게 운동하는 것이 가장 좋다. 특히 심한 경우는 반드시 운동기능 검사를 받은 뒤 운동처방에 따라 운동 치료를 해야 한다.

－유산소운동도 심하게 하거나 오래 하면 오히려 좋지 않다. 자기 능력에 알맞은 운동을 조심성 있게 하는 것이 중요하다.

－음식물 대사가 간에서 이루어짐을 감안할 때 식사 직후 1시간 정도 쉬고 운동을 하지 않는 것이 간을 위해 바람직하다.

－복식호흡이나 신진대사를 원활히 하는 간단한 체조 몇 가지를 익혀두었다가 때때로 실시하면 간질환으로 인한 피로감을 이기는 데 도움이 된다.

간장병 예방과 치료를 위한 운동

❶ 위로 보고 누워 양손을 허벅지 위에 올려놓는다. 다음 동작으로 양손을 뻗어 크게 원을 그리며 머리 위에 놓는다. 이때 발끝은 위쪽으로 바싹 당기면서 팔과 어깨는 쭉 펴주고, 천천히 숨을 들이 마신다. 다시 숨을 내쉬면서 처음 자세로 들어간다. 호흡에 주의하면서 한껏 몸을 뻗어주도록.

❷ 무릎을 굽히고 누운 자세에서 한 발을 가슴 위로 끌어당기면서 단단하게 무릎을 감싸 쥔다. 잠시 후 본래의 자세로 서서히 되돌아온다. 양쪽 각각 10~20회 반복하도록 한다.

❸ 베개를 등 밑에 넣고 위를 보며 곧은 자세로 눕는다. 양팔은 머리 뒤에서 교차시키고 전신의 힘을 뺀다. 눈을 감고 조용히 숨을 들이마시고 내쉰다. 호흡은 되도록 크게, 천천히 한다.

❹ 책상다리로 앉아서 허리를 쭉 편 다음, 양손을 앞으로 모으면서 앞으로 구부린다.

❺ 머리 뒤로 깍지 끼고 상체를 좌우로 구부린다. 그런 다음 편안히 앉은 자세에서 오른손을 배 위에 올리고 숨을 4초간들이 마시고 다시 6초간 숨을 내쉬는 식으로 복식 호흡을 4~5회 반복한다.

❻ 몸을 앞으로 구부리면서 숨을 내뱉는다. 몸을 뒤로 한껏 젖히면서 숨을 들이마신다.

❼ 가슴에서 배까지 내려오면서 가볍게 두드리고 신체 모든 부분을 두드려 준다. 등도 2인 1조가 되어 서로 두드려주면 더욱 좋다.

위장병

알다시피 위의 주된 역할은 계속적으로 운동하면서 위액과 음식물을 고루 섞어 장에서 잘 소화 흡수되도록 돕는 것이다. 더불어 살균, 단백질 소화, 알코올 흡수 작용 등을 한다.

우리가 먹은 음식물은 보통 1~2시간 후면 위를 통과하는데 차가운 것, 연한 것일수록 속도가 빠르고 딱딱한 것, 기름진 것은 3~4시간 또는 그 이상 걸린다. 다시 십이지장으로 가서 대장을 통과하기까지 10시간 이상이 소요된다.

소화기관인 위나 장은 음식물을 소화시키기 위해서 끊임없이 운동을 계속하고, 그 운동은 매우 규칙적이다. 위의 운동이 불규칙하게 되면 소화불량에 걸리게 되고, 장의 운동이 너무 빨리 이루어지면 설사를 하게 되고 너무 느리면 변비가 된다. 또 장운동이 일정하지 못하고 빨랐다가 느렸다하면 설사와 변비가 번갈아 나타난다.

위장병의 종류와 원인

위장질환을 보다 자세히 살펴보면 위, 십이지장 궤양이나 위염, 위암처럼 실제 병이 있는 기질적인 것과, 소화불량, 위무력증이나 위하수 등 위장의 운동장애나 신경성으로 생기는 기능성 위장장애로 크게 나뉜다.

'사촌이 논을 사면 배가 아프다'는 속담처럼 그 원인이 애매모호한 것을 보통 기능적인 장애로 분류하는데 이런 환자들에게 운동을 규칙적으로 시켜본 결과 소화가 잘되고, 제 컨디션을 되찾는 것을 볼 수 있었다. 이처럼 운동을 하면 소화가 잘되는 이유는 무엇일까. 내장을 지배하는 신경인 자율신경은 소화에 중요한 역할을 하는데 운동을 하면 교감신경과 부교감신경이 조화를 이루기 때문에 소화가 잘되게 된다. 또한 운동을 하게 되면 신체 각부 조직이 에너지를 많이 쓰기 때문에 그 에너지를 빨리 보충하기 위해서 위와 장의 소화 흡수가 빨리 이루어지도록 만든다.

상식적으로는 잘 알고 있듯이 위궤양은 생활에서 오는 각종 스트레스와 밀접한 관련이 있다. 위의 운동은 위벽의 근육을 움직이는 자율신경의 지배를 받고 있기 때문에 몸의 상태나 감정에도 크게 좌우된다. 스트레스를 받으면 교감신경이 흥분되어 위의 혈류가 나빠지고, 위액으로부터 위벽을 지켜주는 점액의 분비량도 적어져서 위점막에 염증을 일으켜 위염이 된다. 여기서 스트레스가 계속 되면 궤양으로 발전하게 된다. 그래서 식사를 할 때는 밝고 즐겁게 하라고 권하는 것이다.

위궤양 치료의 기본은 첫째가 심리적 안정, 둘째로 위나 장을 덜 자극하는 음식을 섭취토록 하는 식이요법과 그리고 위산을 중화시킬 목적으로 투여하는 소위 제산제나 위벽 보호제의 약물치료이다.

심한 위출혈이나 위의 대부분 또는 일부분을 절제하지 않고서는 생명을 건지기가 어려운 심한 위궤양, 위암일 경우에는 수술치료를 해야 한다.

위장병의 운동효과와 운동요령

위궤양 등 위장병환자를 위한 치료법은 위에서 말한 세 가지 외에 방법이 없는 것일까?

그렇지 않다. 미국의 어느 잡지에 발표된 연구내용에 의하면 개를 이용한 실험에서 히스타민주사를 실시하여 위산분비를 자극한 다음 A,

B 그룹으로 나누어 A그룹은 러닝머신 위에서 운동을 계속 시키고, B 그룹은 우리에 가두어둔 채 운동을 시키지 않았다. 그 결과 운동을 시킨 A그룹은 위궤양이 발생하지 않았는데, 가만히 쉬게 한 B그룹에서는 위궤양이 발생한 비율이 현저히 높은 것으로 관찰되었다.

이처럼 위궤양 등 위장병 치료에도 운동이 필요하다.

위궤양 치료에 운동이 효과적인 이유는 운동으로 인해 위벽의 근육을 포함한 전신의 근육에 피로가 생기고, 그로 인해 위산의 분비가 억제되기 때문이며 또 다른 이유로는 이완 효과를 들 수 있다.

위장질환에는 가벼운 조깅, 걷기 등의 운동을 권할 수 있으며 계단 오르내리기나 등산은 소화불량 해소에 큰 도움을 준다.

위장병이 있는 경우에는 식사 후 한 시간 내에 운동은 하지 않는 원칙을 꼭 지켜야 한다. 음식물이 위에 아직 존재해 있는 상태에 운동을 하면 위에서 십이지장으로 넘어가는 부분의 근육이 수축해 위에 있는 음식이 장으로 내려가지 못하고 소화에 지장이 생기기 때문이다.

위가 약한 사람은 운동을 공복에 하는 것이 가장 이상적이며 식후에 운동을 할 경우는 식후 3시간은 경과해야 한다. 그러나 가벼운 산보 정도는 식후에도 가능하다.

그밖에 위장을 보호하는 생활수칙

－소화불량이나 통증, 복부 불쾌감 등을 호소하는 사람들이 많다. 지레 큰 병으로 속단한다든지 가볍게 취급하면서 손쉽게 약을 사 먹으면서 그때그때 넘기는 경우 모두 결코 바람직하지 못하다. 먼저 진단을 받고 기질적인 병이 아니라는 진단이 나오면 식생활과 운동을 실천하는 생활개선 요법으로 치료하는 것이 원칙이다.

－초조, 불안, 좌절, 스트레스, 소극적 생활자세 등은 위산의 분비를 늘인다. 심한 화상이나 교통사고, 정신적 외상, 쇼크, 혹한 등을 당해도

위산이 많이 나오게 되므로 그런 일을 당하게 된 후에는 위장의 상태도 점검해보는 것이 위장질환 예방을 위해 바람직하다.

　－식사시간을 규칙적으로 하는 것은 위장질환 예방에 특히 필요한 것이다. 바쁘다고 끼니를 쉽게 거르거나 나중에 한꺼번에 몰아서 음식을 취하는 소나기식 식사는 절대 피하는 것이 좋다. 폭식과 폭음도 피해야 하며 위암을 예방하기 위해서는 태운 단백질을 섭취하지 않도록 조심해야 한다.

　－흡연수량이 많을수록 소화성 궤양 발생률이 증가하며 치유되는 속도도 늦어지고 재발이나 합병증이 생길 확률이 월등히 높아진다.

　－약물을 함부로 복용하지 않는 것이 좋다. 우리가 흔히 복용하고 있는 의약품 가운데는 위염이나 궤양을 생기게 하거나 악화시키는 약제가 적지 않다. 대표적인 것이 소염진통제이다.

　－최근 헬리코박터 파이로리라는 특수한 세균이 위 점막에 존재해 위염이나 위궤양, 위암을 유발하는 원인이 되고 있다는 주장이 설득력을 얻고 있다. 가족의 내력으로 보아 위장질환에 걸릴 확률이 높다면 이 세균을 박멸하는 치료법을 행하는 것이 도움이 된다. 병원 치료에 의해 90%까지 박멸할 수 있다고 한다.

위장병 예방과 치료를 위한 운동

❶ 몸을 똑바로 세우고 양팔을 서로 엇갈리게 천천히 뒤로 회전시킨다. 10~15회 반복한다.

❷ 허리를 뒤로 젖힘과 동시에 숨을 들이마셔 5초 정도 정지한다. 그런 다음 몸을 앞으로 굽히면서 숨을 내쉰다.

❸ 손바닥, 손가락을 고루 주무른다. 특히 손바닥 손금의 생명선 부근을 엄지를 제외한 반대편 손가락 네 개로 쥐고 꼭꼭 누르면서 주무르면 좋다. 손 주무르기가 끝나면 손가락을 젖히고 손바닥

전체로 손뼉을 10~20회 친다.

❹ 다리를 어깨너비로 벌리고 서서 양손으로 배 전체를 원을 그리며 문지른다. 문지르는 방향은 시계방향이다. 이때 온몸에 힘을 빼면 몸은 가볍게 흔들리게 된다. 10~20회 반복.

❺ 벽모서리에 왼쪽 등을 대고 오른쪽으로 밀어낸다. 왼쪽 등에 있는 위장으로 내려가는 신경을 자극해 위장운동을 돕게 된다. 8~15회 반복.

❻ 먼저 무릎을 바닥에 대고 꿇어앉는다. 그 다음, 허리를 펴고 천천히 몸을 뒤로 젖혀서 양손으로 발목을 잡는다. 이 상태에서 심호흡을 하고 6초 정도 유지한다. 같은 동작을 6~10회 반복한다.

❼ 방바닥에 누워 양팔로 머리 위의 책상다리 등 가구를 잡은 후 양다리를 붙이고 머리 쪽으로 든다. 천천히 내린 다리는 바닥에서 5cm 정도 들린 상태까지 되도록 해 3초 정도 유지한다. 가구를 잡지 않고 양손을 머리 뒤로 깍지 끼워 할 수도 있다. 10~20회 반복.

암

손톱과 머리카락만 빼놓고 몸 어느 곳에서나 생긴다는 암은 그 종류가 줄잡아 250여 가지를 헤아린다. 이처럼 발생 부위가 광범위하다는 것 외에도 암질환은 그 진로를 쉽게 예측할 수 없어서 더욱 공포스럽고 우리 생활 아주 가까이에 다가와 있어서 더욱 공포스럽다. 세계위생조직 통계청이 발표한 매년 사망원인 통계로 보면 전체 사망자 중에서 그 원인이 암인 경우가 21.3%로 가장 많았다. 참고로 말하면 두 번째로 꼽히는 사망원인은 뇌혈관질환(15.9%)이고 다음이 교통사고 등 불의의 사고(11.5%), 심장병(8.5%), 만성간질환(5%) 순이었다.

암, 제대로 알아야 이긴다

우리는 암에 대해 너무나 많은 이야기를 듣기 때문에 암은 이길 수 없는 불치병이라고 생각한다. 그러나 암의 정확한 정체를 알면 그런 생각을 바꿀 수 있다.

먼저 알아야 할 것은 암은 다른 병처럼 외부에서 병균이 몸 안으로 들어와 생기는 것이 아니라는 것이다. 인체의 면역가능이 암 유전인자의 숫자와 활동을 통제하지 못하여 균형이 깨지면 암 유전인자가 계속 분열 증식하는 것이 바로 암이다.

즉 정상 세포의 유전인자인 DNA가 돌연 변이를 일으키게 되면 암

세포로 발전되는데 이 암세포는 누구에게나 하루에 300~400개씩 생겨 난다. 그러나 건강하고 단련된 신체라면 걱정할 것이 없다. 정상 세포 가 제 기능을 원활히 수행하기 때문에 암세포가 더 이상 자라거나 수 를 불리지 못하기 때문이다. 하지만 몸이 쇠약하고 저항력이 떨어지게 되면 체내에 존재하는 암 유전자에 의해 암이 발생하게 된다. 물론 발 암물질이 외부로부터 들어와 암의 원인으로 작용하기도 하지만 발암 물질은 단지 방아쇠 역할을 할 뿐이며 이 또한 인체 저항력이 떨어진 상태에서 그 역할을 다하게 된다.

따라서 부교감신경을 활성화하는 정상적인 삶을 영위할 때 정상 세포 가 충분히 제 역할을 수행해 암세포가 기를 쓸 수 없게 만드는 것이 가 장 중요하다. 즉 암 예방이나 치료에 있어서 어떠한 비방보다도 우선되 는 것이 매일같이 부교감신경을 활성화하는 즐거운 생활을 하고 몸의 저 항력을 길러 정상 세포가 제 기능을 충분히 수행하도록 하는 것이다.

그 구체적인 방법은 무엇일까.

암의 원인이 되는 생활태도를 청산하는 한편 인체 저항력을 기르는 생활에 힘쓰는 것이다. 여기에 하나를 더 보태면 조기 발견을 위한 각 종 검사를 정기적으로 행하는 것으로 방법은 싱거울 정도로 간단하다. 세계보건기구(WHO)조차 이러한 생활 속의 실천을 통해 모든 암의 80% 가량은 생활 속에서 예방할 수 있다고 밝힌 바 있다. 그러나 문제 는 실천이다.

먼저 암의 조기 발견을 위해 얼마만큼 정기적으로 어떠한 검사를 받 아야 하는지부터 알아보자.

우리나라에서 발생하는 암 중에서 가장 많은 비율을 차지하는 위암 의 경우에는 조기 발견과 치료로 90%정도의 완치율을 보이므로 1년에 1회 정도는 검사를 받아야 한다. 위암 발병률은 35세 전후로 급증하기 시작해 60대 후반까지 지속적으로 증가하므로 이 나이 대에 해당되는 사람들은 특히 주의해야 한다. 위암은 의외로 젊은 환자도 많으므로 위의 통증이나 소화불량이 1개월 이상 지속될 경우는 쉽게 약을 사 먹으면서 견디는 것보다 위 내시경이나 위 x레이를 찍어보고 정확한 상태를 알고 치료한다는 전반적인 인식의 전환이 필요하다.

여성들에게 많은 자궁경부암의 경우에는 성생활을 하는 모든 여성에게 발생 위험이 있다. 자궁암 또한 조기 발견만 하면 생존율이 높으므로 자궁암 검사를 6개월 또는 1년 단위로 꼭 받는 것이 좋다.

유방암은 30대부터 급격히 증가해 40~50대에 가장 많다. 유방암 검사 또한 1년에 한번은 기본적으로 받아보는 것이 좋으며, 특히 과거에 유방암을 앓았거나 직계 가족 중에 유방암환자가 있는 경우는 더욱 주의를 해야 한다. 조기 진단을 위한 방법으로 자기 진단도 매우 효용성이 높으므로 유방에 통증이 없더라도 멍울이 많다든지 유두에서 전에 없던 분비물이 나오면 바로 검사를 받도록 한다.

최근 공해로 인해 폐암이 급증하고 있는 추세인데 폐암의 경우에는 조기 발견이 별 의미가 없으므로 예방만이 유일한 대책이다. 이를 위해서는 금연이 최선이라 할 수 있다. 모든 폐암환자의 90%가 흡연자이며 하루 두 갑 이상 담배를 피울 경우 비흡연자보다 암에 걸릴 확률이 64배나 높기 때문이다.

간암의 경우에는 B형간염 바이러스간염 유무를 확인하는 것이 간암 예방을 위한 기본 조치이다. 간염 보균자나 간경변, 만성간염 진단을 받은 사람은 치료에 힘쓰면서 최소 6개월에 한번은 간암 검사를 받도록 한다. 정상인도 1년에 한번은 간암 검사를 받는다.

최근 식생활의 서구화로 대장에 부담을 주는 육식 섭취가 늘면서 대장암도 큰 폭으로 증가하고 있다. 전에 없던 변비 증상이 생기거나 대변에 혈액이 묻어나오는 상황이 지속될 때, 체중이 갑자기 줄어들 때는 대장암을 의심해 볼 수 있다. 특히 부모가 대장암이나 대장에 양성 종양이 있다고 진단받은 바 있다든지, 이전에 궤양성 대장염 등 심한 대장질환을 앓은 경력이 있다면 6개월에 한번씩은 대장암 검사를 받아

야 한다. 그렇지 않더라도 40대 이후에는 매년 대장암 검사를 받는 것
이 원칙이다.

이처럼 조기 진단을 위해 각종 암 검사를 충실히 받는 한편, 암을
예방하고 암에 대한 저항력을 기르는 생활요법을 실천하면 암은 결코
두려운 존재가 아니다.

각종 암을 예방하는 생활수칙

첫째, 금연을 해야 한다.

담배에는 줄잡아 40여 가지의 발암물질이 포함되어 있다. 흡연자는
물론 그 옆에서 연기를 쐬게 되는 사람도 발암물질로부터 자유로울 수
없다. 또한 애연가들은 대부분 술을 좋아하는데 자주 과음을 하게 되
면 쉽게 체력이 떨어지고 비타민 A, C 등이 다량 소모되어 암 발생률
이 크게 높아진다.

둘째, 과식하지 말고 균형 잡힌 식생활을 한다.

과식은 비만과 더불어 각종 성인병의 원인이 된다. 또 지나친 고지
방음식은 피하고 과일과 야채를 많이 섭취하여 각종 항암 비타민과 섬
유질이 충분하도록 하는 것은 암 예방 식단의 기본이다.

셋째, 짠 음식, 태운 음식은 피한다.

너무 짜거나 매운 음식, 뜨거운 음식이 암을 촉진하는 구실을 한다
는 것은 널리 알려져 있는 사실이다. 태운 고기도 삼가고 잘못 보관된
땅콩에 피는 곰팡이에 든 아폴라톡신 같은 것은 강력한 발암성이 있어
소량으로도 암을 일으키므로 곰팡이가 핀 음식도 먹지 않아야 한다.

넷째, 햇빛에 과다 노출되지 않도록 한다.

적당한 햇빛은 인체에 꼭 필요한 요소이지만, 지나친 일광욕은 피부
의 노화뿐만 아니라 피부암을 유발시키므로 삼가야 하겠다.

다섯째, 과로와 스트레스를 피한다.

인체가 본래 가지고 있는 병에 대한 저항력을 언제나 유지하려면 과도한 피로나 스트레스상태에 빠지지 않도록 해야 한다. 너무 무리를 해서 심신이 피로하게 되어 인체 세포에 상해를 입히거나 하면 발암물질이 들어와도 막아낼 수 없다.

여섯째, 몸의 면역작용을 돕는 생활을 한다.

규칙적인 생활습관은 물론 규칙적인 운동은 건강을 도와주고 암에 대한 면역력을 지켜주는 지름길이기 때문에 어느 곳에서 발표한 암 예방수칙에서도 빠지지 않는 것이다.

암 예방, 치료를 위한 운동요법

연구보고에 따르면 자신에게 알맞은 운동을 하면 인체 저항력을 높여 암을 60% 이상 예방할 수 있다. 특히 여성의 유방암의 경우에는 운동이 높은 예방 효과를 지닌다. 매일 20~30분씩이라도 흥미를 가질 수 있고, 속도감 있는 운동을 하게 되면 암의 주요원인인 스트레스 해소에도 큰 도움이 된다. 또한 현재 항암 치료제를 투여하고 있는 암 환자들에게도 적당한 운동이 체력 저하를 방지하고 저항성을 높여 회복이 빠르게 하는 데 큰 효과가 있는 것으로 보도되고 있다.

암 환자의 경우에는 먼저 운동기능 검사를 통해 먼저 체력수준을 파악하고 알맞은 운동을 하는 것이 좋다. 일반적으로는 체중 부하를 많이 받지 않는 운동을 선택해 최대 운동강도의 40~65% 범위 내에서 가벼운 운동을 한다.

종목은 주로 걷기, 고정식 자전거 타기, 유연체조 등 유산소운동을 기본으로 하고 낮은 강도로 아령, 역기 등의 근력운동을 병행하게 되어있다.

뇌졸중과 치매

뇌졸중은 고혈압으로 뇌혈관이 터져 생기는 출혈성 질환인 뇌출혈과 혈전이 뇌혈관을 막아 생기는 뇌경색을 총칭하는 것으로 갑자기 바람을 맞았다는 뜻으로 흔히 중풍이라고 부른다.

그 원인으로는 혈압 조절이 제대로 되지 않아 혈관이 터지고 마비 증세가 생기는 경우가 많으며, 최근에는 급속한 식생활의 서구화로 뇌혈관이 막히는 경우도 점점 늘어나고 있는 실정이다.

그밖에도 담배, 과음, 비만, 염분 과다, 과로와 스트레스, 운동 부족증, 피임 호르몬제나 당뇨병도 뇌졸중의 발병 원인이 되거나 예후를 나쁘게 하는 작용을 하는 요소이다.

최근에는 병원마다 전체 중풍환자 중 20, 30대의 점유율이 점점 증가하고 있는데 비만한 사람이 상대적으로 높은 발병률을 갖는다는 사실도 알아둘 필요가 있다.

중풍은 일단 발병하면 불구가 되기 쉽고 완치율도 10%이하이므로 예방이 무엇보다 중요하다. 근원적으로 예방하려면 청소년기부터 뇌의 건강을 위해 힘써야 한다.

또한 고혈압, 동맥경화, 당뇨병, 고지혈증인 사람은 평소 치료에 철저히 신경을 쓰면서 운동과 식사 조절을 잘하고, 급변하는 날씨에 대비해야 한다.

치 매

요즘 노년에 접어든 사람들이 중풍보다 더 두려워하는 것이 치매이다. 140억 개 정도 되는 뇌세포는 정상적인 경우라도 성인이 되면 하루에 평균 10만 개 정도가 죽어 없어진다. 그 수가 차차 줄어들면 뇌 가능이 저하되어 결국 치매(노망)가 된다.

세계노인성 치매환자는 65살 이상 노인에서 9.5%로 추정되고 있다. 특히 다른 사람의 도움을 필요로 하는 중증 치매환자는 3.4% 가량으로 이젠 커다란 사회 문제가 되어 있다. 참고로 말하면 치매는 남자보다 여자에게서 더욱 흔하며, 혈인 친족 중에 치매환자가 있는 경우 치매에 걸릴 위험도가 3.5배 가량 높은 것으로 분석되고 있다.

그런데 중요한 것은 대개 치매하면 레이건이 걸렸던, 치료가 어렵다는 알쯔하이머 병을 연상하기 쉬우나 치매도 두통처럼 수많은 원인이 있다는 점이다. 대표적인 것이 알쯔하이머 병과 혈관성 치매인데, 서양에서는 알쯔하이머 병이 전체의 50%에 달하고 혈관성 치매가 20%를 차지하는 반면, 우리나라를 포함한 동양권에서는 혈관성 치매가 50%, 알쯔하이머가 20%로 보고 되고 있으므로 다소 희망적이다.

혈관성 치매는 뇌혈관이 동맥경화나 혈전에 의해 막혀서 뇌세포가 손상되어 자신도 모르는 사이에 기억 장애와 언어 장애, 지능 장애 등이 유발되는 것으로 어느 정도 예방과 조절이 가능하다.

항간에는 화투나 카드놀이 등이 치매 예방에 도움이 된다고 해서 크게 유행하기도 했는데 머리를 사용하는 오락이라는 점에서 어느 정도 설득력은 있다. 하지만 도박은 흡연, 음주, 스트레스 등과 밀접한 관련이 있기 때문에 권장할 만한 것은 아니다.

치매 예방에는 뇌신경세포에 지적인 자극이 가해 신경 전도가 일어나는 신경가지를 두껍게 하고 회로를 넓히는 뇌 운동과 더불어 전신 운동으로 뇌의 혈액순환을 원활하게 하는 것이 필수적이다.

즉 적극적으로 사회에 봉사하고 폭 넓은 인간관계를 유지하면서 하루 한 시간 이상 독서나 사색 같은 지적 활동이나 두뇌를 비교적 많이 사용하는 바둑, 장기 등의 오락을 즐기고, 운동을 생활화하는 것이 좋다. 운동은 무엇보다 뇌의 기억력 장치에 산소가 풍부한 피가 돌도록 한다.

신경 쓰이는 일이 특히 많았던 날은 두뇌에 충분한 휴식을 취하는 것 또한 피로로 인해 집중력과 기억력을 감소시켜 치매의 원인을 만들지 않는 비결이 된다.

뇌졸중과 치매의 예방과 치료를 위한 운동 요법

뇌졸중이나 치매 모두 우리 인체 중 뇌의 이상으로 생기는 병변이다. 뇌는 신체의 모든 기관을 지배하는 곳으로 달리고 말하고 생각하고 느끼는 인간의 모든 활동이 이루어지는 곳이다.

뇌를 가만히 살펴보면, 손가락을 담당하는 부위, 발가락을 담당하는 부위, 몸통을 담당하는 부위, 혀를 움직이는 부위 등 우리 신체 곳곳을 담당하는 부위가 각각 존재한다는 것을 알 수 있다. 이 부위들은 신체의 각 부위의 면적이 아니라 사용하는 양과 질에 따라 크기가 결정된다.

예를 들면, 우리 신체의 각 기관 중에 가장 많이 사용하는 것이 손가락이기 때문에 뇌에는 손가락을 지배하는 부위가 넓게 차지하고 있다. 따라서 우리 몸에 가장 중요한 장기인 뇌를 발달시키기 위해서는 신체 각 부분을 운동으로 자극하고 단련하는 것이 중요하다. 특히 손과 발, 팔, 다리 운동을 많이 하게 되면 뇌가 발달하게 되어 치매를 적극적으로 막을 수 있다.

뇌졸중 예방도 마찬가지이며 환자의 경우에도 급성기에는 3주 정도 절대 안정을 취하면서 전문 의료기관에서 수동적인 관절운동을 하도록 하고, 회복기에는 적극적으로 운동을 해야 한다.

　많은 연구자들은 좌식 생활이 뇌졸중을 가져오는 중요한 원인이라고 지적하고 있다.

류머티즘관절염

나이든 사람이 뼈마디가 견딜 수 없게 아프고 쑤신다고 하면 관절염인가? 하는 생각이 퍼뜩 든다. 그렇게 흔하면서도 잘 낫지 않는 탓에 관절염은 고질병의 대명사처럼 되어있다. 그런데 보통 알고 있는 것과 달리 관절염은 그 종류가 매우 다양하다. 따라서 쑤시고 아픈 일반적인 증상만 가지고는 서로 혼동하기 쉽다. 그로 인해 치료방향을 정해 시기를 놓치거나 만성화되는 경우도 많기 때문에 정확한 진단을 받도록 하는 것이 무엇보다 중요하다.

뼈와 뼈 사이에 있는 관절연골이 손상되거나 활액막에 염증이 생기면서 앓게 되는 관절염은 크게 류머티즘관절염과 퇴행성관절염, 통풍성관절염, 화농성관절염 등으로 나뉜다. 그중 가장 흔한 것이 퇴행성관절염과 류머티즘관절염인데 이 둘은 서로 착각하기가 아주 쉽다.

퇴행성관절염은 나이가 들어감에 따라 연골이 퇴행성 변화를 일으켜 관절모양이 변하고, 연골이 파괴되면서 활액막을 자극해 2차적으로 통증과 염증성 변화가 생기는 것이다. 60세 이후에 잘 나타나고 남녀 누구나 걸릴 수 있지만 여자가 더 많은 편이다. 특히 체중이 많이 실리는 쪽의 관절에 일어나기 쉬우며 비만한 사람이 정상인보다 2배나 더 걸릴 확률이 높다.

서양 사람들은 고관절(골반 뼈와 다리의 대퇴골이 연결되는 곳)에 퇴행성관절염이 나타나는 경우가 많으나 한국인은 오히려 척추와 무릎

관절에 많이 생긴다. 이는 쪼그리거나 꿇어앉아서 일을 많이 하는 한국 여성들의 생활습관과도 관련이 있다.

한편, 류머티즘관절염은 관절 충격이나 노화로 생기는 관절의 이상이 아니라 체내의 면역 이상으로 생기는 전신 질환이다. 류머티즘 그 종류가 1백여 가지를 넘을 만큼 매우 다양하고, 10명 중 8~9명이 여자일 정도로 여자가 압도적으로 많다. 또 젊은이나 노인 할 것 없이 누구에게나 생길 수 있는 것이 특징이다.

아침에 일어났을 때 유독 관절이 아프고 뻣뻣해서 잘 움직이지 못하는 것이 계속된다든지 또 오른쪽과 왼쪽이 같이 아픈 경우는 류머티즘관절염을 의심해야 한다. 여러 가지 합병증이 생기기도 하는데 흔한 것이 피부와 눈의 이상이다.

모든 병이 마찬가지나 류머티즘 질환도 조기 진단과 치료가 중요한데 발병 후 2년 이내에 치료해야 결과가 좋다.

관절염의 운동 효과와 구체적인 요령

일반적으로 관절염환자는 움직이면 통증이 더하기 때문에 신체를 움직이기를 꺼린다. 그러다 보니 신체가 점점 쇠약해지는 것이 큰 문제이다. 관절염이 있다고 운동을 하지 않고 방에서만 생활하면 다리에 근력이 급격하게 떨어지고 관절의 운동범위도 줄어들어 보행마저 어려워진다. 그렇다고 자연히 부작용이 따르기 마련인 약물치료에만 의존하는 것도 어리석은 일이다. 관절염에 듣는 약물은 소화기능에 장애를 초래한다는 것은 약을 복용한 환자 대부분이 경험하는 것이다. 물론 급성기에는 휴식을 늘여야 하지만 증상이 호전되면 반드시 운동을 해야 관절염으로부터 해방될 수 있다.

운동을 해야지만 혈액순환이 잘되어 관절에 생긴 탄산가스와 노폐물이 빨리 제거되고 산소와 영양물질이 잘 공급된다. 특히 우리 몸 중에서 혈관 분포가 잘되지 않은 곳이 바로 관절이기 때문에 더욱 움직여 주어야 한다.

또한 운동은 관절 주위의 인대와 근육을 발달시키고 관절의 적인 비만을 해소할 수 있으므로 여러 가지로 유익하다. 3~4개월 운동을 계속하게 되면 관절의 움직임이 부드러워지고 쇠약해진 근육이 발달하여 근력을 되찾게 되고 아울러 피로감이나 무력증이 없어지며 심장과 폐 기능도 좋아진다.

운동을 꾸준히 하는 관절염환자를 약치료만 한 환자와 비교해 보았더니 입원 기간이 1/3정도 감소됐다는 것으로 밝혀진 바 있다.

그럼 관절염에는 어떤 운동이 좋을까.

걷기나 속보, 물속에서의 걷기나 에어로빅, 수영, 고정식 자전거타기 등을 가볍게 하는 것이 좋다. 관절염의 운동은 약한 강도의 운동을 해야 하다. 강한 운동은 병세를 더 악화시킬 우려가 있으니 주의해야 한다. 그 중에서도 특히 수영을 가볍게 15~20분 정도 하는 것을 권장한다. 수영 시에 수온은 조금 따뜻한 30~32도가 이상적이다. 수영은 무릎관절이나 고관절의 관절염에 더욱 효과적이며 운동 중에 몸의 근육을 3분의 2이상 사용하면서도 부력 때문에 뼈와 전신에 대한 부담을 최소화하기 때문에 다른 관절염뿐만 아니라 요통환자에게도 권장한다. 무릎이 아플 때는 평영을 피하는 것이 좋다.

수영을 못한다면 수중 걷기나 달리기, 에어로빅, 벽 잡고 하는 운동 등 수영과 비슷한 효과를 내는 수중운동을 다양하게 하는 것이 좋다. (여섯째 마당 수중운동 요령 참고)

물과 별로 안 친하든지 기타 여러 가지 사정으로 수영을 하기가 여의치 않다면 걷는 게 최고이다.

처음부터 관절염 잡겠다고 발을 쾅쾅 굴려가며 너무 힘차게 걷게 되면 병보다 사람 먼저 잡게 된다. 우선 산보로 걷기연습을 한 후에 속보를 하는 것이 좋다. 운동시간은 30~60분 정도하고 일주일에 3~5일

정도 하는 것이 알맞다. 관절에 무리를 주는 조깅은 피하는 것이 좋다.

스트레칭 등 체조를 생활화하면 어깨, 팔꿈치, 무릎 및 고관절이 굳어지는 것을 예방할 수 있으며 누울 때는 30분 정도 엎드리는 자세로 있으면 고관절과 무릎 관절의 경직을 방지하는데 도움이 된다.

또 스포츠 클리닉에 설치된 특수 기재를 이용해 관절 자체에 무리를 주지 않고 주위 근육을 강화하는 특수 운동을 하기도 한다. 이를 응용해 팔 관절에 이상이 있는 사람은 고무 밴드나 타이어를 양손으로 잡거나 팔에 끼운 후 당기는 운동을 할 수 있다. 커다란 비치볼을 양손으로 껴안고 팔에 힘을 주는 방법도 팔 관절 강화에 도움이 된다. 보통 15초 정도 힘을 주고 3~4초 휴식하여 20~30회 반복한다.

다리 관절이 아플 때는 눕거나 앉은 자세로 다리에 고무줄을 끼운 후 상하 좌우로 10~15초간 근육을 수축시켰다. 3~4초간 이완시켜는 운동을 반복하면 좋다.

운동 중의 주의 사항과 생활요법

관절염이 있을 경우는 체온이 낮은 상태에서 급격한 운동을 하면 역효과가 난다. 따라서 준비운동을 충분히 실시하여 몸을 데운 후에 운동을 해야 한다는 것을 명심하자. 그리고 운동에 앞서 관절염의 정도와 어느 부위에 더 많이 진행되고 있는지 그리고 체력은 어느 정도이며 합병증이 진행되고 있는지를 잘 진단 받고 그 결과에 따라 자기에게 가장 알맞은 운동프로그램을 받아서 해야 효과를 극대화할 수 있다. 그러기 위해서는 반드시 전문가의 지도를 받아야 한다.

평소 편안한 신발을 신으며 좋은 자세를 유지하는 것은 관절염 예방에 큰 도움이 된다. 쭈그리거나 무릎을 꿇고 앉는 습성은 무릎관절을 상하게 하기 쉬우므로 고치도록 한다.

현재 관절염이 있는 사람은 우선 관절에 가해지는 힘을 최소화시키는 경제적인 자세를 익히고 자기 체격에 맞는 의자나 책상, 식탁과 침대를 사용하는 것이 좋다. 높은 선반 대신 손이 쉽게 닿는 곳에 생활용품을 두는 등 일상생활에서 관절에 무리가 가지 않도록 하는 세심한 배려도 필요하다.

관절염 운동

❶ 눕거나 앉아서 다리를 편 채로 발끝을 앞으로 밀어 힘을 강하게 준다(약 5초). 발끝을 몸쪽으로 당겨 강하게 힘을 준다. 약 5초간의 휴식을 취한다.

❷ 누운 자세에서 한 발을 45도 정도 들어 5초간 힘을 준다. 똑같은 힘으로 다리를 굽힌다. 다시 펴서 5초간 정지한다. 원래 위치로 돌아온다. 이 동작을 연속적으로 하고 양발 교대로 실시한다.

❸ 바닥에 누운 후 90도 각도로 다리를 구부렸다 폈다 하는 동작을 반복한다. 또는 똑바로 서서 뒷짐을 진 후 무릎을 천천히 올린다. 몇 차례 반복하고 양쪽 교대로 운동한다.

❹ 왼발을 펴고 오른발을 위로 가로 지른다. 왼팔은 오른쪽 무릎의 뒤쪽에 위치시키고 오른쪽으로 상체를 돌린다. 이때 오른팔을 등 뒤로 가져가고 오른쪽 어깨는 앞으로 향하게 한다. 30초 동안 유지하고 본래의 위치로 돌아온다.

❺ 한 손과 반대편 무릎을 바닥에 대고 나머지 팔다리는 앞뒤로 뻗는다. 양쪽번갈아가며 3회씩.

❻ 똑바로 서서 양손에 막대기를 잡은 후 팔을 펴서 머리 위로 올린다. 5초 유지. 막대기는 천천히 움직이고 어깨 폭과 손이 벌어진 폭이 같도록 할 것.

골다공증

'뼈대 있는 집안 자식은 다르다'는 말이 있다. 그러나 생리학적으로 볼 때, 뼈대 있는 집안 자식도 뼈대 없는(?) 집안 자식도 206개 정도의 뼈를 가지고 있는 것은 마찬가지. 우리 몸에서 뼈는 보이지 않게 중요한 역할을 한다.

우선 몸을 지탱하고 외부의 힘에 대해 몸의 중요한 기관을 보호해 준다. 만약 두개골이 뇌를 보호하지 않고 늑골이 심장과 폐를 보호하지 않는다면 만원 전철에 타는 것만으로도 즉사할 것 아닌가. 이처럼 단단하게 우리 몸을 지켜주는 것이 뼈이지만, 나이가 들면 뼈에 구멍이 숭숭 나는 골다공증에 걸리게 된다. 골다공증은 골절의 원인이 되며 주로 골절을 당하는 부위는 척추, 대퇴, 손목 부위이다.

골절로 오래 고생하거나 허벅지 뼈 골절의 경우는 환자의 15~20%가 심지어 목숨을 잃기도 하는 것도 문제이지만 무엇보다도 뼈의 이상으로 조혈 작용에 이상이 생기는 것이 큰일이다. 알다시피 혈액은 뼈에서 생성되는데 뼈에 이상이 생기게 되면 적혈구가 잘 생성이 되지 않아 빈혈이 되거나 백혈구가 잘 생성되지 않아 세균을 이길 수 있는 힘이 부족해 생명에 위험을 받게 된다.

여성들에게 많은 골다공증

뼈의 강도는 보통 30대 후반에 최대치를 기록하고 그 후부터는 서서히 골 소실이 일어나 보통 1년에 1~2% 정도씩 골 밀도가 줄어든다. 남성은 60대 후반 이후부터 골 밀도가 더욱 크게 떨어지지만 여성은 40대 후반인 갱년기부터 뼈가 급속도로 약해지므로 골다공증이 여성병으로 꼽히는 것이다. 그 주된 원인으로는 여성호르몬인 에스트로겐 부족, 칼슘섭취 부족, 칼슘조절 호르몬인 부갑상선호르몬과 칼시토닌 및 화성 비타민 D 부족으로 칼슘 흡수가 잘되지 않는 것 등이 꼽힌다.

특히 여성들은 '아이 하나에 이빨 하나'라는 서양 격언처럼 출산과 수유기를 거치면서 칼슘 부족에 빠지기 쉽다. 따라서 젊어서부터 칼슘의 충분한 섭취에 힘써야 하며, 더 나아가 사춘기 때부터 칼슘을 충분히 섭취해두어야 갱년기를 건강하게 보낼 수 있다.

갱년기 전후로 칼슘제를 충실히 먹었는데도 골다공증이 진행되는 경우가 있는데 이런 경우에는 이미 때늦었거나 칼슘이 제대로 흡수되지 않는 것이 원인이다. 섭취한 칼슘이 잘 흡수되기 위해서는 무엇보다도 중요한 것이 운동이라는 것은 이미 밝혀진 사실이다. 뼈의 칼슘은 그 필요가 있을 때 더욱 잘 붙게 되어있다. 따라서 알맞게 규칙적인 운동을 해야지만 뼈에서 칼슘이 빠져나가지 않을 뿐 아니라 칼슘의 흡수가 잘 이루어져 골 밀도가 증가하게 되는 것이다. 그러므로 골다공증을 예방하고 치료하기 위해서는 식사를 통해 충분한 칼슘을 섭취하는 것만큼 규칙적으로 운동을 해야 한다.

골다공증 예방 수칙 9가지

첫째, 균형 잡힌 식사로 충분한 칼슘을 섭취한다.

칼슘의 일일 권장량은 성인은 하루 800mg, 임산부와 폐경기 여성은 1,500mg, 성장기 청소년 또한 1,500mg이다.

참고로 몇 가지 식품 속의 칼슘 함유량을 살펴보면, 우유 1컵이 224mg, 계란 1개가 206mg, 뱅어포 1장이 158mg, 멸치 2숟갈은 90mg, 순두부 한컵

이 240mg, 두부 1/5모는 145mg, 굴 1개는 90mg이다.

둘째, 태양광선으로 충분한 비타민 D를 생성시킨다. 적절할 일광욕은 골다공증 예방에 도움이 된다. 비타민 D를 섭취하는 것도 골 소실을 막는 데 도움을 주지만 한꺼번에 많은 양을 복용하는 것은 피해야 한다.

셋째, 카페인 염분의 섭취를 제한시킨다.

스트레스가 쌓이면 스트레스에 대항하는 호르몬인 부신호르몬이 분비되면서 칼슘 흡수가 나빠져 뼈가 약해진다. 그 해소책으로 카페인 음료를 마시는 사람들이 많은데 너무 많이 마시면 칼슘 흡수가 잘 안되게 된다. 단백질과 염분의 지나친 섭취 또한 칼슘의 배설을 촉진해 뼈에 해롭다.

넷째, 금식을 하지 않는다.

갱년기 여성들의 전유물처럼 되어 있던 골다공증이 최근 들어 다이어트를 하는 젊은 여성들에게서도 많이 발견되고 있다는 사실.

다섯째, 과음은 피하고 담배를 피우지 않는다.

남성은 여성에 비해 상대적으로 골다공증 발생위험이 적기는 하지만 술과 담배를 많이 하고 운동을 게을리 하는 남자들은 40대 후반부터 골다공증의 위험이 크다. 과다한 음주로 인한 알코올독성은 칼슘 대사를 저해하고, 흡연은 고관절이나 허리뼈의 골절률을 매우 높이는 것으로 조사된 바 있다.

여섯째, 규칙적으로 운동을 한다.

항상 운동을 해서 여러 각도에서 뼈에 힘을 가할 때 뼈세포의 활동이 활발하게 되고 뼈 자체도 튼튼해진다. 신체 활동이 없는 칼슘섭취는 뼈 성장에 별 도움이 되지 않을 뿐 아니라 신장결석이나 요로결석이 생기는 원인이 되는 등 오히려 해가 되기도 한다.

운동을 하면서 칼슘을 섭취하면 뼈가 칼슘을 충분히 받아들이면서 뼈가 튼튼해지기 때문에 제 기능을 충분히 수행할 수 있다.

그밖에도 폐경 전에 난소절제술을 한 경우 에스트로겐을 섭취하거나 필요에 따라 호르몬 치료를 받는다든지 골 밀도를 감소시키는 스테로이드 약물의 사용은 피하는 것도 골다공증 예방을 위해 지켜야 할 생활 수칙이다.

골다공증 예방과 치료를 위한 운동요법

골다공증에 운동이 좋다고 중년여성이 제자리 뛰기나 줄넘기처럼 무릎이나 허리 관절에 충격을 주는 운동을 선택하는 것은 적합하지 않다. 수영도 뼈를 강하게 하는 데는 별 도움이 되지 않는다. 오히려 자기 걸음걸이보다 조금 빠른 속도로 걷기를 시작한다거나 가벼운 조깅, 자전거타기를 하는 것을 권장한다. 이러한 운동도 과욕은 절대 금물이다.

골다공증 예방 치료에는 걷기나 등산, 자전거타기, 에어로빅 등의 유산소운동과 더불어 반드시 중량운동을 해야 한다. 운동으로 근육이 수축하면서 골격에 압력이 가해질 때만 조골세포의 기능이 촉진되어 골밀도를 높일 수 있기 때문이다. 따라서 집에서 할 수 있는 윗몸 일으키기, 팔굽혀 펴기 등의 근력강화 운동이나 아령, 바벨운동, 또는 헬스장에 가서 남성들이 주로 하는 웨이트트레이닝을 필수적으로 병행하도록 한다.

골다공증을 예방하거나 치료하기 위한 운동프로그램으로는 심폐지구력을 기르는 유산소운동 50%, 아령, 역기, 벤치프레스 등의 저항성 운동 50% 비율로 잡아서 주당 5~6회, 하루에 한 시간 정도 운동하는 것이 가장 바람직하다.

변 비

노년에 각종 현대병 특히 고지방, 심장병을 갖고 있는 분들은 변비에 각별히 주의해야 한다. 화장실에 들어가다 갑자기 힘을 쓰면 변을 보다가 잘못되는 분들도 많기 때문이다.

여행 중에 불결한 곳에서 변을 볼 때, 누구나 한 번쯤은 뜻대로 되지 않아 고생한 경험이 있을 것이다. 이런 단순 변비는 환경이 바뀌면 곧 좋아지므로 크게 걱정할 게 못되지만 상습적인 변비로 고생하는 사람들은 정말 심각하다.

'당신이 밀어내기에 힘쓰는 동안 바깥사람은 조이기에 힘쓰고 있어요. 최선을 다해 힘을 줍시다.' 이런 유머까지 있을 정도니 변비로 고생하는 사람들에겐 그리운 임보다 더 반가운 것이 똥이 아닐까.

그럼 도대체 변비란 무엇인가. 임상적으로 변비는 일주일에 2번 이하로 변을 보되 그것도 아주 힘이 들거나 시원찮게 보는 경우를 말한다. 그 해결책을 찾으려면 우선 원인을 정확히 알아야 한다. 변비의 원인은 생각 이상으로 매우 다양하며, 원인에 따라 해결방법도 달라진다.

먼저 '변비쯤이야' 하고 가볍게 여겨서 안 되는 경우가 있다. 기질적인 배변 장애로 인한 변비증이 바로 그것이다. 주로 대장 질환이나 항문에 이상이 있을 때 생기는데 이런 경우는 병원 치료가 우선 되어야 한다. 전체 변비환자의 20% 정도가 이에 해당된다.

그밖에, 전체 변비환자의 80% 정도는 잘못된 습생에서 비롯된 습관성 변비이다. 습관성 변비도 원인에 따라 몇 가지로 나눠진다. 크게 장의 운동이 약해져서 생기는 '장 무력성 변비'와 장이 스트레스를 받아 생기는 '긴장성 변비'를 들 수 있다. 이 둘은 변의 모양으로 구분할 수 있는데, '장 무력성 변비'는 딱딱한 변이 나오지만 '긴장성 변비'는 땡글땡글한 토끼 똥 모양의 변을 보는 것이 특징이다. 어떤 경우는 이 두 가지 경우가 복합적으로 나타나기도 한다.

변비의 해결을 오로지 변비약에 의지하는 경우를 많이 보는데 함부로 먹는 변비약은 오히려 변비를 악화시키고 장을 무력하게 만들 수가 있으므로 주의해야 한다. 또 변비약을 너무 과다 복용할 경우 장 점막이 자극을 받아 다른 병이 생길 수 있다.

변비를 해결하는 가장 좋은 방법은 자신의 평소 생활습관을 꼼꼼하게 돌아보고 개선하는 것이다. 구체적인 방법은 다음과 같다.

첫째, 배변습관을 점검할 것.

변의(便意)는 주로 대장의 운동이 활발한 아침시간에 나타난다. 따라서 변비를 예방하려면 이른 아침에 변을 보는 습관을 기른다. 꼭 변을 보지 않아도 괜찮으니까 일단 변기에 앉고 보는 것이 중요하다.

변이 보고 싶어지는 시간은 불과 2~3분으로 짧다. 이 시간을 놓치지 말고, 왼쪽 아랫배를 문지르면 변의를 일으키는데 도움이 된다. 10분 정도는 느긋하게 기다려 보도록 하되 너무 오래 앉아있거나 무리하게 힘을 주는 일은 금물, 치질, 탈장 등 항문병이 생기기 쉽다. 항문병에 걸릴까 염려되면 5분 있어도 안 나올 때 일단 일어났다가 다시 변기에 앉는 것도 괜찮은 방법이다. 그리고 화장실엔 읽을거리를 들고 들어가지 말 것. 배변에 집중할 수가 없다.

둘째, 한 끼 식사도 거르지 말 것.

변비에 시달리는 사람들이 흔히 착각하는 것 중의 하나가 적게 먹을수록 일보기가 쉬우리라는 것이다. 그러나 그 반대라는 것을 알아야 한다. 식사량이 충분해야 대변의 양도 많아져 배변이 쉽다. 따라서 변비가 있는 사람은 한 끼라도 거르지 말고 특히 가볍게라도 아침은 꼭 먹도록 한다. 아침을 거르는 사람 중에 변비환자가 많다.

셋째, 물과 섬유질 식품을 충분히 먹을 것.

물은 적어도 하루에 8컵 이상 마신다. 그래야 변이 딱딱하게 굳어지는 것을 막을 수 있다. 아침 공복에 생수 1~2컵은 변비에 둘도 없는 약이다. 찬 우유를 한 컵 마셔도 비슷한 효과를 본다.

섬유질식품 또한 변속에 있는 물기를 빼앗기지 않는 성질을 가지고 있기 때문에 변이 단단해지는 것을 막아준다. 장 자극효과도 있으므로 장이 무력해 변비에 걸렸을 때는 섬유질이 많은 야채를 매 끼니 때마다 먹도록 한다. 식사를 인스턴트식품이나 패스트푸드로 대충 때우면 자연히 섬유질이 부족해지므로 피하는 것이 좋다.

섬유질도 너무 과하게 섭취하는 것은 금물이다. 과다한 섬유질 섭취는 무기질의 흡수를 저하시키는 결과를 낳는다. 철분 결핍성 빈혈에 걸릴 수도 있다.

넷째, 긴장성 변비는 다른 대책을 세울 것.

'장 무력성 변비'와 달리 스트레스를 받아 생기는 '긴장성 변비'에는 섬유질이 좋다고 무조건 고섬유질 식사를 해서는 안 된다. 거친 섬유질음식이 장을 더욱 자극하기 때문이다. '긴장성변비'는 장이 잔뜩 흥분되어 제대로 작용하지 못하고 그로 인해 변비가 생기는 경우다. 그러므로 야채도 찌거나 삶은 부드러운 것을 먹는 것이 좋고 찬 우유나, 후추, 고추, 카레 등 자극성 향신료도 피해야 한다.

장내 세균 발란스를 맞춰주는 올리고당이 들어 있는 식품, 양파나 아스파라가스, 곤약, 또는 올리고당이 첨가된 우유나 요구르트는 도움이 된다.

다섯째, 변비에서 해방되는 최상의 방법은 운동!

복부와 허리근육을 발달시키는 운동은 대장의 활동을 활발하게 해준다. 가장 손쉽게 할 수 있는 것이 윗몸 일으키기, 누워서 발끝을 위로 뻗고 크게 원을 그리면서 자전거 페달을 밟듯이 하는 운동도 하복부를 자극하고 허리를 튼튼하게 해 주므로 틈나는 대로 하면 도움이 된다.

걷기, 조깅 같은 전신 운동이나 체조는 대장의 운동성을 높여주므로 적극 권할 만하다. 항문 괄약근에 힘을 주는 케겔 운동은 골반이나 항문근육의 이상 때문에 생긴 변비에 도움이 된다.

하체 기능이 떨어지고 차가워지면 쉽게 변비가 오므로 항상 배를 따뜻하게 해 주고, 마사지를 해주는 것도 변비 예방과 치료에 도움이 된다. 하체를 따뜻하게 하는 가장 좋은 방법은 물론 운동이다.

대부분의 변비는 2~3개월 정도 규칙적인 운동을 하고, 식생활 등 생활습관을 바꾸면 충분히 고칠 수 있다.

변비는 그 자체도 남모를 고통이지만 치질이나 각종 장 질환, 두통, 노화의 원인이 되고 피부에도 좋지 않은 영향을 끼친다. 심지어 암의 원인이 될 수 있으므로 묵이지 말고 그때그때 해결하는 것이 최상이다.

변비 예방과 치료를 위한 운동

❶ 발을 바닥에 붙이고 앉았다 서기를 5~6회 반복한다.

❷ 바르게 앉은 자세에서 엉덩이를 왼쪽 바닥에 붙여 앉는다. 상체는 오른쪽으로 틀고 왼손을 오른쪽 무릎 위에 올려놓는다. 오른손은 뒤로 돌려 왼쪽 허벅지를 짚는다. 반대쪽으로도 실시한다.

❸ 손바닥을 펴서 배꼽 밑에 대고 아래에서 오른쪽으로 배 전체를 원을 그리듯이 마사지한다. 6~8회 반복한다.

❹ 배 밑에 공을 넣고 몸을 앞뒤 옆으로 움직인다. 배가 끝나면 등쪽도 공을 넣고 마사지 한다.

❺ 똑바로 누워 숨을 마시면서 오른발을 가슴 쪽으로 구부려 양손을 잡아당기며 숨을 내쉰다. 양쪽을 번갈아가며 각 5회씩 반복한다.

❻ 양쪽 다리를 잡아당기면서 숨을 마시면서 가슴 쪽으로 잡아당기

면서 숨을 내쉰다.

❼ 바닥에 똑바로 누워서 팔을 양옆으로 펴고, 숨을 들이 마시면서 오른쪽 다리를 든 다음 숨을 천천히 내쉬면서 왼쪽 편으로 내린다. 이때 얼굴은 반대편으로 돌린다. 다시 숨을 마시면서 오른발을 들고 숨을 내쉬면서 원 위치로 돌아온다. 반대편도 실시할 것, 모든 동작이 끝나면 팔을 옆으로 벌린 채 편히 누워 전신을 쭉 편다.

감 기

감기를 말 그대로 풀리면 기(氣)에 감(感)이 왔다는 뜻이 된다. 평소 숨을 쉴 때는 아무 느낌도 없던 기관지에 어떤 느낌이 오기 시작했다는 것이다.

우리 몸에 이상이 없을 때는 머리에서 발끝까지 아무것도 없는 것처럼 여겨지지만 발가락에 무좀이 생기면 발가락이 있다는 것을 의식하게 되고 티눈이 생기면 발바닥이 있다는 사실을 깨닫는다. 마찬가지로 감기에 걸려 기관지가 꽉 차고 호흡조차 곤란할 지경에 이르러서야 우리는 비로소 기관지의 존재를 알게 된다.

흔히 억울하거나 당치도 않은 상황에 놓이게 되면 '기가 찬다', '기가 막힌다'라는 말을 쓰는데 물리적인 면에서 본다면 감기에 걸렸을 때에 딱 적당한 표현인 듯하다. 어쨌거나 평소 몸 관리를 잘해서 기가 차거나 기가 막히는 일은 없어야 할 것이다.

감기는 잘 알다시피 갑자기 내려간 기온에 미처 몸이 적응을 못했다든지 감기 바이러스에 감염되었을 때 걸린다. 가벼운 감기는 대체로 낮은 기온이 문제가 되고 유행성감기 같은 악성감기는 바이러스 감염이 주된 이유가 되는데 두 가지 모두가 원인으로 작용하는 수가 많다. 바이러스는 저온이 강한 특성을 지니고 있기 때문이다. 특히 추운 계절에 밀폐된 공간에 오래 있는 경우는 공기 중에 떠다니는 바이러스의 표적이 되기 쉽다. 감기바이러스의 종류는 무려 200여 종 이상이며, 대표적인 것이 인플루엔자바이러스다. 바이러스란 자신의 힘만으로는 살

수 없어서 다른 세포 속에 들어가서 증식하는 생물체를 말한다. 감기 바이러스는 주로 코나 입 등의 호흡기 점막에 침입하여 증식 활동을 시작한다. 그때 나오는 물질 때문에 염증이 생기고 기침, 재채기, 콧물 등의 증상이 나타나게 되는 것이다.

인플루엔자백신 같은 예방약은 있긴 하지만 의학이 발달한 지금까지도 감기 치료약이라고 할만한 것은 아직 없다. 그러므로 모든 감기약은 단지 증세를 가볍게 하는 것에 지나지 않는다는 사실을 알아둘 필요가 있다. 감기같이 가벼운 질환에 치료약이 나오지 못한 이유는 감기바이러스의 수가 워낙 다양해 어느 바이러스에 의해 감염이 되었는지 알 수가 없기 때문이다. 따라서 의학계는 21세기에 퇴치하기 제일 어려운 병이 암도 아니고 에이즈도 아니고 바로 감기라고 얘기한다. 그러므로 '감기약을 먹으면 2주일 만에 감기가 낫고 감기약을 먹지 않으면 14일 만에 감기가 떨어진다.'는 우스개 소리도 있다. 감기약보다 오히려 체내에서 분비되는 천연약(?)을 권하고 싶다.

우리 몸은 스스로 병을 이길 수 있는 자생력이 있고 이 자생력이 바로 가장 효과적인 감기 예방약이며 치료약이다. 따라서 겨울철이나 환절기에는 체온 관리에 유의하면서 몸의 자생력을 높이면 수백 종의 바이러스가 우리 몸을 공격해 들어오더라도 문제가 없다.

충분한 영양을 섭취하고, 과로를 피하고 적당한 휴식을 취하면서 평소에 운동을 통해 체력을 높여놓으면 쉽게 감기에 걸리지 않는다. 이미 감기에 걸렸더라도 처방은 다를 바 없다.

한 가지 유의할 것은 초기 증상이 감기와 비슷한 병을 조심하는 것이다. 결핵, 급성류머티즘, 소아마비, 백일해, 디프테리아, 장티푸스, 유행성간염 등은 초기 증상이 감기와 거의 같다. 또 감기가 원인이 되어 생기는 병도 많다는 것을 명심하고 감기 치료에 소홀해서는 안 된다. 위장 장애, 중이염, 편도선염, 폐렴 등은 감기에 걸려 저항력이 약해진 사이에 잘 생기는 병들이다.

불면증

잠자리에 누웠는데 오라는 잠은 안 오고 눈만 말똥말똥, 안되겠다 싶어서 마음속으로 백까지 세어본다. 그것도 모자라 또다시 백까지 세고 나서 일어나서 책까지 읽어보지만 도무지 찾아오지 않는 잠.

'잠충이'라는 소릴 들을 만큼 잠이 너무 많아서 문제인 사람도 있지만 해만 지면 '오늘 또 잠이 안 오면 어떡하나' 하고 걱정하는, 밤이 무서운 사람들도 있다.

일반적으로 1주일에 세 차례 이상 불면을 경험하는 것이 한 달 이상 계속되고 그로 인해 낮 동안의 사회적, 직업적 기능이 크게 떨어지는 경우를 불면증으로 정의한다. 그러므로 밤에 '잠 한숨 못 잤다'고 호소하는 사람일지라도 해가 중천에 뜰 때까지 이불을 뒤집어쓰고 있는 경우라면 수면리듬이 깨진 것이지 불면증이라 할 수 없다.

보통의 경우 별다른 이유 없이 불면증에 걸리지만 관절염이나 천식, 야간 무호흡, 각종 통증, 심한 기침, 우울증 때문에 불면증이 오기도 한다. 이럴 때는 원인 질환을 우선 치료해야 한다.

불면증 때문에 먹는 수면제는 여러 가지 문제를 일으킬 수 있으므로 신중해야 한다. 연구에 의하면 수면제를 먹고 잠을 청한 경우엔 수면의 회복 효과가 감소된다. 즉 잠을 자도 잔 것 같지 않은 선잠이 되어버리는 것이다. 또 수면제를 갑자기 끊으면 불면증이 더욱 심해지고 자꾸 쓰다보면 용량을 늘여야 한다. 그러므로 수면제에 의존하기보다는 숙면을 위해 몇 가지 노력을 기울이는 편이 낫다.

먼저 권하고 싶은 것은 자는 시간, 일어나는 시간을 정해두는 것이다. 몸의 리듬을 규칙적으로 만들어주면 매일 잠자는 것이 그리 어려운 일도 아니다. 하지만 불면증을 없앤다고 너무 일찌감치 잠자리에 들면 오히려 역효과가 난다. 또 불면증이 있는 사람은 낮잠을 오래 자지 않도록 한다.

한편 불면증은 의식하면 할수록 더 심해진다. 이 사실은 동물들에게 불면증이 없다는 것만 봐도 잘 알 수 있다. '몇 시간은 자야 하는데 그렇지 못하니 수면 부족'이라는 식의 강박 관념은 오히려 불면증을 악화시킨다. 그러므로 베개에 머리를 눕히는 순간 모든 것을 잊는다는 원칙을 세우는 것이 좋다.

잠자리에 누워 생각이 많거나 잠들지 못한다고 짜증을 내면 자연히 피가 뇌로 몰리게 돼 더 잠들기 어려워진다. 이것을 역으로 해석하면 잠이 안 올 때는 뇌로 몰려 있는 피를 아래로 내려 보내는 게 좋다는 얘기가 된다.

예를 들어 음식을 먹어 피가 위장 쪽으로 모이게 하면 잠들기 쉬워진다. 저녁식사 후에 바로 잠자리에 들라는 얘기가 아니라 따끈하게 데운 우유같이 소화되기 쉬운 음식을 적당하게 섭취하면 공복감을 없애고 깊은 잠을 이루는데 도움이 된다는 것이다. 또 한 가지, 자기 전에 뜨거운 물로 발을 씻는다든지 엄지발가락을 구부리는 등 간단한 발 운동을 해주면 발이 따뜻해지면 피가 아래로 내려가게 된다.

운동을 하면 그런 효과가 더욱 확실해진다. 운동은 가벼운 피로감까지 더해주기 때문에 불면증 해소에 큰 도움을 준다. 불면증이 있는 경우는 아침에 운동하는 것보다 저녁 운동을 하고 가벼운 목욕을 한 후 식사를 가볍게 하고 한두 시간 후에 잠자리에 들 것을 권한다. 불면증 해소를 위한 저녁 운동은 너무 강하게 해서는 안 된다는 점에 유의하도록 한다.

강한 운동은 체내에 아드레날린이나 노아드레날린 등의 호르몬을 증가시켜 흥분 상태를 유발하기 때문에 오히려 잠을 설치는 원인이 된다.

불면증 해소에 좋은 체조

❶ 누워서 양다리를 뒤로 밀어내면 보조자가 뒤꿈치가 엉덩이에 닿을 때까지 지그시 눌러주는 동작을 반복한다.

❷ 무릎을 꿇고 앉은 자세에서 앞으로 굽히고 등을 똑바로 편다. 이때 다른 한사람은 어깨 부위를 지그시 눌러 준다.

❸ 한쪽 다리를 앞으로 뻗은 채 크게 원을 그리듯이 돌린다. 양다리를 교대로 한다.

❹ 누운 자세에서 양다리를 높게 뻗어 걷는 동작을 행한 후 양다리를 머리 뒤로 넘긴다. 이때 다리를 곧게 뻗는다.

부 종

노년에 살이 빠져 약해지지만 부종으로 실해 보이는 노인들도 적지 않다.

우리 몸에는 체액인 수분이 약 60%를 차지하고 있다. 몸속에 수분은 많을수록 좋다. 운동선수들이 일반인들보다 많고 특히 마라톤선수는 체액이 70% 이상을 차지하고 있어서 순환이 어느 누구보다 잘된다. 물살이니 물렁살이니 하는 말이 있지만 실제로 비만한 사람들의 신체 조성을 재어보면 보통 사람들보다 체액이 적다. 그러므로 비만할수록 수분 섭취를 자주 해야 한다.

수분을 많이 저장시킬 수 있는 능력이 높을수록 건강한 것이 사실이긴 하지만 문제는 감당할 능력도 없이 수분이 과다하게 저장되어있거나 있어야 할 곳에 있지 않을 때이다. 이럴 때 나타나는 대표적인 증상이 바로 부종이다.

부종은 세포와 세포 사이에 필요 이상의 물이 고여 수분이 세포내로 쉽게 들어가지 못하고 세포 밖에 머무는 시간이 길어지면 생긴다. 그로 인해 체중이 1~2kg 증가되고 얼굴이나 손발이 붓는 것이다.

때때로 수분대사가 잘되지 않아 붓는 증상은 흔히 있을 수 있는 일이지만 늘 자고 일어나면 눈꺼풀이 부석부석하고 손이 부어 주먹 쥐기가 거북하다거나 저녁때만 되면 신발을 신기조차 어려울 정도로 뻑뻑해지는 등 만성적으로 부종 증세가 있을 때는 주의를 기울여야 한다.

임파선 부종은 목, 겨드랑이, 사타구니 등이 붓는 것이 특징이고 임산부 부종은 분만 후에 사라진다.

일반적으로 부종이 생기는 이유는 심장이 나쁘거나 신장이 나쁜 경우이다. 신장이 나쁘면 부종이 온다는 사실은 상식에 속하는데 소변을 걸러내는 신장기능이 나빠지면 소변을 통한 체내의 수분 조절이 잘 안되어 부종이 생긴다. 하지만 심장이 약할 때도 부종이 온다는 사실은 언뜻 이해하기 어려운데 그 이유는 이렇다. 심장의 기본적인 역할은 혈액과 함께 수분을 펌프질해 올리는 것이다. 그런데 펌프질해 올리는 힘이 약하게 되면 심장으로 빨리 올라가지 못한 체액이 조직에 고이게 마련이다. 그로 인해 여분의 수분이 세포 사이사이에 고여 있게 된다.

부종이 심할 경우는 일단 수분 섭취를 줄임과 동시에 나트륨 섭취를 억제해야 한다. 나트륨은 소금이나 화학조미료, 가공 저장식품에 많이 들어있다. 특히 소금을 많이 먹게 되면 우리 몸은 소금물을 희석시키기 위해 소변으로 나가는 물을 붙잡아 두어서라도 체액을 묽게 만들려 한다. 그 때문에 부종이 더욱 가중될 뿐 아니라 짜게 먹은 뒤에 뒤따르는 갈증으로 자기도 모르게 새 수분을 더 많이 취하게 되어 더더욱 상황이 나빠진다.

그러나 붓는 게 무서워 수분이나 염분을 너무 지나치게 제한하면 다른 부작용이 생긴다. 또 현실적으로 늘 피할 수만도 없는 노릇이므로 적당한 운동을 해서 혈액순환을 촉진하고 세포 투과성을 높여주면 부종을 근본적으로 해결할 수 있다.

요 통

　노년기에 들어서 허리가 아픈 현상이 많다. 요통은 심한 운동이나 사고, 척추 질환, 노화로 인해 생기기도 하지만 대개는 잘못된 자세와 운동 부족이 원인이다. 단순한 허리 통증에서 그치지 않고 끝내 수술까지 해야 할 경우도 생기는 만큼 요통은 결코 소홀히 할 증상이 아니다. 특히 비만한 사람이 요통을 많이 호소하는데 요통 환자의 2/3는 축 늘어진 복부를 가지고 있는 비만자들이다. 살이 찌면 배가 나오고 뱃살을 감당하기 위해서 허리뼈도 따라 휘게 되면서 척추에 부담이 가서 요통이 오기 때문이다.

　요즘엔 젊은 요통환자가 많아 버스에서 오히려 자리를 양보해줘야 할 지경인데 사무직 직장인, 학생, 운전을 오래하는 사람들이 주로 요통을 호소한다. 주로 앉아지내는 생활과 운동 부족이 허리근육을 약하게 만든 탓이다.

　앉은 자세는 누워있을 때에 비해 7배, 서있을 때보다 3배 정도로 크게 허리에 부담을 주는데, 그것도 앉은 자세에 따라 차이가 있다. 따라서 장시간 앉아지내는 경우에는 의식적으로라도 가끔씩 자리에서 일어나 가볍게 움직여주는 것이 좋다. 운동 부족이 계속되면 척추 뼈와 관절을 지탱하고 있는 근육과 인대가 약해지며 약간의 허리 부담도 곧바로 요통이나 디스크로 이어진다.

　운동은 이미 요통이 생긴 경우라도 치료에 꼭 필요하다. 주로 복부와 허리의 근육을 강화하는 운동을 하는 것이 좋다. 요통 초기 상태에서는 운동처방에 따라 1~2개월 정도 꾸준히 운동을 해주면 쉽게 낫는다. 통증이 있거나 심한 요통에는 약물이나 물리치료와 병행하여 스포츠클리닉에 설치되어 있는 사이벡스 등 전문적인 운동기구를 이용해 운동치료를 받은 후에 자가 치료를 한다.

통증이 덜할 때도 꾸준히 운동을 해야 반복되는 요통에서 벗어날 수 있다. 요통에 좋은 운동에는 어떤 것이 있을까.

먼저 걷기나 등산을 들 수 있다. 바른 자세로 걷는 것은 요통 예방을 위해서도 꼭 필요한 일이다. 여러 가지 연구결과가 이를 증명해 준다.

캐나다의 파미 박사는 인도 산간지역 주민들에게 요통이 현저히 적은 이유가 가벼운 등산이 생활화되어있기 때문이라는 사실을 밝혔다. 또 미국에서는 492명의 허리병 환자들에게 걷기운동을 시켰더니 98%가 요통에서 벗어나는 결과가 나왔다. 따라서 요통환자들의 경우 두 다리를 부지런히 움직여야 한다. 1주일에 3번 정도, 1시간 정도의 코스로 가벼운 등산을 생활화하는 것이 좋다. 처음에는 시속 4km 이하로 천천히 걷고 나중에 시속 5km 정도로 빨리 걷는다. 하산할 때 자세가 흐트러지는 것은 금물이다.

평소에 허리 강화 체조나, 알맞은 근력운동, 자전거타기 등을 규칙적으로 하는 것도 요통에 좋다. 평행봉에 매달려 척추 뼈들을 충분히 이완시키는 운동은 뼈와 뼈 사이의 디스크에 가해지는 부담을 최소화하는 효과가 있다.

요통의 운동요법으로는 수중운동이 제일이다. 물 속에서는 부력 때문에 큰 부담을 주지 않고도 허리근육을 강하게 할 수 있다. 물 속 운동은 요통뿐 아니라, 골절, 인대 파열, 신경통, 관절염, 중풍 등의 치료에도 권장되는 것이다.

물 속 운동은 수치료라 하여 수술 후 채활 운동이나 운동선수의 상해 치료 및 트레이닝에도 널리 활용되어왔다. 수영을 할 경우에는 배영이 요통이나 척추 디스크가 있는 사람에게는 널리 권해진다. 그러나 평형 등 몸이 활모양으로 휘는 자세는 가급적 피하는 것이 좋다.

요통환자들에게 무거운 역기를 들어올리거나 기교적으로 고난이도인 체조는 운동으로 매우 부적합하다. 태권도나 권투, 유도 같이 격렬한 접촉이나 충격이 따르는 운동도 바람직하지 않다. 골프의 경우 올바른 스윙 자세를 취해야만 허리를 보호할 수 있다. 정확하지 못한 자세는 오히려 통증을 악화시킨다.

대부분의 요통은 운동과 더불어 일상 중에 몇 가지 주의사항을 지킴으로써 충분히 예방, 치료될 수 있다.

요통 예방과 치료를 위한 생활요령 10가지

1) 신발 외에는 가급적 딱딱한 의자나 침대를 쓴다.

2) 수면 자세는 옆으로 누운 태아 모양이 건강한 척추를 유지하는데 가장 좋다. 이 자세는 척추의 스트레스를 완화시켜 준다.

3) 바른 들기 자세로 허리를 보호하자. 물건을 들 때 물체를 되도록 몸에 밀착시키고 허리를 구부리지 않고 무릎을 굽혀 든다. 척추를 편 채 엉덩이와 다리의 큰 근육을 이용하는 것이 좋다.

4) 물건을 나를 때는 짐을 양손에 나눠 들어야 신체가 균형이 잡혀 척추가 보호된다.

5) 앉은 자세는 등보다 허리가 등받이에 밀착되도록 해야 척추가 곧게 펴진다. 무릎은 의자와 직각이 되게 하고 다리를 꼬는 자세는 허리에 부담을 주므로 피한다.

6) 오래 앉아 일하는 사람은 가끔 허리를 뒤로 젖히고 나서 약간 걷는다. 또는 10분 정도면 충분히 할 수 있는 요통방지체조를 하루에 최소한 한 번 이상 해준다. 또 장거리 여행을 할 경우에는 2시간마다 차에서 내려 10분간 허리와 사지 근육을 움직이는 운동을 할 것.

7) 허리가 많이 아플 때는 발을 벽돌이나 못쓰는 두꺼운 책 위에 올

려놓으면 편해진다.

8) 담배는 뼈 속의 무기질을 감소시켜 허리뼈의 미세 골절을 일으키거나 디스크로 가는 영양분을 감소시키므로 꼭 피할 것.

9) 허리에 가장 위험한 자세에 유의하자. 걸상에 앉아서 바닥 옆에 떨어진 물건을 주울 때 무심코 취하는 자세, 즉 허리를 비틀어 앞으로 숙이는 자세는 아주 나쁘다. 또 물체를 들고 시선 방향을 바꿀 때는 머리를 돌리지 말고 발을 돌려야 한다.

10) 잠깐 눈을 붙일 때는 책상에 엎드려 자지 말라. 척추를 보호하려면 좀 건방져 보이더라도 다리를 책상 위에 올려놓고 등받이를 뒤로 젖힌 채 자는 것이 좋다.

요통 방지 및 치료를 위한 체조

❶ 바로 누워서 무릎을 펴고 발목을 위아래로 당겼다 펴기를 5회 한다. 그런 다음 양다리를 어깨너비로 벌리고 양 엄지발가락이 서로 맞닿도록 안쪽으로 발목을 돌렸다가 바깥쪽으로 틀기를 5회 한다.

❷ 바로 누워서 양쪽 무릎을 펴고 한쪽 다리를 약간 들어서 밖으로 45도 정도 벌렸다 오므린다. 좌, 우 5회씩 한다.

❸ 바로 누워서 무릎을 펴고 한쪽 다리를 90도까지 올렸다 내린다 (좌우 5회).

❹ 바로 누워서 양팔로 한쪽 무릎을 안고 가슴까지 끌어당겼다 내려 편다(좌우 5회).

❺ 바로 누워서 양손으로 양쪽 무릎을 세우고 허리를 들었다 내린다.(5회)

❻ 엎드려서 양 무릎을 펴고 한쪽 발을 올렸다 내린다(좌우 5회).

❼ 엎드려서 상체를 뒤로 젖혀 올렸다가 내린다(5회).

❽ 그림과 같은 자세에서 호흡에 맞춰 허리를 고양이 등처럼 둥글게

굽혔다 내린다.(5회)

❾ 의자를 잡고 일어섰다 앉았다 한다.

❿ 바로 선 자리에서 양발을 어깨 너비로 벌리고 천천히 허리를 굽
혔다 편다.(5~10회)

위 체조를 매일 1~2차례 해 준다. 허리가 몹시 아프면 이 중에서
본인에게 맞는 동작 3~4가지를 골라서 하고 서서히 횟수를 늘여간다.

두 통

반복적이고 만성적인 두통은 가장 먼저 뇌의 이상이나 감염 등에서 근본적인 원인을 찾아볼 필요가 있다.

목뼈의 이상으로 인해 두통이 오는 수도 많은데 눈에 띄는 어떤 병변이 없더라도 나이가 들면서 모르는 사이에 퇴행성 골소공증이 생겨 모가 난 뼈가 신경을 압박하면 통증이 온다. 또 목의 뼈와 뼈 사이에 쿠션역할을 하는 연골부분이 퇴화되어 외부의 충격을 흡수하지 못하게 되어도 두통이 생긴다. 이런 두통은 두통 자체로 끝나지 않고 심하면 구역질이나 손저림, 보행 장애까지 오기도 한다. 그러므로 단순한 두통이 아니라는 의심이 들면 재빨리 전문의를 찾아 조기에 치료하는 것이 좋다.

그밖에 별다른 이상이 없이 생기는 만성두통은 대개 심인성 두통이다. 전체 두통의 80% 이상이 이에 해당된다. 복잡한 일로 인한 스트레스나 정신적 갈등, 불안, 초조, 우울 등이 원인이다. 정신적인 스트레스가 심하지 않는 경우라도 책상에 구부려 앉은 자세에서 장시간 일하는 직장인들은 어깨와 목덜미의 통증과 함께 흔히 두통이 생긴다.

약간의 두통에도 쉽게 약을 먹는 사람들이 많은데, 대부분의 약물은 의존성이 있기 때문에 장기적으로 보면 도움이 안 된다. 목운동이나 마사지, 복식호흡 등으로 해소하는 것이 더 좋다. 목을 부드럽게 돌리면서 전체적으로 고르게 눌러 목 부분의 긴장을 풀고 손끝에 힘을 넣어 머리의 통증 부위를 강하게 눌러준다. 30초간 3회 정도 반복하면 대뇌, 소뇌의 혈액 순환에 도움이 된다.

두통환자의 뇌를 보면 혈액순환이 잘되지 않아 산소와 영양물질이 잘 공급되지 않는다. 따라서 두통에서 해방되기 위해서는 뇌의 혈액순환과 산소의 공급에 신경을 써야 한다. 가장 효과적인 방법은 운동이다. 머리나 목 부위의 운동만 할 것이 아니라 평소 전신에 산소를 충분히 공급하는 유산소 운동을 꾸준히 하면 쉽게 두통에서 벗어날 수 있다.

규칙적인 운동은 뇌의 혈액순환을 좋게 할 뿐만 아니라 심인성두통의 원인이 되는 스트레스도 이기게 해준다. 심하게 두통을 호소하는 환자들도 자기 능력에 알맞은 운동을 처방한 결과 불과 2~3주 만에 두통에서 해방되는 것을 볼 수 있었다. 운동이 두통에서 해방되는 지름길임을 명심하고 일주일에 5일 정도 가벼운 운동을 계속하는 것이 슬기로운 행동이다.

두통 해소에 효과적인 체조

1. 의자에 앉아서 하는 체조
❶ 의자에 앉은 자세로 상체를 앞으로 굽혔다 폈다 한다.
❷ 똑바로 앉아 양어깨를 위로 올렸다가 내렸다가 한다. 앉은 자세에서 머리만을 상하좌우로 움직인다.

2. 서서 하는 체조
❶ 똑바로 선 자세에서 양팔을 뒤로 젖히며 가슴을 내민 다음 숨을 들이마신다. 몸을 앞으로 구부리면서 숨을 뱉어낸다.
❷ 선 자세에서 목을 상하좌우로 움직인다.

어깨 결림

노년기에 어깨 결림이 많이 온다.

'어깨가 결린다.', '팔이 잘 안 올라간다.', '팔이 뒤로 돌아가지 않는다.' 이런 증상은 주로 50대에 나타난다고 해서 오십견이라고 불러왔다.오십 견은 노화현상이 생겨 혈액순환이 잘되지 않아서 나타나는 현상이다.

요즘은 젊은 사람들 중에도 오십견이 많은데 특히 컴퓨터 작업 등 손끝을 많이 사용하는 이들에게 흔하다. 평소 자세를 바르게 가져서 목과 어깨를 보호해야만 피할 수 있다.

등을 구부리는 새우등의 자세는 절대 피한다. 앉은 자세는 가슴을 펴고 넓적다리와 무릎, 발목 관절이 모두 직각이 되도록 하면 가장 바르다. 컴퓨터 작업을 할 때는 화면을 눈높이에 맞추거나 조금 높은 곳에 두어야 머리가 자꾸 앞으로 나가는 것을 방지할 수 있다.

오래 앉아 일할 경우는 의자에 앉은 채로 두 손을 뒤로 해서 깍지를 껴 허리에 대고 숨을 들이쉬면서 목을 뒤로 최대한 젖히고 10~15초 동안 있 는 동작을 자주해 주면 목과 어깨의 피로를 그때그때 풀 수 있다.

어깨 결림에는 5~6cm 높이의 낮은 베개를 사용하는 것이 좋으며, 전화를 받을 때 목에 전화기를 끼고 받는 습관은 버리는 게 좋다.

어깨가 결리면 정신 집중을 하기도 힘들고 온몸이 피로해지는데, 오 십견에는 어깨를 부지런히 쓰는 것이 최상의 방법이다.

일상 활동을 가만히 살펴보면 다리는 그래도 간혹 걷기라도 하지만 팔을 쓰는 일은 많지 않다. 그로 인해 자연히 팔과 목 부분의 근육이 약해지면서 어깨 결림이 생긴다. 따라서 어깨 결림 예방과 치료에는 무엇보다도 어깨를 움직여 어깨 근육을 강화시키고 혈액순환을 원활하게 하는 것이 중요하다. 그러나 어깨 운동을 너무 과하게 하면 오히려 좋지 않고 한번에 5분 정도가 알맞다.

목욕을 자주하는 것도 어깨 통증 해소에 도움을 주며 특히 탕 속에서 가벼운 어깨운동을 하면 증상이 훨씬 호전된다. 근육의 긴장을 풀어주는 체조, 팔 젓기, 아령 등의 운동이나 마사지로 가벼운 어깨 결림 정도는 해결할 수 있다. 그러나 어깨 관절이 심하게 결리고 통증이 따르면 반드시 전문의를 찾아야 한다. 목뼈 사이의 신경에 이상이 있거나, 심장이나 폐의 질환, 당뇨병이나 위장 질환 때문에 어깨 결림이 올 수도 있기 때문이다.

어깨 결림을 해소하는 운동 2가지

1. 맨손으로 하는 운동
❶ 숨을 크게 들이마시면서 머리를 최대한 숙였다가 숨을 내쉬면서 머리가 더 이상 넘어가지 않을 때까지 뒤로 젖힌다(8~10회 반복).
❷ 양손을 가슴 앞에 모아 마주 붙이고 숨을 들이마시면서 손바닥에 힘을 주었다가 내쉬면서 힘을 뺀다(5~10회 반복).
❸ 양손을 깍지 끼고 숨을 들이마시면서 좌우로 힘껏 잡아당기고 숨을 내쉬면서 힘을 뺀다(5~10회 반복).
❹ 손을 깍지 끼고 숨을 들이마시면서 팔을 앞으로 내뻗는다. 숨을 내쉬면서 힘을 뺀다(5~10회 반복).
❺ 양손을 깍지 낀 채 머리 뒤에 댄 다음 숨을 들이마시면서 팔꿈치를 머리 앞으로 내민다. 이때 머리는 뒤로 젖혀 준다. 숨을 내쉬면서 힘을 뺀다(5~8회 반복).

❻ 양팔을 몸에 붙이고 숨을 들이마시면서 천천히 팔을 돌려 올린다. 한번 정지하고 숨을 내쉰 뒤에 다시 숨을 들이마시면 천천히 팔을 돌려 내리고 숨을 내쉰다(8~12회 반복).

2. 도구를 이용한 운동
1) 막대 체조
❶ 1m 정도 되는 막대 혹은 수건을 준비한다. 양팔을 펴서 막대의 양쪽 끝을 잡고 머리 위로 올리고 내리는 동작을 반복한다. 천천히 통증이 일어나기 전까지 움직인다.
❷ 막대를 등 뒤로 옮겨 다시 위아래로 움직인다. 익숙해지면 움직이는 범위를 넓힌다.
2) 서서 한 손으로 의자를 잡고 몸을 구부려 다리미를 잡는다. 어깨에 힘을 빼고 전후, 좌우로 흔들어 준다. 또 오른쪽, 왼쪽으로 어깨를 돌린다. 호흡은 자연스럽게 하고 반대쪽도 실시한다. 다리미 정도 무게의 아령을 들고 해도 된다.

신경통

신경통은 크게 본태성신경통과 속발성신경통으로 구분된다. 본태성 신경통은 그 원인을 알 수 없는 신경통으로 심지어 환자가 숨진 후에 해부를 해보고도 잘 모르는 수가 있다.

속발성신경통은 뼈의 압박 이상, 당뇨병, 납중독과 알코올중독, 암의 말기에 신경 압박 등 다른 병이 원인이 되어 나타나는 것이어서 흔히 2차 신경통이라고도 부른다. 또한, 통증 부위나 통증의 형태에 따라 삼차신경통, 설인신경통, 후두신경통, 륵간신경통, 좌골신경통 등으로 구분하기도 하는데, 특히 좌골신경통을 호소하는 이들이 많다.

좌골신경통은 요추와 엉덩이, 대퇴부, 하퇴부에 이어지는 신경에 통증이 오는 것으로 이 신경통의 90%가 척추의 변형과 디스크로 인해 신경이 짓눌려서 나타나는 것이다. 이외에도 척수종양, 납중독과 알코올중독에 의해서도 좌골신경통이 나타나는 수가 있으므로 그 원인을 알아보는 것이 중요하다.

3차 신경통은 이마, 뺨, 코, 아래턱, 혀끝 등에 통증이 오게 되는 것으로 특히 아래턱과 아래 입술에 심한 통증이 온다. 심지어 면도도 할 수 없을 정도로 통증이 심할 수도 있으며 치통과 흡사해 잘못 알아 이를 뽑는 수도 흔히 있다.

설인신경통은 혀의 안쪽에서 귀에 걸쳐 날카로운 통증이 오며 음식을 삼킬 때 더 큰 통증을 호소하게 되는 것이다. 또 후두신경통은 뒷

머리가 지르르 아픈 느낌을 주는 신경통이며, 늑간신경통은 12쌍의 늑골신경에 통증이 오는 것으로 척수가 눌리는 등 척수 이상으로 오게 된다.

이처럼 신경통의 양상은 매우 다양하므로 신경통에서 해방되려면 원인을 정확히 알아 그에 맞는 치료책을 강구하는 것이 중요하다. 하지만 신경통으로 오랫동안 고생하는 분들은 쉽게 체념하게 된다. 본태성 신경통 같이 그 원인을 모르는 경우가 많기 때문이다.

흔히 쓰는 진통제에만 의존해 습관성이 되는 것보다는 냉온 찜질과 저주파 전기자극, 통증부위를 문질러 주는 마사지 등을 적절히 활용하는 것이 좋다. 또 통증이 심할 경우는 병원의 통증 크리닉을 찾아 진료를 받는 것이 현명하다.

그리고 신경통은 말 그대로 신경에 통증이 오는 것으로 신경을 덜 쓰며 정신적인 안정을 하는 것이 중요하며 가벼운 운동이 많은 도움을 준다.

신경통 예방과 치료에 도움을 주는 운동

❶ 누워서 손발을 위로 뻗어 손과 발을 흔든다.

❷ 허리에 손을 대고 누워 자전거타기를 20회 이상 실시한다.

❸ 양다리를 모으고 팔을 뒤로하여 깍지를 끼며 윗몸을 앞으로 숙이는 동작을 5회 반복한다.

❹ 양손을 허리에 대고 좌우로 밀어 준다. 양쪽으로 5회 실시한다.

❺ 양손으로 무릎을 잡아서 가슴 가까이 당긴다. 양쪽 다리를 5회 실시한다.

손발 저림과 냉증

'팔 다리가 저린다' 혹은 '손발이 저린다'며 고통을 호소하는 노인들이 많다. 그때는 먼저 몸의 어느 부위가 저린지 점검해볼 필요가 있다. 손끝만 저린지, 팔 전체가 저린지, 아니면 오른쪽이나 왼쪽 중에 어느 한쪽만 저린지 알아보아야 한다. 또 바늘에 찔린 듯이 따끔따끔 저린지, 전기가 통하는 듯 찌르르 저린지, 자갈 위를 뛰는 듯한 느낌으로 약간 둔중한 통증인지도 같은 저림이라도 때에 따라 그 원인이 각기 다르기 때문이다.

뇌종양, 뇌 외상, 뇌경색, 뇌혈전이 원인일 때는 주로 몸의 한쪽이 저리며, 이때 손발은 같은 방향이 저리다. 즉 오른쪽 팔이 저리면서 왼쪽 다리가 저리지는 않는다는 것이다. 뇌졸중의 전조 증세나 가벼운 뇌졸중이 있을 때도 그렇다.

허리뼈에 이상이 있을 때는 양팔과 양다리, 목 아래 전부가 저리게 된다. 목뼈인 경추의 추간판에 이상이 있을 경우는 두 팔이 저리고 손 아귀에 힘이 없으나 다리 저림은 없다.

혈압이 낮을 때는 손발이 차고 저리며 현기증이 난다. 혈액이 말초까지 잘 공급이 되지 않아 일어나는 현상이다. 또 중금속 중독이나 비타민 B1 부족으로 인한 각기병일 때도 말초순환장애가 와서 저리게 된다.

40~50대 여성들 가운데는 손과 발이 따끔따끔 저리거나 마치 남의 것인 양 감각이 무딘 경우는 중추 신경계에서 뻗어 나온 신경줄에 염

증이 생기는 등의 말초신경 장애를 의심해볼 필요가 있다. 하루 중에도 기온이 낮은 시간, 또한 피곤할 때 더 심해지는 게 특징이다. 특히 갱년기의 여성들에게 말초신경 장애가 많은 것은 폐경기의 호르몬 변화가 말초신경 장애를 유발, 악화시키는 요인으로 작용하기 때문이다.

말초신경 장애는 다른 질환 때문에 생기기도 하는데 당뇨병, 고혈압, 류머티즘 관절염, 대사성질환 등이 주요원인이다. 따라서 같은 말초신경 장애 증세라도 병의 원인에 따라 치료 대책을 달리해야 한다.

손발 저림 만큼이나 여성들에게 흔한 것이 냉증인데, 한 여름에도 실내에서 양말을 신고 지낼 만큼 발이 차갑거나 두 손이 유별나게 찬 수속 냉증이 많다. 또 허리나 하반신, 몸 전체가 차 유난히 추위를 타는 경우도 있다.

냉증이 생기는 이유는 보일러가 부실할 때 건넌방까지 불이 들지 않아 냉방이 되는 것과 같은 이치다. 심장이 튼튼하지 못하거나 몸이 제 기능을 잃어버리면서 인체의 변방인 손, 발까지 온도를 맞추지 못하는 것이다.

임상경험으로 보아 규칙적으로 6개월 정도 운동을 하게 되면 혈액순환이 좋아져서 저리는 증상이 없어지고 순환되는 혈액량도 많아지기 때문에 냉증을 쉽게 극복할 수 있다.

냉증 예방과 치료를 위한 운동

❶ 양손, 양팔을 주먹으로 두드리고 또 손바닥으로 양다리를 두드려서 혈액순환을 촉진한다.

❷ 팔을 뻗고 무릎은 위로 끌어올리면서 힘차게 걷는다. 가능한 한 다리는 충분히 뻗는다.

❸ 팔을 번갈아 휘두른다. 리드미컬하게 크게 휘두르는 것이 좋다.

빈 혈

혈액은 체내를 끊임없이 순환하면서 폐로부터 각 조직으로 산소를 공급하고, 각 조직에서 나온 이산화탄소를 폐로 이동시킨다. 소화기관에서 흡수한 영양물질을 각 조직세포로 운반하고 노폐물은 배설기관을 통하여 배설시킨다. 그밖에도 체온과 체내의 산염기일 생체 방어 등 여러 가지 중요한 역할을 담당하고 있다.

성인을 기준할 때 전체 혈액량은 5L 정도이며 평소에는 전체 혈액량의 절반만 혈관 속에 들어있다. 그 나머지 반은 혈관 밖의 각 조직에 퍼져 있다가 출혈 등 이상이 생기면 즉각 혈관 속으로 모여들어 불과 1~2시간 내에 완전히 회복시킨다.

혈액의 구성을 보면 약 90%가 물인 혈장, 고체 성분인 적혈구, 백혈구, 혈소판 등이 있다. 그 중에서 빈혈과 밀접한 관련이 있는 것은 적혈구이다. 빈혈은 적혈구 수가 적거나 헤모글로빈 양이 부족해서 조직에 산소를 충분히 공급할 수 없는 상태를 말한다. 빈혈이 있으면 근육이 빨리 피로해지고 심하면 몸을 움직이지도 못하게 된다.

적혈구는 전 혈액의 약 40~50% 정도 차지하고 있는데 혈액 $1mm^3$에 남자는 약 500만 개, 여자는 400만 개 정도가 들어 있다. 산소가 희박한 고산지대에 사는 사람들에게 더 많아 750만 개 정도 가지고 있다. 적혈구에 들어 있는 산소를 운반하는 혈색소인 헤모글로빈은 단백질의 일종이다. 성인 남성의 경우 1L중 14~16g, 여성의 경우에는 12~15g이 필요하며 이 수치가 10g이하일 때 빈혈증이 온다.

적혈구는 골수에서 만들어져 지라와 간에서 파괴되는데 평균 수명은 120일, 약 4개월밖에 되지 않는다. 우리 인체는 매일 50cc정도의 혈액을 새로 만들어내고 소변 등으로 그만큼을 밖으로 내보내는데 그와 함께 적혈구도 파괴되어 몸 밖으로 나가게 되는 것이다. 정상적인 경우라면 매일 배출되는 혈액량이나 죽어 나가는 적혈구 수만큼 새로 만들어지지만 빈혈일 때는 이 균형이 깨져 있다.

빈혈은 더 상세하게 실혈성빈혈, 용혈성빈혈, 철결핍성빈혈, 재생불량성빈혈, 임신빈혈 등으로 분류하기도 하는데 일반적으로 많은 것이 철결핍성빈혈이다. 철결핍성빈혈은 성장기나 임신기간 동안 철분의 소비가 급증할 때, 또는 치질, 위궤양, 월경과다 등으로 몸 안에 만성출혈이 있을 때 잘 걸리게 된다.

자주 어지럼증이 나면 빈혈이라고 판단하는 사람이 많은데, 엄밀히 말해 어지럼증이 곧 빈혈은 아니다. 물론 빈혈과 어지럼증은 다양한 원인을 가지고 있는데 그 자체는 아니라는 것이다. 물론 빈혈이 어지러움의 원인은 될 수 있지만 그 자체는 아니라는 것이다. 어지럼증은 다양한 원인을 가지고 있는데, 몸의 평형감각을 맡고 있는 내이(內耳)질환에서 비롯됐을 가능성도 높고 60세 이상 노인은 경추관절염의 악화로 목의 신경과 혈관이 뼈에 눌려 생기는 경우에도 어지럼증이 생긴다.

또 한 가지는 저혈압과 빈혈은 서로 증상은 같아 보이지만 근본원인은 다르다는 것. 저혈압은 심장에서 나오는 혈류의 압력이 평균치보다 상당히 낮은 경우를 말하고 빈혈은 혈액 중의 적혈구나 혈색소가 희박해지는 증상이기 때문이다.

따라서 빈혈은 혈액의 성분을 검사해 보아야 정확히 알 수 있다.

빈혈을 극복하기 위해서는 혈액이 부족할 경우는 피를 공급해 주어야 하고 헤모글로빈이 부족하면 그것의 주성분인 철분 섭취에 힘써야 한다.

병적인 빈혈이 아닌 일반적인 빈혈은 단백질을 충분히 섭취해 영양이 부족하지 않도록 하고, 철분이 많은 식품을 충분히 먹고, 철분의 흡수율을 높여주는 비타민 C가 많은 과일과 야채 등을 식사 때마다 충분히 섭취하면 곧 좋아진다. 또 한 가지, 이에 못지않게 중요한 것은 적당한 운동이다. 피를 만들어내는 곳은 골수, 즉 뼈이다. 따라서 뼈를 튼튼히 하는 운동은 조혈작용까지 왕성하게 하는 비결이다.

빈혈에 운동은 조깅 등과 같은 전신 지구력운동과 함께 바벨 등을 이용하는 웨이트트레이닝을 하는 것이 좋다.

빈혈에 좋은 체조

❶ **몸통 휘돌리기:** 양발을 어깨 너비로 벌리고 선 후, 최대한 크게 팔을 뻗쳐 휘돌린다. 이때 허리를 충분히 움직여주고 머리는 팔을 따라가도록 한다. 방향을 따라서 같은 요령으로 휘돌리는데 양쪽 각각 5~10회씩 한다.

❷ **물구나무서기:** 양팔을 어깨 너비로 벌려 벽 앞 20~30cm 지점을 짚는다. 잘 쓰는 다리를 뒤로 놓아 힘껏 차올린다. 몸은 일직선이 되도록 하고 15~20초간 유지한다. 1~2회 한다.

❸ **온몸 털어주기:** 자연스럽게 선 자세로 양팔을 머리 위로 올린다. 온몸을 약3초간 털다가 힘을 빼고 재빨리 떨어뜨린다. 이때 온몸에 힘을 빼고 주저앉는다. 한번에 5~10회씩 해준다.

뇌빈혈과 정맥류

방대한 혈액순환 중에 어느 한 곳이 막히면 몸에 이상이 오는데 이렇게 생기는 병을 보통 혈관질환이라고 부른다.

인체 내 모든 혈관은 언제나 위협을 받는다. 뇌혈관질환이나 관상동맥질환 외에도 뇌에 혈액이 잘 공급되지 않아 생기는 뇌빈혈, 혈관 벽이 꽈리처럼 부풀어 오르는 정맥류, 피가 엉겨 덩어리가 생기는 혈전증 등이 흔히 겪는 혈관질환이다.

뇌빈혈은 약간 생소할 수 있는데 더운 여름철 운동장에서 오랫동안 조회를 할 때 하나 둘 쓰러지는 아이들을 떠올리면 이해가 빠르다. 기온이 높아 하지의 혈관이 많이 열린 상태에서 장시간 서있게 되면서 아래로 내려간 혈액이 심장으로 빨리 되돌아오지 못하고 그로 인해 뇌에 혈액이 부족해지면서 쓰러지는 것으로 대표적인 뇌빈혈 증상이라 할 수 있다. 어린이나 청소년들에게 흔히 이런 증상이 있는 것은 키는 부쩍 자라지만 심장의 발육이 몸의 성장 속도를 따라잡지 못하는 성장기에 있기 때문이므로 크면서 자연히 좋아지는 것이 보통이다.

이처럼 뇌빈혈은 심장기능이 불충분하거나 주로 서있거나 앉아있을 경우 심장을 중심으로 상체와 하체 사이에 혈액 순환이 잘 안 되어서 생긴다. 흔히 빈혈로 오해해 철분제를 먹기도 하는데 별로 도움이 되지 않는다.

오랫동안 앉아서 일하거나 서서 일하게 되면 오후 시간에 쉬 피로하거나 안색이 창백해지는데 이것도 뇌빈혈 현상의 일종이다. 뇌빈혈은 목욕탕 안에서 흔히 일어난다. 뜨거운 탕 속에서는 혈관이 많이 열리고 그로 인해 머릿속으로 피가 흐르는 속도가 늦어지면서 메스꺼움을 느끼게 된다. 특히 저혈압이 있는 경우엔 항상 뇌빈혈을 조심해야 한다. 저혈압이 있는 상태에서는 술을 먹고 난 후에 알코올로 인해 혈관이 열려 혈압이 내려가서 뇌빈혈을 일으키기 쉽다. 고혈압환자라도 혈압이 갑자기 떨어질 때에는 뇌빈혈을 조심해야 한다.

운동 직후에도 혈압이 급격히 떨어지는 것을 주의해야 한다. 일반적으로 운동으로 올라간 혈압은 운동이 끝나고 5분 정도 지나면 이전의 상태로 되돌아오게 된다. 그런데 저혈압이거나 심장기능이 좋지 않은 경우 혈압이 급속히 떨어지게 되면서 심장과 뇌에 피가 빨리 공급되지 않아 어지럽거나 뇌빈혈이 일어나 쓰러질 수 있다. 특히 운동 후에도 기립 자세로 계속 서있게 되면 그렇게 될 확률이 높다. 만일 뇌빈혈로 쓰러지는 불상사를 당하게 되면 즉시 허리끈을 풀고 머리를 낮추고 다리를 심장보다 더 높이는 것이 매우 중요한 응급처치다.

상, 하체의 혈액순환이 잘되지 않아 생기는 증상으로 정맥류 또한 빼놓을 수 없다. 오랫동안 서있는 사람이나 짐을 지고 오랫동안 걷는 농부들의 장딴지를 보게 되면 혈관이 늘어나서 지렁이 기어가는 것 같은 것을 보게 되는데 이것이 바로 정맥류이다.

정맥류는 심장 아래로 내려간 혈액이 심장으로 빨리 돌아오지 못하고 고이게 되면서 정맥혈관이 늘어나면서 생긴다. 교사나 주방장 등 오래 서서 일하는 사람에게서 흔히 발견할 수 있다. 정맥류가 생기게 되면 차차 심해지기 때문에 주의해야 한다. 심하면 수술로 치료하게 된다.

뇌빈혈이나 정맥류가 있을 경우는 평소에 하체 운동을 많이 하여 혈액을 위로 올리도록 노력해야 한다. 또 오래 서있거나 앉아있을 때는 가끔씩 가볍게 '제자리걷기'를 해주거나 '발뒤꿈치를 들었다 내렸다' 하면서 근육수축운동을 해 주면 사전 예방에 큰 도움이 된다. 혼자 있을 때는 다리를 심장보다 높이는 자세를 자주 취하는 것도 하나의 방법이다.

고인 물이 썩는 것과 마찬가지로 순환이 잘 되지 않는 피도 썩기 마련이다. 그 혈액이 굳어져 덩어리가 생기면 혈전증이 온다. 따라서 젊고 탄력 있는 혈관을 계속 유지하고 혈액순환이 잘되게 하려면 평소 고지방음식을 피해 콜레스테롤을 낮추고 운동과 금연을 실천하는 것이 최선이다. 특히 운동은 조깅 같이 다리를 많이 쓰는 운동이 좋다. 또 뇌빈혈이나 정맥류, 혈전증이 있는 경우도 운동을 매일같이 하면 치료에 큰 도움을 받을 수 있다.

스트레스

현대인은 스트레스의 홍수 속에 살고 있다. 그래서 '사는 것 자체가 스트레스 아니냐.'라는 말까지 있을 정도다. 생활 속에서 일어나는 갖가지 걱정이나 근심, 불만족, 혹은 과로로 인해 생기는 스트레스는 그 형태가 아주 다양하다. 또 정신 건강뿐 아니라 육체적인 건강도 크게 해친다.

실험용 쥐에게 3일 동안 전기자극이라는 스트레스를 주었더니 위에 피멍이 들어 있었고 스트레스를 받은 쥐는 보통 쥐보다 암에 대한 면역성이 약해진다는 연구보고도 있다.

아들을 불시에 교통사고로 잃은 어느 어머니가 3일간 아무것도 먹지 않고 토했는데 3일 전에 먹은 음식이 소화되지 않은 채 그대로 올라오더라는 얘기를 들은 적이 있다. 이처럼 어떤 형태로든지 우리 몸에 가해지는 스트레스는 몸의 정상적인 움직임을 방해하고 호르몬균형을 깨뜨리며 면역체계를 무너뜨린다.

오늘날 심장병, 고혈압, 당뇨병, 암 등 각종 성인병이 활개를 치는 것도 스트레스가 많은 세상을 살아가는 것과 결코 무관하지 않다. 스트레스는 멀쩡한 사람이 성인병에 걸릴 확률을 4~5배로 높여놓는다.

적당한 스트레스는 삶에 긴장과 활기를 불어넣어주지만 스트레스의 강도가 높고 기간이 길어지게 되면 뇌하수체 호르몬의 분비에 나쁜 영향을 미치고 인체는 여러 가지 질병에 시달리게 되는 것이다.

스트레스에 대한 대응력은 나이가 들수록 자연히 약해진다. 하지만 체력이 증가하면 그만큼 그에 대항하는 힘이 커진다. 또 같은 스트레스를 받더라도 새로운 충전의 계기로 삼느냐 지속적 스트레스 상황으로 발전시키느냐 하는 것은 개개인의 마음가짐에 달려있다.

그럼 평소 스트레스가 쌓이지 않게 하기 위해서 어떻게 생활해야 하는가.

첫째, 일과수칙. 아침에 30분 일찍 일어나는 등 생활의 여유를 적극적으로 만들도록 한다. 그리고 어떤 일이든지 우선 순위에 따라 행동하고 자기 자신의 능력에 넘치도록 무리하지 말 것.

둘째, 긍정적인 가치관. '나는 할 수 있다'는 말을 많이 하는 게 좋다. 살다보면 때로 원치 않는 일이 벌어진다는 사실을 겸허히 받아들이고 언제나 다시 시작할 수 있다는 건강한 신념을 갖도록 노력한다.

셋째, 자신을 위한 투자. 최소한 일주일에 하루는 일상에서 벗어나 취미생활을 하거나 자연과 접하면서 긴장을 푼다. 하루 한번씩 단 몇 분이라도 조용한 분위기 속에서 조용히 명상하는 시간을 갖는다. 자신을 위한 가장 확실한 투자는 적당하고 규칙적인 운동이다.

넷째, 작은 성공 쌓기. 꿈을 크게 갖는 것도 좋지만 항상 큰 성공만 쫓다가는 사는 즐거움을 맛보기 어렵다. 그리고 자칫하면 스스로를 인생의 실패자로 여기게 되기 쉽다. 세상을 살면서 큰 성공이란 그리 흔치 않기 때문이다. 작은 일을 하나하나 이루어가다보면 자기도 모르게 큰일을 이루게 되고, 작은 일마다 자신이 붙으면 큰일도 작아 보이는 법이다.

다섯째, 함께 웃고 울어줄 사람을 구하라. 일상생활에서 늘 접하는 사람들과 유머 있는 대화를 많이 하라. 웃을 일이 별로 없더라도 하루 몇 번씩 마음껏 웃어보는 시간을 갖도록 노력하라. 과묵하고 남에게 자신을 잘 드러내 보이지 않는 사람들이 스트레스를 병으로 발전시키기 쉽다.

그때그때 간단히 스트레스를 풀 수 있는 방법으로 심호흡이나 마사지도 좋다. 숨을 깊이 들이쉬고 천천히 내뱉으면 몸 안에 부족한 산소도 보충되고 마음을 진정시키는 데 효과적이다. 근육피로가 느껴지거나 결리는 곳은 두 손으로 부지런히 만지고 주무르는 게 아무것도 안 하는 것보다는 훨씬 낫다. 때때로 구두를 벗고 편안하게 맨발이 되어 발가락도 꼼지락거려보고, 발아래 둥근 물체를 놓고 돌려 발을 운동시켜주는 것도 좋다. 또 스트레칭 체조 등 발끝에서 손가락 끝까지 모든 근육의 긴장을 풀고 이완시켜주는 간단한 전신운동을 하나 익혀두었다가 불안하여 근육이 경직되고 두통이나 어깨 결림 등이 있을 때 적극 활용한다.

과민성 대장증후군

'변비와 설사가 번갈아서 오락가락한다. 설사기가 있을 때는 변이 가늘고 묽고 변에 점액이 묻어 나오기도 하지만 다행히 출혈은 없다. 가끔씩 복통도 있고 배에 가스가 차서 더부룩한 느낌이 들기도 한다.'

흔히 겪는 과민성 대장증후군의 전형적인 증세다. 과민성 대장증후군은 평생 동안 약 30%의 사람들이 걸릴 수 있는 것으로 질병이라기보다는 일종의 증상으로 본다. 내시경이나 조직 검사를 해 보더라도 정상으로 나오는 경우가 대부분이고 생명을 위협하는 심각한 질환이 아니라는 의사의 말만으로 증세가 좋아지는 경우도 있기 때문이다.

장은 정신상태에 따라 예민하게 반응한다. 따라서 정신적 스트레스가 있을 경우 대장운동이 불안정해지면서 과민성 대장 증상이 되기 쉽다. 주로 남자보다는 여자에게 많고 특히 성격이 예민한 사람이 잘 걸린다. 그래서 정신적 스트레스가 없어지면 곧 증상이 좋아지는 경우가 많다. 또 과음, 과식, 과로가 증상을 악화시키는 주범이라는 것을 명심하고 규칙적인 식사습관을 유지하고 커피, 콜라, 술, 담배, 신 과일이나 주스, 지나치게 차거나 뜨거운 음식, 매운 음식을 피하면 훨씬 좋아질 수 있다. 변비증상이 있을 때는 수분 섭취를 많이 하도록 한다.

심할 경우는 전문의의 조언을 받아 대장의 수축을 정상화시키는 약을 복용하기도 한다. 그러나 스트레스나 식습관 등 환경적인 요인이 바뀌지 않으면 다시 증상이 나타나게 된다.

과민성 대장증후군이 암이나 출혈, 궤양성 대장염 등으로 발전하는 경우는 거의 없지만 오래되면 대장 게실증을 일으켜 염증이 생길 수도 있다. 또한 과민성 대장 증상과 거의 유사한 증세를 보이더라도 만약 출혈이 있다면 다른 질환을 의심해봐야 한다. 그리고 40세 이상인 경우 설사와 변비가 교차되는 증상이나 변이 시원하게 나오지 않는 것이 한 달 이상 될 때는 다른 질환의 징후일 수 있으므로 가볍게 넘기지 말고 꼭 대장암 검사를 받아보는 것이 좋다.

일반적인 과민성 대장증후군은 주로 스트레스에 의해 생기는 것이기 때문에 규칙적으로 전신을 고르게 쓰면서 땀을 흘리는 운동을 하면 쉽게 해소된다. 운동은 정신적인 스트레스는 물론 스트레스의 원인이 되는 근육 피로를 풀어주는데 가장 강력한 치료약이다.

변실금과 요실금

변을 참는 능력이 부족해 잘 가리지 못하는 증상인 변실금은 생명을 위협하는 질환은 아니지만 환자 자신의 육체적, 정신적 고통이 말 못하게 심각한 질환 중의 하나이다.

변실금은 노화현상으로 항문 괄약근의 수축력이 감소되거나 장기간의 침대생활로 운동이 부족할 때 나타난다. 또 분만이나 외상수술 등으로 항문의 괄약근이 손상을 입었을 때 가장 많이 나타나며 뇌가 손상되었을 때에도 나타난다.

변실금이 심하면 괄약근 봉합 수술이나 대둔근과 대퇴박근을 이식하는 수술을 하게 된다.

요실금도 변실금과 마찬가지로 웃을 때나 약간의 힘을 줄 때 자기도 모르게 소변이 흘러나와 당혹하게 되는 것인데, 30세 이상의 우리나라 여성 중 약 45% 정도는 크고 작은 요실금 증세를 경험하는 것으로 알려져 있다.

주로 다산이나 난산을 한 여성, 자주 쪼그린 자세로 청소나 빨래를 하는 여성이 이 병에 걸릴 가능성이 높다. 따라서 임산부는 출산 직후부터 골반 근육운동을 시작하고 가사를 할 때는 되도록 쪼그려 앉지 않도록 한다. 한국 여성들의 전형적인 일 자세인 쪼그려 앉기는 나이가 들어감에 따라 퇴행성관절염으로 고생할 가능성도 높다.

남녀를 막론하고 노화로 인해 방광의 수축력이 약해지면 소변을 참지 못하거나 한 밤중에도 소변을 보기 위해 여러 차례 일어나게 되는데 더 심각한 상황으로 발전하기 전에 예방과 치료에 힘쓰는 것이 좋다. 요실금도 심해지면 방광을 배 근육이나 골반 인대에 올려 고정시켜 주는 수술을 해야 한다.

다행히도 변실금과 요실금은 예방 운동법이 있다.

앉은 자세에서 의도적으로 항문을 수축하는 케겔 운동법은 변실금 예방에 많은 도움을 준다. 케겔 운동은 2초에 1회 정도의 속도로 전체 15회 정도 항문을 수축시키는데 하루에 2~3번하면 된다.

요실금을 예방하는 골반근육운동은 발을 어깨 폭으로 벌리고 5~10초 동안 여성 생식기나 요도 주위의 근육을 조여 주었다가 10초정도 쉬는 것이 기본동작이다. 아랫배나 근육에 힘이 들어가면 오히려 요실금이 악화되기도 한다. 한 번에 10번씩 하루에 5~10회 실시하면 효과적이다. 이 운동은 간단하지만 익히기가 쉽지는 않다.

틈나는 대로 이 두 가지 운동을 꾸준히 해주면 말년에 변실금이나 요실금을 걱정할 필요가 없다. 한편, 긴장성 요실금은 비만과도 밀접한 관계가 있으므로 뚱뚱한 여성은 살을 빼는 것이 좋다.

만성피로

살면서 피로를 느껴보지 않은 사람은 거의 없다. 일시적으로 자신의 능력에 비해 무리한 행동을 했을 때 나타나는 피로는 자신의 생활을 되돌아보면 금방 그 원인을 알 수 있고, 휴식과 수면으로 거의 회복이 된다. 그러나 문제는 만성적인 피로에 시달릴 때다.

자신도 모르는 사이에 간염이나 동맥경화, 심부전증 같은 질환에 걸렸을 때는 전에 없이 피로한 증세가 계속 된다. 당뇨병이나 갑상선질환, 빈혈, 신장병, 만성 기관지염도 피로 증세를 동반한다. 따라서 별 이유 없이 한달 이상 지나치게 피곤한 증세가 계속 될 때는 보약이나 영양제, 피로회복제로 버티지 말고 더 큰일을 당하기 전에 건강검진을 해보는 것이 좋다.

검사 결과 별로 큰 이상이 없는데도 '자고 나도 피로가 풀리지 않는다. 자주 머리가 아프고 휴일에는 하루 종일 꼼짝도 하기 싫다.'는 등의 생각이 들면 그것이 곧 '만성피로 증후군'이다.

현대인들에게 일은 균형 있는 신체활동이 되지 못하고 있다. 육체노동을 하는 경우라도 대부분의 직업이 작업의 특성상 신체 어느 한 부분만 계속 사용하기 때문에 사용하는 부분은 긴장이 연속되고 쓰지 않는 부분은 기능이 약해지는 신체의 부조화가 나타나기 쉽다. 그래서 피로 환자가 유난히 많은 것이다.

피로의 원인으로는 우울증이나 스트레스 등 정신적인 이유가 첫손에 꼽힌다. 최근 미국에서는 '만성 피로는 단순한 피로의 축척이 아니라 면역체계의 이상을 초래하는 하나의 무서운 질병'이라고 규정하고 이에 대한 연구가 활발하다. 미국 방역 센터가 지난 88년부터 만성피로 증후군을 '별다른 이유 없이 머리가 아프고 열이 나서 임파선이 부으며 근육통 및 관절통에 심리불안과 건망증까지 겹치는 증세가 6개월 이상 지속되는 상태'라고 정의하고 관리대책에 대해 많은 공을 들여왔다.

최근 우리나라도 만성피로 증후군을 호소하는 사람들이 크게 늘면서 많은 관심거리가 되고 있다. 만성피로 증후군은 25~45세의 연령에서 잘 발생하고, 여자가 남자보다 두 배 정도 많이 걸린다고 한다. 아직 국내에서는 체계화된 치료법은 별로 없다. 다만 충분한 영양과 휴식을 취하고 가능한 정도까지 운동을 하는 것이 가장 확실한 치료 예방법으로 되어 있다.

'아니, 가뜩이나 피곤한데 또 무슨 운동?'

이렇게 반문하는 사람들이 많다. 운동을 하면 더 피곤할 것 같지만 실제로 규칙적인 운동은 신진대사를 원활하게 하고 조직에 있는 노폐물을 밖으로 배출하기 때문에 더없는 피로회복제가 된다. 특히 육체적인 과로는 휴식과 수면으로 대부분 해소되지만 정신적인 과로는 휴식과 수면만으로 결코 해소되지 않는다. 또 정신적인 과로가 만성피로의 원인이 되는 경우가 더 많다.

이 사실은 경험적으로 이미 알고 있는 사람이 많을 것이다. 따라서 몸 자체가 피로한 것이 아니라 정신이 긴장하고 피로해서 육체에도 피로감을 주는 정신근로자들은 생활 속에서 활동량을 늘리는 것을 피로회복 방법으로 삼아야 한다. 하루 종일 의자에 앉아 움직이지 않았기 때문에 피로해진 근육을 가벼운 운동으로 풀자. 많이 움직여도 피로해지지만 너무 움직이지 않아도 근육이 쉽게 피로해 진다.

퇴근길에 특별한 운동을 하거나 헬스클럽에 들러 운동을 하자. 그런 시간과 여유가 없다면 퇴근길에 몇 정거장은 걸어 집으로 간다든지 주차장을 이용하는 경우에는 되도록 먼 거리에 주차시켜 걷는 시간을 늘리자. 엘리베이터를 타고 오르내릴 것이 아니라 계단을 걸어서 오르내리는 것도 지혜로운 방법이다.

또한 체력이 높은 사람일수록 쉬 피로하지 않고 피로가 빨리 회복된다는 사실을 명심해야 하고 규칙적인 운동시간을 만들어나가야 한다. 만성피로 증후군이 있을 경우에는 갑자기 활동량을 늘이는 것은 오히려 해로울 수 있으므로 점차적으로 운동량을 늘여 나가는 것이 좋다.

피로를 해소할 수 있는 운동으로 심폐기능에 충분히 자극을 주면서도 과도한 부담이 되지 않는 가벼운 조깅이나 걷기, 수영 등 에어로빅 운동이 적합하다.

체력이 자기 나이에 비해 20% 정도 떨어져있는 경우가 대부분이므로 처음에는 운동 강도를 아주 약하게 시작해 운동 중에 최대 맥박수의 60~70% 수준에 이르는 운동을 유지한다. 운동 횟수와 시간은 1주일에 3~5일, 하루 30~50분의 적정선이다. 근육이 무력해진 경우는 여기에 적당한 근육 운동을 가미한다. 가장 중요한 것은 운동 강도나 시간을 차차 늘리도록 하고 절대 욕심을 내거나 무리하지 않는 것이다.

하고 싶은 말

우리 인생은 지혜를 요구한다. 마찬가지로 이제 운동도 지혜가 필요한 시대이니 여러분들의 건강을 지키는 운동의 지혜를 얻는데 제가 작은 보탬이 되었으면 한다.

생명은 운동에 있다. 운동이란 곧 혈액순환이다. 혈액순환이 잘 되어야 인생의 길을 제대로 걷는다. 자기에게 맞는 운동으로 현대병을 고쳐야 한다. 이러자면 운동처방을 잘 떼어야 한다. 운동처방이란 '약처방'과 마찬가지로 운동을 과학적으로 분석하여 병을 예방하거나 치료하는 것을 말한다. 생활체육, 건강체육의 보급이 활발히 진행됨에 따라 운동도 처방을 받아야 한다는 사실을 인식한다는 것이다.

지금에 와 돌이켜 보면 저의 지난 60평생은 그처럼 '운동'이 국민건강을 지키는 '스포츠의학'으로 되살아나는 과정과 더불어 훌쩍 지나가 버리고 정녕퇴직시간이 되었다. 시간적 여유를 할 수 없다는 구실인지 이에 대한 연구가 너무나 늦은 것이 진심으로 되는 유감이다.

운동, 이처럼 좋은 것을 본인이 쓰라리고 굴곡적인 인생철학에서 가끔 사색이 떠올랐건만 여러분들에게 토로하고 함께 진리를 검증하기 위한 노력은 전혀 없었으니 후회할만한 일로 된 것만은 사실이었다. 허나 우리가 해야 할 모든 일은 한번에 다 할 수 없는 것과 같이 이제부터 시작되는 시간이 진정한 '황금시절' 날로 될 것으로 생각된다. 오랫동안 미루어두었던 일을 할 때가 되었다. 우리 민족의 건강 금메달을 위한 사업에 나의 여생을 바치는 것이 한 체육가의 올바른 직업도 덕이라 생각된다.

운동을 하고 싶지만 쉽게 실천하기 어려운 분들, 운동을 하고는 있지만 제대로 하고 있지 못한 분들, 운동으로 질병을 이기고자 하는 모든 분들은 나의 일생의 동반자로 탈바꿈되었음을 선언합니다. 앞으로 스포츠광장, 노인세계에서 자주 만납시다.

내 몸에 맞는 운동으로 현대병을 고칩시다.

현대병과 스포츠의학

• 초판 인쇄   2006년 10월 31일
• 초판 발행   2006년 10월 31일

• 지 은 이   리재호 방수국 한희문 허광훈 최철근 장창진 리춘희
• 펴 낸 이   채종준
• 펴 낸 곳   한국학술정보㈜
             경기도 파주시 교하읍 문발리 526-2
             파주출판문화정보산업단지
             전화 031) 908-3181(대표) · 팩스 031) 908-3189
             홈페이지 http://www.kstudy.com
             e-mail(출판사업부) publish@kstudy.com
• 등   록   제일산-115호(2000. 6. 19)
• 가   격   27,000원

ISBN   89-534-5800-5 93810 (Paper Book)
       89-534-5801-3 98810 (e-Book)